U0529940

李洱诗学问题

敬文东 著

人民文学出版社

图书在版编目(CIP)数据

李洱诗学问题 / 敬文东著. —北京：人民文学出版社，2021
ISBN 978-7-02-016646-6

Ⅰ.①李… Ⅱ.①敬… Ⅲ.①李洱—文学创作研究 Ⅳ.①I206.7

中国版本图书馆 CIP 数据核字（2020）第 184745 号

责任编辑	王昌改　刘　稚
装帧设计	崔欣晔
责任印制	宋佳月

出版发行	人民文学出版社
社　　址	北京市朝内大街 166 号
邮政编码	100705
网　　址	http://www.rw-cn.com
印　　刷	三河市鑫金马印装有限公司
经　　销	全国新华书店等
字　　数	172 千字
开　　本	850 毫米×1168 毫米　1/32
印　　张	8　插页 2
版　　次	2021 年 4 月北京第 1 版
印　　次	2021 年 4 月第 1 次印刷
书　　号	978-7-02-016646-6
定　　价	42.00 元

如有印装质量问题，请与本社图书销售中心调换。电话：010-65233595

目 录

001　序　论语气
001　从应物先生如何应物开始
011　反讽时代
029　反讽主体
049　反讽语气
073　作为语气的花腔
100　汉语的沧桑、悲悯与羞涩
129　重塑感叹语气
141　腹语
176　语气与叙事
217　体系性写作
234　后记

序　论语气

1 从创作(或曰虚构)的层面上看,语气(speaking voice)是创世性的。

1.1 像音乐一样,任何形式的写作(何况虚构性写作)总得先定调,然后,才有可能将写作化为现实,只因为创作是语言的艺术,而语言必然是有声的。

1.1.1 所谓定调,就是选定某种语气,亦即发声的方式。

1.1.2 能够迅速选定语气的写作者,可以被称作成熟的写作者。虚构的写作者即创世者(Creator);他/她必须被理解为无中生有者。

1.1.3 因此,从写作(或曰虚构)的技术层面上说,语气是写作(或曰虚构)的起始;或者:虚构(或曰写作)始于语气、受造于语气。

1.1.4 此处的语气(speaking voice)不是普通语言学乐于谈论的那四种语气(亦即 tone,详论见下)。

1.2 有何种性状的语气,就有何种样态的文本。

1.2.1 特定的语气型塑(to form)特定的文本,包括文本的情绪、形貌,直至文本的内在纹理——文本的一切。

1.2.2 对于某次具体(或曰特定)的写作而言,语气具有唯一性,亦即只有**一种**语气(最)适合于创世**这个**文本。

1.2.3 不同的文体需要不同的语气;相同的文体(比如小说)出现在不同的时刻、不同的写作者手中,也需要不同的语气。每一种特定的文体都是看待世界的特定角度。因此,听觉性的语气必须经过一个视觉化的程序,才能开启文本的创制过程。

1.3 文本呈现出来的形态是文字性的。

1.3.1 文字性的文本并不意味着文本只能是视觉性的(虽然它首先是视觉性的),而不可能是听觉性的。

1.3.2 汉字固然不是对汉语的记录,亦即汉字不是作为汉语的记音符号而现身(它更有可能是记事或者记味的符号),但并不意味着汉字性的文本居然缺乏听觉性。

1.3.3 文字性文本的阅读者唯有依靠自己的内听(亦即内心之听或者听之于内心;"内听"在构词法上模仿了"内视"),去还原文本制造者的语气,或者依靠内听准确侦听出和辨析出文本创制者的语气,才有可能准确理解这个文本。

1.3.4 文字性文本的制造者渴望读者准确捕捉他/她创制文本时所使用的语气;这种性质和样态的读者可以被认作"隐含读者"(implied reader),或"作者的读者"(authorial reader)。

1.3.5 从文字上读懂文本,可以准确地解开文本的意义(解义),亦即弄清楚文本到底说了什么;准确把捉、还原、辨析或侦听文本创制者创制文本的语气,则能解开文本之意味(解味),亦即文字性文本传达出来的言外之意。解义+解味,才算得上读懂一个特定文本的最终标志。

1.3.6 古典中国对语言向来持极为谨慎甚至质疑的态度,它很严肃地强调要"讷于言"(《论语·里仁》),却也格外重视言外之意,所谓"语尽而意远"(白居易:《文苑诗格》);所谓"言有尽而意无穷"(严羽:《沧浪诗话·诗辨》)。

1.3.7 在口语中,"看书"与"读书"貌似指称的是同一个或者同一种行为,实际上大有差异:前者是视觉性的,负责解义;后者是听觉性的(内听),负责解味。一般情况下,看与读同时发生;但在必要的时候,看与读也可以分开,比如,快速扫描、扫视一个文件(可以不必发声,亦即没有内听出现),也能十分机敏地获取文本的大致意义,亦即这个文本大致上表述了什么内容。这刚好证明:从理论上和原则上讲,看书与读书可以各司其职;解义和解味可以分开——它们可以是两件事。

1.3.8 解味大于解义。事实上,被作者之语气创制出来的文本更渴望被读者解味。意义和意味的关系可以这样来理解:意义像固体的盐,意味像液态的水,意义溶解在意味里。因此,意义是有意味的意义,意味是有意义的意味。

2 从叙说或展现给定之世界的角度上看,语气是选择性的。

2.1 从原则上或理论上讲,可以选择任何一种语气叙说同一个事件,亦即同一个事件可以被任何语气所展现、所叙说。

2.1.1 世界是由事情构成的。所谓事情,就是围绕包括人在内的物(古人称这样的"物"为"大共名"[参阅《荀子·正名》]),组建起来的动作/行为的集合;事件是事情的片段或整体。

2.1.2 事件总是存乎于现实世界(亦即给定之世界)之上的事件;事件自为、自足、自洽,无所谓意义。语气属于语言世界:它是语言的一部分,因为任何语言都得发声。现实世界中的事件唯有被吸纳、被凝结到语言世界,才可能对人(而不是对事件本身)产生意义。

2.1.3 意义是人与世界的联系方式;或者:唯有赋予事件以意义,人才可能与世界发生关系。

2.1.4 可以选择任何语气叙说同一个事件,正好是这个事件可以得到千姿百态之展现的前提。事件(事情)的集合乃是历史,任人打扮的那个小姑娘既可以存乎于不同的意识形态(或曰观念),也能够存乎于不同的语气。

2.1.5 同一个事件在被不同的语气展现出来时,已经不可能再是原来那个所谓的同一个事件——以丧礼上的哀悼语气主持的婚礼,和以婚礼上的欢快语气主持的婚礼,还可能是同一个婚礼吗?退一万步说,婚礼也许还是那个婚礼,但婚礼的意义完全不同。这意味着:同一个事件被不同的语气叙说出来时,获取的是不同的意义;那个被人随意打扮的小姑娘等同于同一个事件被不同的语气随"意"赋"意"。

2.2 给定的世界是现实世界;现实世界总是世俗性(或经验性)的世界。

2.2.1 在现实世界中生活的人首先是世俗之人,他/她必然要、也必须会亲身经历这个世界,并以获取意义的方式与这个世界相往还、相交接(华夏古人将这种行为称为"应物")。

2.2.2 即使是信徒对彼岸或神进行体验这件事本身,也只可能是发生在现实世界之中的事件,而且是特定的事件、这一个事件。

2.2.3 体验彼岸仍然是体验者的亲身经历,只可能是他/她的亲身经历,没有任何人可以替他/她行动。我可以替你祷告,我无法替你体验:祷告是向外的(它指向神或彼岸),可以被代表;体验是向内的(它指向体验者自身的灵魂),只可亲身经历。

2.2.4 对彼岸的体验有可能是神秘的、超越了经验的范畴,但获取神秘体验的体验者依然在以世俗之人的身份进行其体验,因为他/她只可能存身于此岸。

2.2.5 体验者体验到的神秘性,那超出经验范畴的神秘性,依然构成了体验者日常经验的一部分;体验神秘性这件事本身,只能是体验者,这个存身于此岸的人,自己为自己认领的日常生活。这件事本身依然处于经验可以把握的范围之内。

2.3 世俗世界(亦即经验世界)唯有世俗语气(亦即经验语气)才能得到恰切的叙说。

2.3.1 在世俗世界(亦即经验世界)和世俗语气(亦即经验语气)间,存在着相互指认的关系。相互指认有点类似于"以身观身,以家观家,以乡观乡,以邦观邦,以天下观天下"(《老子》第五十四章)。

2.3.2 陈述、疑问、祈使、感叹等语气(tone),是普通语言学乐于承认或探讨的语气形式,它们存乎于所有不同形式的语种,是普世性的；普通语言学坚持认为，唯有它们，才是语气家族或语气研究中的合法者。

2.3.3 将陈述、疑问、祈使、感叹集合起来，可以被此处大而化之地统称为世俗语气（或经验语气），却又并非经验语气（或世俗语气）的全部家产：四种语气必须被包裹在不同的嗓音里，才能最终构成世俗语气（或经验语气）。也就是说：唯有被不同的嗓音传达出来的那四种语气，才是被此处命名的那种世俗语气（亦即世俗层面上 [secular] 的语气 [speaking voice]）。比如：他在欢快地陈述、我在悲伤地感叹、你在气愤地使用祈使语气驱使他做某事、他们在用期待的嗓音向你质疑……

2.3.4 定义不同嗓音的，不是物理-生理性的发声器官（比如喉头、声带等）；发声上的沙哑、洪亮、清脆、细声细气等物理-生理性的状况不在嗓音的范畴之内。

2.3.5 定义不同嗓音的，只能是心境。对语言性的人（而不是非符号化的动物）来说，心境本身就是语言事件，或者语言的稠密地带。在心境的定义下，会出现诸如哀悼的嗓音、喜悦的嗓音、愉快的嗓音、沉痛的嗓音、骄傲的嗓音、哀婉的嗓音等多种以至于无穷的嗓音形式（想想以"忄"和竖"心"为偏旁部首的汉字之多，就不难理解这个论断）。从理论上讲，通过排列与组合，不同的嗓音和四种语气会有近于无穷种搭配，用以叙说世俗世界上无穷种不同的经验性事件。

2.3.6 因此，在叙说或展现特定的事件时，叙说人总有机会选择某种最恰当的经验语气（或世俗语气）——婚礼上不会选择葬礼上的语气；葬礼上只会选择适于葬礼的嗓音。

2.3.7 世俗语气（或经验语气）诚然是新发明的术语，但它因为上述原因而必会免于空对空的窘境。它实有所指。

2.4 信徒对彼岸的体验固然是经验性的日常生活，存乎于世俗世界；彼岸（天堂、神）对彼岸自身来说，固然是客观存在，对人而言却是一个无从抵达的超验世界（transcendental world），亦即非经验性的世界、非世俗性的所在。

2.4.1 信徒对彼岸的体验这件事本身是世俗的、经验的，而被体验、被诉说的彼岸，却一定是个超验世界。信徒只能在超验世界之外体验、诉说超验世界；存乎于超验世界中的诉说者唯有神，比如：上帝说："要有光……"

2.4.2 超验世界（或彼岸）唯有超验语气（或非经验语气）才能得到恰切地叙说和展现。

2.4.3 和经验世界遇到的情况性质相同，在彼岸（或超验世界）和超验语气间，也存在着相互指认的关系，也有点类似于"以身观身，以家观家，以乡观乡，以邦观邦，以天下观天下"。

2.4.4 在《圣经》中，上帝的嗓音是训诫性的（亦即训诫嗓音）；信徒的嗓音是呼告性的（亦即呼告嗓音）。

2.4.4.1 训诫嗓音由上帝自己定义，因为上帝本身就是言（In the beginning was the Word, and the Word was with God, and the Word was God.）；训诫嗓音更倾向于同祈使语气结合在一起，由此构成上帝语气，用于创世和命令子民。

2.4.4.2 呼告嗓音由信徒对神的绝对信赖之心境所定义；呼告嗓音可以和普通语言学认可的四种语气相结合，由此构成信徒语气，用以向神陈述自己的罪孽、赞美神的至善至美和至真、偶尔向神发起质疑(比如尚未被救的约伯)、更偶尔向神提出要求,如此等等。

2.4.4.3 因此,和经验语气的种类繁多以至于无限相比,超验语气的种类极少——这和神学的单一性(或曰纯正性)正相般配。

2.4.4.4 上帝语气是上帝发出的指令,其句式是:你必须(应该)……。这种语气浩渺、悠远,并且唯其悠远、浩渺,才方可称作神圣。它是隐匿不见者特有的语气(想想西奈山上上帝在怎样对摩西说话)。

2.4.4.5 信徒语气是信徒或间接面对上帝(比如天主教)或直接面对上帝(比如新教或犹太教)时发出的呼声,其句式是:求您拯救我/您饶恕我……;感谢(赞美)您对我的拯救/饶恕我的罪行……。信徒语气被包裹在信徒虔敬的心境导致的心悦臣服的嗓音里。这种嗓音是信徒对超验世界尤其是寄居其间的神圣者发出的呼声,因其直接对应于上帝的嗓音而自带超验特征。

2.4.5《圣经》中的神性世界(或天堂、彼岸)可以被理解为超验世界的一部分,尽管它很可能是其中最重要的部分。

2.4.6 尽管超验语气也是新发明的概念,却因为有从来就不空对空的世俗语气相呼应、相对称,它也就不可能是空对空的。它实有所指。

3 古代汉语(味觉化汉语)向现代汉语(视觉化汉语)的转渡,也部分性地意味着语气的变迁。

3.1 像希伯来的造物主以言创世(Creation by words)那般,

在古典汉语思想中,也有仅属于汉语思想的充满理想化的创世-成物论:至诚君子伙同古代汉语以"成己"(亦即成为自己)为前提,去成就天下万物(亦即"成物"),正所谓"诚者,非自成己而已也,所以成物也"(《礼记·中庸》)。

3.1.1 古代汉语以味觉为中心,组建自身之大厦;或者:古代汉语是一种味觉中心主义的语言。

3.1.2 某种特定的语言和某种特定的认识论彼此相互造就。零距离地品"尝"物——(或曰"感"物、"体"物)——是中国古人认识万物的方式,有所谓"一身皆感焉"(来知德:《周易集注·象》);这种认识方式得到了古代汉语的大力支持。

3.1.3 味觉化汉语自带的伦理是"诚",所谓"修辞立其诚"(《乾卦·文言》);所谓"诚者,物之终始,不诚无物"(《礼记·中庸》)。

3.2 有能力成就万物("成物")的君子一定是成人,绝非童稚。

3.2.1 这种性质的成人的嗓音注定不会是清脆的,它更有可能因饱经世事而自带沧桑感(这可以解释为何味觉化汉语没有童年,甫一出场,就音色苍老)。因为成物之难,沧桑嗓音有可能更倾向于支持如下句式:呜呼!人生实难(《左传》成公二年),大道多歧(《列子·说符》)……

3.2.2 因为物由己出,所以,至诚之人在面对天下万物时,其嗓音就不可能是愤恨的,它更有可能因其成就万物而对万物充满悲悯感、怜爱感(这可以解释味觉化汉语为何推崇爱人惜物,正所谓"仁者,爱人"[《孟子·离娄下》];也所谓"春三月,山林不登斧斤,以成草木之长;夏三月,川泽不入网罟,以成鱼鳖之长"[《逸周书·大聚解》])。悲悯嗓音更有可能支持这样的句式:噫吁嚱,万物尽难陪(朱庆馀:《早梅》)……

3.2.3 以上两种句式,尽皆出源于古代汉语随身自带的伦理(亦即"诚"),因此,两种句式都是正面的、积极的、肯定性的;即使古代汉语里出现了消极的、负面的、仇恨性的表述,也得从以上两种句式出发,才能得到更加准确的理解。

3.2.4 沧桑嗓音和悲悯嗓音意味着感叹;感叹是古代汉语的精神基底,是古代汉语之魂。

3.3 沧桑嗓音和悲悯嗓音尽皆出源于味觉化汉语(古代汉语)之内部(而非人之心境)。

3.3.1 这两种嗓音乃古代汉语的本性,可以称之为一级嗓音,它们不因外部环境的改变而改变。

3.3.2 由心境定义的嗓音会随时移世易而变动,具有偶然性,可以称之为二级嗓音。

3.3.3 二级嗓音被一级嗓音所统辖。

3.3.4 在古代汉语中,有音响方面的分层效应,它表现的形式如下:一级嗓音、二级嗓音、被普通语言学定义的四种语气。它们相互间的关系是:上一级统摄下一级。

3.3.5 最终,世俗语气(或曰经验语气)在理论上呈现出来的样态不然是:它有无穷种沧桑着和悲悯着的语气,可以被选择性地用于叙说和展现经验世界上的各种事件。比如:他在用沧桑嗓音(或悲悯嗓音)欢快地陈述某事件、我在用沧桑嗓音(或悲悯嗓音)悲伤地感叹某种境况、你在悲哀中以沧桑嗓音(或悲悯嗓音)驱使祈使语气驱使他做某事(亦即以言行事：Doing things with words)、他们在用沧桑嗓音(或悲悯嗓音)在期待中向你质疑,如此等等,不一而足。

3.4 一级嗓音(亦即沧桑嗓音和悲悯嗓音)因其骨子里的感叹意味,让味觉化汉语在世俗语气的层面须得以感叹为核心。

3.4.1 这不仅是指所有的二级嗓音都将感叹纳于自身,更是指普通语言学乐于谈论的四种语气也被感叹化了。

3.4.2 感叹出源于古代汉语之内部;或者:是古代汉语自己给自己做出的本质规定性。

3.4.3 此感叹(它归属一级嗓音)不同于彼感叹(它归属最初级层面上的语气,和陈述、疑问、祈使彼此相平行);不敢说前者为古代汉语所独有,但后者肯定为一切语种所共有。

3.5 古代汉语经过白话文运动一跃而为现代汉语。

3.5.1 和古代汉语相比,现代汉语一个重要的改变是:获得了表达超验世界的能力。《圣经》和合本对此居功至伟:上帝语气和信徒语气(亦即超验语气)经由它入住现代汉语,极大地拓展了汉语的表现力。

3.5.2 和古代汉语相比,现代汉语另一个重要的改变是:获得了超强的分析性能。

3.5.3 现代汉语的现代性在第一个改变那里体现为:不但在听(亦即有所听),还听见自己正在听(亦即听—听),而不仅仅是古典性的有所听。

3.5.4 现代汉语的现代性在第二个改变那里体现为:不但在看(亦即有所看),还看见自己正在看(亦即看—看),而不仅仅是古典性的有所看。

3.5.5 对现代汉语来说,更关键、更值得申说的是第二种改变。有关第一种改变带来的其他情况本文从略。

3.6 现代汉语是高度视觉化的新媒介。

3.6.1 现代汉语效法逻各斯,以视觉为中心组建自己的大厦(海德格尔坚持认为,逻各斯[Logos]在希腊语里相当于"说话"或"语言";英文本《圣经·约翰福音》中的 the Word 一词,便由希腊语中的 Logos 一词翻译而来);或者:现代汉语是一种视觉中心主义的语言。

3.6.2 现代汉语以真为自身伦理,也以真而非诚为基底去成就万物(比如制造计算机、手枪、玻璃、尿不湿、原子弹、机器人、坦克等等),却不再是成就天下。这种语言不再"赞天地之化育",也不再"与天地参矣"(《礼记·中庸》)。

3.6.3 因为求真,现代汉语既为汉语世界之子民制造了舒适(比如用原子能发电,此为 A),也为其子民制造了潜在的威胁(比如原子能可以引爆世界,此为 -A),这和它效法的对象——逻各斯——导致的结局相等同。

3.6.4 由此,现代汉语制造了普遍的反讽(irony)。所谓反讽,就是原本是在奔向自己的目的地,却同时到达了自身的目的地的反面或背面,亦即 A 与 -A 同时共存、同时成真。

3.6.5 反讽必然要具体化为反讽时代和反讽主体。反讽主体寄身于反讽时代;反讽时代则是世俗世界在时间形式上的特殊造型。

3.6.6 唯有反讽嗓音适于叙说世俗性的反讽时代。

3.6.7 和沧桑嗓音和悲悯嗓音出源于古典汉语之内部性质完全相同,反讽嗓音出源于现代汉语(亦即高度视觉化的汉语)之内部(而非出自心境),因此,它也是一级嗓音。

3.6.8 所谓反讽嗓音,就是凡能达到言在此而意在彼之效果的所有声音性存在物;或者:反讽嗓音可以是任何声音性存在物,却独独不可能是沧桑嗓音和悲悯嗓音。诚然,在现代汉语里,依旧存在着沧桑嗓音和悲悯嗓音,但那仅仅是因为现代汉语依旧还是汉语,诚的部分不可能被消除殆尽所致。

3.6.9 反讽嗓音可以驱使反讽时代中的各种二级嗓音,以至于通过如此这般对二级嗓音的征用,紧接着能驱使普通语言学界定的四种语气,用以选择性地诉说反讽时代无穷种反讽事件。

3.6.10 反讽嗓音因为致力于揭示反讽时代之真相(亦即 A 与 -A 同时共存、同时成真),而排斥感叹——它来不及感叹;现代汉语的语气以反讽语气为中心,感叹则被挤到了极为边缘的位置(但也不可能由此消失殆尽)。

4. 感叹和反讽如何协调?味觉化汉语和视觉化汉语如何搭配?这是眼前的事,也是未来的事。

2019 年 10 月 21 日,北京魏公村

（文学批评乃是）观察人类意念与想象如何被环境模塑的一种历史。
　　——埃德蒙·威尔逊（Edmund Wilson）

语言决定论固然荒谬，无视语言的决定性作用无疑更荒谬。
　　——本书作者

从应物先生如何应物开始

"应物"者,人名也,长篇小说《应物兄》之第一主人公也。这个作品体量庞大,堪称消费时代之异数。第一主人公呢?乃小说家李洱十三年苦心酝酿、精心经营之产物也①,比悼红轩主人(不一定是曹雪芹)之于《红楼梦》,还多费了三载光阴。《应物兄》有云:第一主人公出身寒微,家族中排行第五,父母因此上赐名应小五。是其初中班主任,名唤朱三根者,"有不忍人之心"②,又"对他寄予了无限希望",才为他,应小五,另起了一个雅到极致的名号:应物。这个"显然给他带来了好运"的姓名沾染的微言大义,出源于王弼,一个只有二十四年阳寿,却在机缘巧合中"大"开了天眼,"打"通了任督二脉的不世出之奇才:

---

① 首发《应物兄》的《收获·长篇专号》2018年秋卷的"编者的话"劈头就说:"这部小说,李洱整整写了十三年。每个词,每个物,每个人,都如十月怀胎,慢慢成形。"
② 《孟子·公孙丑上》。

圣人茂于人者，神明也。同于人者，五情也。神明茂，故能体冲和以通无；五情同，故不能无哀乐以应物。然则圣人之情，应物而无累于物者也。今以其无累，便谓不复应物，失之多矣①。

文德斯，《应物兄》的主人公，李洱迄今为止的小说作品里少数几个懂得羞涩的人物之一，有一次对应物说："你嘛，你的名字就是你的终极语汇之一，应物而无累于物。"但初中班主任对前应小五的如此期许，连成年娶妻后的应物都信心全无：他有太多的东西需要记挂心间，有太多的烦恼需要忍耐；还有太多"细"密的心思，需要他仔"细"收藏起来，以便"细"加品味，并用于夜间详考，直至以春秋鼎盛之年，生死不明于一场平淡无奇的车祸。作为济州大学资深的儒学教授，姓应名物者像是理所当然那般，写有一本亦步亦趋于《论语》的著作，等价或者相当于献给儒学的投名状。《应物兄》有言：那部书"原名叫《〈论语〉与当代人的精神处境》，但他在拿到样书的时候，书名却变成了《孔子是条'丧家狗'》，他的名字也改了，从'应物'改成了'应物兄'。"②该书的出版商，"后颈肉浪滚滚"的大胖子季宗慈，也就是"婚姻即体制性阳痿论"的发明者，乃前应小五的朋

---

① 何劭：《王弼传》，参阅陈寿：《三国志》卷二十八。《应物兄》引用过这段话。
② 本文凡引李洱任何小说中的文字，只注明所引小说的篇名、最初发表所引小说之刊物的名称和刊物的出版时间（或期数），不注明页码，意在提醒读者注意被提到的小说大致写于、发表于何时，以便从历史主义的角度增进对李洱的小说——而非李洱——的理解。

友。此人随手将尚未署名的书稿抛给图书编辑时,随口很客气地说,这是应物兄的大著;图书编辑便很不客气地将"应物兄"当成了著者的名字——这个细节的叙事学意义,此处姑且按下不表。

在这个盛极一时的消费主义时代,作为书名的《〈论语〉与当代人的精神处境》确实长相平庸,不会产生任何像样的轰动效应,有必要遵照"标题党"的基本律令或原则,更名为《孔子是条"丧家狗"》,以谋出路。马歇尔·麦克卢汉(Marshall McLuhan)颇富想象力地认为:"大批量生产的商品一向带有娼妓的属性……自摄影术诞生以来的世界,犹如是一座没有围墙的妓院。"①而依居伊·德波(Guy Debord)之见,消费社会的实质及其要义,根本就"不是卖出人们所制造的东西而是卖出'卖'这一行为本身"②。作为一个当下——而非大而化之的所谓当代——中国人③,应物了解"卖出'卖'"的要义和实质,明白商品中暗藏的娼妓属性,却仍然要为自己享受的待遇大光其火,但没有任何能力改变既成事实于万一,直至"应物兄先生""应物兄老师""应物兄教授""应物兄同志"成为他的新尊号。前应小五向出版家朋友大光其火,既意味着应物兄先生不得不有应于物,又意味着他有累

---

① [加]马歇尔·麦克卢汉:《理解媒介》,何道宽译,译林出版社2011年版,第218页。
② [英]安迪·梅里菲尔德:《居伊·德波》,赵柔柔等译,北京大学出版社2011年版,第64页。
③ 王鸿生先生是个既杰出又细心的批评家,他依据小说中的故事情节,推断的结论很合历史主义的脾性:《应物兄》的"故事时间最终被设置在21世纪第二个10年的某一年内"(王鸿生:《〈应物兄〉:临界叙述及风及门及物事心事之关系》,《收获·长篇专号》2018年冬卷)。由此看来,应物兄的当下中国人的身份应该毋庸置疑。

于物,还意味着他虽然深研儒学,却依然是一个颇为地道的凡品和俗物。他先是被动,并且违心,最终又较为心安理得地接受现实、接受新尊称,走向自身意图和意愿的反面,则具有程度不轻不重的反讽意味,弥散、流布于《应物兄》的字里行间,浸润着整体的《应物兄》,像是充满脚臭味或是带有酒香的蒸汽。

富弼曰:"人君所畏惟天。"① 在古老的汉语思想中,应物而无累于物,直至在宥万物②,任其无所驻心地自在生长,是圣人的境界③。东坡居士从境界的角度,称之为"无住"(苏轼《闻辩才法师复归上天竺以诗戏问》:"昔年本不住,今者亦无来。");艾朗诺(Ronald C. Egan)则给"无住"做了一个善解人意的注释:"不允许自我留恋于外物,不允许自我对外物产生占有欲。"④ 这正是明道先生的教诲:"天地之常,以其心普万物而无心;圣人之常,以其情顺万事而无情。"⑤ 应物而有累于物,乃凡俗之人与万物相往还时必备的代价⑥。《庄子》甚至极端地认为,作为老

---

① 《宋史》卷三一三。
② 谭嗣同对"在宥"有过一厢情愿但并非全无着落的解释。他认为,"'在宥',盖'自由'之转音。旨哉言乎!人人能自由,是必为无国之民。"(〔清〕谭嗣同:《仁学》,华夏出版社2002年版,第161页)
③ 《易·通》上九爻辞:"肥遁,无不利。"王弼注:"最处外极,无应于内,超然绝志,心无疑顾。忧患不能累,矰缴不能及,是以肥遁无不利也。"这正是圣人的行止。
④ Ronald C. Egan, *Word, Image, and Deed in the Life of Su Shi*, Harvard University Press, 1994, p157.
⑤ 《明道文集》卷三《答横渠先生定性书》。
⑥ 《孟子·尽心上》有云:"万物皆备于我。"赵岐注:"物,事也。"这就是说,本文所说的物不仅指万物,也指围绕万物组建起来的万事,人也是万物之中的一物。

子心目中"大盗不止"①的重要原因,也作为儒家的圣人,连孔子都不可能不被外物所拖累②。作为济州大学资深的儒学教授,应物兄显然不会有如庄子那般,既对儒家和孔门不怀好意,又特别地不解风情。他非常清楚:除圣人之外的一切人等,都得以有累于物为货币,购买应物的资格,因为人生在世,焉能有不应物之理乎?

到得这等境地,古老的汉语思想自有其教导,或自有其暗示性:包括圣人在内的一切人等,不仅需要与物相俯仰(不妨想想"今以其[亦即圣人]无累,便谓不复应物,失之多矣"),还得尽可能与物零距离地相接触③。在古老的汉语思想里,物不仅从来不会远离人群孤身独处,人还须得以其至诚之心,参与到促成

---

① 《庄子·胠箧》。
② 《庄子·骈拇》有云:"自三代以下者,天下莫不以物易其性矣!小人则以身殉利;士则以身殉名;大夫则以身殉家;圣人则以身殉天下。故此数子者,事业不同,名声异号,其于伤性以身为殉,一也。"庄子说孔子有累于物也许是正确的,但他给出的原因可能并不恰切。《公羊传·哀公十四年》:"拨乱世,反诸正,莫近于《春秋》。……制《春秋》之义,以俟后圣。"何休注:"待圣汉之王以为法。"很显然,孔子在汉代还不是圣人。这是"因为圣人之为圣人,有着超出学之外的因素,即是天命"(王锦民:《古学经子——十一朝学术史述林》,华夏出版社 2008 年版,第 15 页)。如果孔子真如庄子所说有累于物,乃是他原本就不是圣人之故。
③ 在古老的汉语思想中,世界是以"物"来定义的:"万物"就是世界。艾兰(Sarah Allan)女士小心翼翼地将"万物"译作 Myriad living things([美]艾兰:《水之道与德之端》,张海晏译,上海人民出版社 2002 年版,第 108 页),这个译法"堪称神来之笔,不但强调了'物'(things)之繁多(Myriad),更突出了'物'之繁盛,尤其是'物'之生意、生机和生气(living)"(敬文东:《从心说起》,《天涯》2014 年第 5 期),但更主要是道明了古老的汉语文化中以"物"定义世界的鲜活性。

万物之生成(亦即"成物")的过程当中。为此,古老的汉语典籍早已给出了伟大的教诲:"虚无无形谓之道,化育万物谓之德。"①——德必须建立在化育和滋生万物的基础之上②。"诚者物之始终,不诚无物。……诚者非自成己而已矣,所以成物也。"③——"成己"的目的,乃是为了"成物"。暗含于这等口吻之中的,正是儒家的深仁大爱和良善之心。此间真意,有心之人早已机警,并且善解"物"意地指了出来:"人可以插入物,使人立置起来(成己),也使物立置起来(成物)。"④最不济,也得做到"春三月,山林不登斧,以成草木之长;夏三月,川泽不入网罟,以成鱼鳖之长"⑤,最后,方可达致"山林欤!皋壤欤!使我欣欣而乐欤!"⑥的物我相契之境。正是出于这样的原因,陈白沙才敢说:"身居万物中,心在万物上。"⑦老伏尔泰(Voltaire)才盛赞中国乃"天下最合理的帝国(le plus sage empire de l'univers)"⑧。

人、物之间拥有这等亲密的关系,更有可能得益于以味觉为

---

① 《管子·心术上》。
② 据艾兰说,英语世界倾向于将"德"译为 virtue(美德)、inner power(内在力量)、potency(超凡力量)等([美]艾兰:《水之道与德之端》,前揭,第115页)。
③ 《礼记·中庸》。
④ 贡华南:《味与味道》,广西师范大学出版社2015年版,第66页。
⑤ 《逸周书·大聚》。
⑥ 《庄子·知北游》。
⑦ 陈献章:《陈白沙集》卷五。
⑧ 转引自张隆溪:《从比较文学到世界文学》,复旦大学出版社2012年版,第8页。

中心组建起来的汉语①,毕竟语言才是人类认识世界最原初的出发地:唯有语言,才是人类认识活动的基因、胚胎或密码②。从语言哲学的角度很容易获知,唯有语言,才配称对万物的反应

---

① 武田雅哉说得很俏皮但很准确:"中国博物学的方法论基础,就在于'吃'。……当我们遇见未知的东西时,先应该送进嘴里吃吃看。这是中国神话教给我们的道理。"正因为"尝"才是汉语认识万物的方法论,才会出现武田说的如下情况:"《本草纲目》中万物的价值,未必仅限于'药用'的狭窄用途,而是依据'此物应如何处理才最适合食用'之标准来测定。这是本草学的方法论。《本草纲目》不只记载植物、矿物和动物,连尿桶、木屐带子、上吊用的绳子,在书中也被中国人拿来料理,最后进到他们胃里。"([日]武田雅哉:《构造另一个宇宙:中国人的传统时空思维》,任钧华译,中华书局 2017 年版,第 107 页、110 页)在古典中国,甚至连计时方式都是味觉化的:"死丧无日,无几相见,乐酒今夕,君子维宴。"(《诗经·頍弁》)"六月食郁及薁,七月亨葵及菽,八月剥枣,十月获稻,为此春酒,以介眉寿。七月食瓜,八月断壶,九月叔苴,采荼薪樗,食我农夫。"(《诗经·七月》)由此,不得不佩服马歇尔·麦克卢汉目光如炬:"17 世纪传教士东来和时钟输入之前,中国和日本人用香火的刻度来计算时间已实行了数千年。不光是时辰和日子,而且连季节和黄道十二宫都同时用仔细排列的气味来表示,嗅觉长期被认为是记忆的根基和个性统一的基础……嗅觉不仅是人最美妙的感官,而且也是最形象化的感官,因为和其他任何感官相比,它能更加完整地调动人的整个感官系统。因此,读写文化高度发达的社会采取步骤去减弱或消除环境中的气味,就不足为奇了。"([加]马歇尔·麦克卢汉:《理解媒介》,前揭,第 169 页)
② 韩少功为反对近世以来形成的语言拜物教(language fetishism),而提出用具象来补充语言和达成对语言更准确的理解(参阅韩少功:《暗示》,人民文学出版社 2002 年版),虽然意义重大,却对本文此处的论点不构成威胁,因为无论如何,人认识世界只能依靠语言,即使是具象只要被人所把握,也早已语言化了,不存在没有语言化的具象(参阅敬文东:《具象能拯救知识危机吗?——重评韩少功的〈暗示〉》,《当代作家评论》2014 年第 5 期)。

(而不是反映);有何种性状的语言,就有何种性状的人—物关系和人—人关系。调整人—人关系的底牌、安置人—物关系的密码,向来拿捏在语言的掌心①。古老的汉语从其起始处,就宿命性地认领了舔舐和品尝万物的能力。汉语与心相连②,是一种具有舔舐才华的声音性存在物,从心而不从脑③,不似倡导理性的古希腊,连传说中的雅典娜也必定诞生于宙斯的脑海,而非心田④,但它同样不免于宿命性的魔爪。舔舐不仅意味着应物时的零距离状态,还意味着与万物相往还时,华夏古人必须向世

---

① 对掌握了语言的人来说,世界从来不是原本那个客观的世界,因此,莫里斯·梅洛-庞蒂(Maurice Merleau-Ponty)那个无须注明其出处的观点才能成立:语词是世界的血肉。但更真实的情况是:唯有句式以及推动语词成为句式的语气才是世界的形式;句式就是世界在语言中呈现出来的样子,世界只能呈现在句式之中。因此,更进一步的推导必然是:句式呈现和决定了人—物关系和人—人关系(参阅陈嘉映:《思远道》,福建教育出版社 2000 年版,第 51 页)。汉语的舔舐能力就这样决定了中国人的应物、应人之态度。与此形成鲜明对照的人—人关系和人—物关系出现在西方语言中:"对于黑种人而言,白种人有着尸体的气味。对于白种人而言,黑种人有着粪便的颜色和气味。这一共同的识别奠定他们相互的仇恨,一方恨另一方是因为对方唤起他对自身所隐藏的东西的形象,另一方则从这种想要摆脱土地的执拗中,看出那种不知自己必然要死去的人的盲目傲慢。带来文明的一方不可能不去相信自己是不朽的:正因为如此他才有着尸体的气味,这气味是由他所压抑的东西的回归来构成的,这东西涉及他作为凡人的境遇,凡人必须像其他人一样从他痛苦的'俗世臭皮囊'中去除自己的污秽。"([法]多米尼克·拉波特:《屎的历史》,周莽译,商务印书馆 2016 年版,第 56 页)
② 贡华南:《味与味道》,前揭,第 99—144 页。
③ 对这个问题,本人曾有详细论述(参阅敬文东:《味与诗》,《南方文坛》2018 年第 5 期)。
④ 迟轲:《西方美术史话》,中国青年出版社 2004 年版,第 35 页。

间万物输出至诚之心:这就是古老的汉语随身携带的基本伦理①。孟子因之而有言:"诐辞知其所蔽,淫辞知其所陷,邪辞知其所离,遁辞知其所穷。"②何以如此呢?盖因为其诚也。零距离的应物状态和应物时必备的至诚之心,是圣人与凡夫共同的本分;是否有累于物,才算得上凡品与圣者的分界线和分水岭。在这等语境当中,有累于物顶多意味着应物兄是个凡人,并不构成对他的反讽。他一出生就获取的反讽意味,自有单属于他及其同类的源头。只是此时此刻,尚需绕道远行,以求标准答案;还得从 long long ago……开始,以求功德圆满。

无论是有累于物,还是无累于物,汉语的舔舐才华都有能力保证古典时期的中国人达致物我交融之境。物与人彼此感恩、相互致意,以至于物从人愿,人则有成物之美,所谓"人与天调,然后天地之美生"③——这当然是应物兄先生可望而绝对不可即的境界。物因为人参与了成物的过程,所以,从来不会感到孤独、委屈和落寞。对于古老的味觉化汉语而言,现代性境域中的"多余物"该是何等骇人听闻的概念,"废弃物"又该是多么不可思议的词语④。在这种语言的细心哺乳下,人的应物活动不仅不存在丝毫反讽的特性;反倒从其起始处,就排斥反讽性能,只因为"万物皆被于我"⑤,而我不仅

---

① 参阅彭小球:《从〈论语〉看孔子的语言伦理思想》,《现代语文(语言研究)》2013 年第 8 期。
② 《孟子·公孙丑上》。
③ 《管子·五行》。
④ 参阅敬文东:《论垃圾》,《西部》2015 年第 4 期。
⑤ 《孟子·尽心上》。

与万物同在,更与万物同一①。在这等性状的语言空间当中,人与物彼此间坦诚相待、贴身往还、相互牵挂(亦即凡俗之人比如应物兄的有累于物),言在此意在彼的反讽行为根本不可能发生②。董仲舒显然在明知故问:"岂可以居贤人之位,而为庶人之行哉?"③顶多是在某些特定的地点、某些无法绕开需要悠着点来的时刻,古老的汉语思想中才会稀稀落落出现三两个反讽行为,活像老年人的性生活。但那仅仅是"经"与"权"的问题,既无足轻重,亦无伤大雅。尽管朱熹言之凿凿:"道之所贵者中,中之所贵者权"④,但应物兄先生像其前辈,亦即历朝历代的儒士经生那样,仍然很清楚:"权"不过是对"经"的变通性运用,带有调皮的神情,外加做鬼脸和吐舌头的扮相。

---

① 《庄子·齐物论》:"天地与我并生,万物与我为一。"
② 赵毅衡从中国的道家、墨家、名家那里,发现了作为修辞格的反讽(参阅赵毅衡:《反讽时代:形式论与文化批评》,复旦大学出版社 2011 年版,第 2 页)。但这只是作为论证手段的修辞存乎于一切形式的语言之中,与本文此处及其以后提到的反讽大有差异。本文所谓的反讽是非修辞的,只保留作为修辞的反讽的最原始的意义,详论见后。
③ 《汉书·董仲舒传》引董仲舒语。
④ 〔南宋〕朱熹:《孟子集注》卷十三。

反讽时代

同古老的汉语形成鲜明对照的,是面相和腰身同样古老的逻各斯(logos)。海德格尔训"逻各斯"为"话语"(Rede),甚或直接将之认作"语言"的另一个名称①。《应物兄》的叙事人颇为笃定地认为,它的第一主人公成长于1980年代,虽主修中国古典文学,却熟知现象学(phenomenology)的精髓与要义。因此,应物兄教授有可能很清楚:和古老的汉语以味觉为中心大相径庭,逻各斯更愿意,也更乐于宿命性地建基于一家独大的视觉中心主义(ocularcentric 或者 ocularcentrism)②。莫里茨·盖格

---

① 海德格尔认为:在希腊语中,逻各斯的本义是把言语所指涉之物展现给人看,却在拉丁语里被转译成理性、逻辑或定义;由此,人类从言谈的动物,"进化"为理性的动物,逻各斯则被贬值为——或变质为——一种现成事物的逻辑([德]海德格尔:《存在与时间》,陈嘉映、王庆节译,生活·读书·新知三联书店1999年版,第38页)。本文就是在海氏提供的层面上,将逻各斯等同于语言。
② 参阅高燕:《论海德格尔对视觉中心主义的消解》,《上海大学学报》2010年第4期。

尔(M. Geiger)认为,现象学最重要的标准之一是:"人们既不能通过演绎,也不能通过归纳来领会这种本质,而只能通过直观来领会这种本质。"①视觉中心主义的基本要义,就是对直观到的本质和直观本身,进行不带感情色彩的客观描述②,直至乔吉奥·阿甘本(Giorgio Agamben)道说的那种境地:"看的眼睛变成了被看的眼睛,并且视觉变成了一种自己看见看见。"③

跟古老的味觉化汉语倡导**零距离**的应物原则(亦即人插入物以成物)相比,逻各斯依其本性另有打算:人与物须得两相分离,人是人,物是物,不得混淆,无法交融④。当然,也绝对不得交融⑤。这是诗人费边⑥乐于看到的局面,因为该人存乎于1990年代的中

---

① [德]莫里茨·盖格尔:《艺术的意味》,艾彦译,华夏出版社1999年版,第11页。
② 参阅彭锋:《诗可以兴》,安徽教育出版社2003年版,第5页。
③ [意]乔吉奥·阿甘本:《潜能》,王立秋等译,漓江出版社2014年版,第92页。
④ 杨治宜说:"在本雅明的等级秩序里,人给万物命名,他的语言依然是最高等、最完美的语言。与之相反,海德格尔区分开'物'(das Ding)和康德的'对象'(der Gegenstand)。根据海德格尔,物是自足的,而对象则不是……如果物是自足的,它又何必和人交流呢?诗人策兰(Paul Celan)提出一种解决方案:尽管物呢喃自语,诗人(也只有诗人)却能听见它们的独白……'物'本身的存在核心依然是人类所无法触及的。如利奥塔观察的那样,物并不等待着人类来决定它的命运。"(杨治宜:《"自然"之辩:苏轼的有限与不朽》,生活·读书·新知三联书店2018年版,第122—123页)
⑤ 为此马克斯·皮卡德(Max Picard)有妙论:"实际上并没有那么多从外面看上去的对立情况。许许多多的现象都是人的眼睛有意识地向着对立的方向,人为地造成的。不这样做,现象便意识不到。许许多多的现象必须以显著的对立的形式提供在人的眼前,不那样做的话,这些事物对人来说就像不存在的一样。"([瑞士]马克斯·皮卡德:《沉默的世界》,李毅强译,上海书店2013年版,第58页)
⑥ 费边是李洱的中篇小说《午后的诗学》中的主人公。这部小说发表于《大家》1998年第2期。

国,热衷于分析一切可见之物,甚或一切不可见之物。在逻各斯的治理下,物首先得是人的对象①;紧接着,还必须成为人用于征服的猎物,直至人的存在也"不过就是被认知或被制作"②。《应物兄》的重要主人公,旅居美国的儒学大师程济世,在二十一世纪某个感恩节的晚上对他的美国朋友们说:你们"杀了谁,就向谁感恩,这就是美国的感恩方式:'谢谢你让我杀了你!'"。二十世纪初年的马克斯·舍勒(Max Scheler)也因此而有睿智之言:科学向来就充满了对大自然的仇恨③,虽然长期以来,这种性质的仇恨被认作积极,被称之为正面④。自打一开始,逻各斯支持的应物方式,就是远距离的,

---

① 在古老的汉语的关照下,人与物结成的是我-你关系;在逻各斯的关照下,人与物结成的则是我-他关系。前者是化"你"为"我",关系亲密,"你"不是"我"的对象;"他"则是"我"的对立面,关系疏远(参阅敬文东:《皈依天下》,天地出版社 2017 年版,第 22 页)。
② 洪涛:《〈格列佛游记〉与古今政治》,华东师范大学出版社 2018 年版,第 85 页。
③ [德]M. 舍勒:《舍勒选集》,刘小枫选编,上海三联书店 1999 年版,第 31 页。
④ 何光沪在阐释马丁-布伯(Martin Buber)的《我与你》时,辨析过西方人的两种应物态度:我—你关系、我—它关系。何先生由此很精辟地认为:"'我—它'关系对于人的生存和发展是不可缺少的,人类的许多成就都必须通过对世界持'我—它'态度才能取得。可是在'我—它'关系中,'我'的兴趣只在于从'它'那里获取什么东西,利用'它'来达到某种目的,而不在于把'它'作为人格来对待,来发生相互的关联。显然,如果这种关系或态度扩及人与人之间,那是十分可怕的。事实上,我们在多数场合下有意无意地采取的,正是这么一种态度,而且布伯认为,在人类历史和文化中,'我—它'关系正一步步吞噬着'我—你'关系的地盘。"(何光沪:《有心无题》,生活·读书·新知三联书店 1997 年版,第 9—10 页)

对世间万物满是算计和计算的神情;起自古希腊的**远距离的应物原则**,却并不因遭遇希伯来文明中的神秘主义①而归之于消失。事实上,建基于纯粹之看的逻各斯随身携带着极强的求真伦理,因而具有超强的分析性能②;远距离的应物原则则自称能够保证看的客观性,甚至纯粹性③。有这等来自基因层面的神力尚然长存、夜不闭"目"(而不是"户"),即便是在遭到神学全面控制的中世纪,逻各斯自带的求真伦理就既没有、也不可能被全盘压抑④,科学—技术依然在暗中缓慢,却顽强地持续性增长⑤,何况宗教原本就致力于"对思想意见分歧的政治解决。由政治来解决思想分歧,这是宗教的发明,而这是最早的一

---

① [古罗马]斐洛:《论凝思的生活》,石敏敏译,中国社会科学出版社2004年版,第8—26页。
② 参阅敬文东:《汉语与逻各斯》,《文艺争鸣》2019年第3期。
③ 约翰·伯格(John Berger)说:"我们只看见我们注视的东西,注视是一种选择的行为。注视的结果是,将我们看见的事物纳入我们能及——虽然未必伸手可及——的范围内。触摸事物,就是把自己置于与它的关系中。"([英]约翰·伯格:《观看之道》,戴行钺译,广西师范大学出版社2005年版,第2页)虽然选择行为可以如伯格认为的那样是主观的,但对被选择之物的观看却必然是客观的。
④ 虽然经院哲学中的"智性的'真正对象'是存在(Being),适当地研究人类就是研究上帝";但同样值得关注的是,"中世纪学堂中的自由技艺可以分初级和高级两等,前者包括三门技艺(科目)(The Trivium):修辞、语法和逻辑,后者含有四门(The Quadrivium):数学、天文、音乐和地理"(童庆生:《汉语的意义:语文学、世界文学和西方汉语观》,生活·读书·新知三联书店2019年版,第39—40页)。
⑤ [美]爱德华·格兰特:《中世纪的物理科技思想》,郝刘祥译,复旦大学出版社2000年版,第70—133页。

种现代性"①。以至于出现了阿甘本所说的那种令人沮丧的局面:"我们全部的政治文化都建立在人民与语言这两个概念之间的关系之上。"②

《应物兄》的主人公,年轻的文德斯,算得上逻各斯的上佳知己。害羞的文德斯认为,"确实有一种观点,认为'科学并不思'。……这不是它的短处,而是它的长处。只有这样,才能保证科学以研究的方式进入对象的内部并深居简出。科学的'思'是因为对象的召唤而舍身投入。"越过漫长的中世纪,当世俗化重新张目、抬头,致使远距离的应物原则终于无所束缚,也终于无所顾忌地放手一搏,以至于大获全胜和凯歌高奏;世间万物依照逻各斯的旨意,纷纷各就各位,并不仅仅是神学语义中的各从其类,更不是古典汉语思想倡导的"万物并育而不相害,道并行而不相悖"③,又何止于诗人费边语义空转那般好玩复兼好笑的分析、分析和分析。世间万物对此虽不乏牢骚,也不乏偶尔的抱怨,却依然奉命而行,遵旨行事。于此之中,号称仇恨大自然而为人类谋求福祉的逻各斯,却毫不令人意外地,获取了毁灭人类的诸种可能性。作为逻各斯最为辉煌的成果之一,原子能既可以温暖人间,也可以将人间沦为废墟和瓦砾。就这样,逻各斯不仅自带求真伦理,由求真伦理导致的**反讽特征**,也是它的基

---

① 赵汀阳:《每个人的政治》,社会科学文献出版社2010年版,第123页。
② [意]乔吉奥·阿甘本:《无目的的手段》,赵文译,河南大学出版社2015年版,第88页。
③ 《礼记·中庸》。

本秉性和天赋①。很可能就是在这个既宏大又隐秘的背景下，韦恩·C.布斯(Wayne C. Booth)才敢，也才能如是放言：只要逻各斯存在一天，反讽就必将是世界之本质，就是宇宙运行之规律；"反讽本身就在事物当中，而不只在我们的看法当中。"②在逻各斯看来，反讽乃万物之魂；这和古老的汉语思想中味乃万物之魂，恰成鲜明的比照③。对于反讽乃万物之魂这个基本事实，海兰德(A. Hyland)说得更坚决，也更坦率：反讽是对人类真实境遇准确而精致的模仿④。海氏很可能不愿意，或者是不忍心说：反讽不仅是逻各斯的必然产物，也是逻各斯有意为自身制造的一个超级礼品。

费诺罗萨(Ernest Fenollosa)，还有费夫人为其过世的丈夫钦点的后继者庞德(Ezra Pound)，一致笃定地认为：在现存一切种类的人类语言之中，古老的汉语很可能是最宜于作诗的语言。

---

① 赵毅衡对这等反讽的境地有极为睿智的描述："'历史反讽'(historical irony)……规模巨大，进入历史。例如第一次世界大战时英美的动员口号'这是一场结束所有战争的战争'(The War That Ends All Wars)，结果这场战争直接导致第二次世界大战。还有，工业化为人类谋利，结果引发大规模污染；抗生素提高了人类对抗病毒的能力，结果引发病毒变异。如此大范围的历史反讽，有时被称为'世界性反讽'(cosmic irony)。"(赵毅衡：《反讽时代：形式论与文化批评》，前揭，第8页)
② [美]韦恩·C.布斯：《修辞的复兴：韦恩·布斯精粹》，穆雷等译，译林出版社2009年版，第80页。
③ 贡华南说得很干脆："'味'是事物最重要的特征，或可称'味'为事物的'本质'。……'味'是物的本质属性。……有形万物皆由气味生成，皆由'味'，皆有'味'。"(贡华南：《味与味道》，前揭，第22、23、25页)
④ 参阅张其学：《作为人的生存方式的反讽——克尔凯郭尔论反讽》，《广州大学学报》2007年第12期。

波德莱尔（Charles Baudelaire）之言，满可以被视作对费诺罗萨和庞德的声援："我唯一的经验是一种极端的喜爱给予我的经验，唯一的推理是本能。"①零距离的应物原则保证了汉语的世俗性②，特别是肉体性。正是这一点，使汉语拥有直入万物核心部位的能力③。费诺罗萨断言：古老的汉语"使中国生活的土壤看来缠满了语言的根须"④。汉语像根须一样，倾心于和土壤的零距离接触。梁宗岱则感叹道：味觉化汉语能让孔夫子这种"深思的灵魂，有时单是一声叹息也可以自成一道绝妙好诗"⑤，只因为叹息原本就是汉语（当然更是汉语诗歌）的精髓之所在⑥。诗人费边对此则持基本否定的态度，他认为，汉语的世俗化和肉体特征排斥分析性能，不利于对现代经验进行条分缕析式的解剖。

深陷于新儒学的应物兄当然知道：近世以来，宜于作诗的汉

---

① ［法］波德莱尔：《波德莱尔美学论文选》，郭宏安译，人民文学出版社1987年版，第408页。
② 英语中有专门用于诗而口语中少用或不用的词（亦即"诗语"，poetic words，poetic term，poetic diction）；也有中国学者循英语之例，在汉语中寻找诗语，但努力之下，却成效甚微（参阅谢思炜：《试论汉语中的"诗语"》，《清华大学学报》2017年第5期）。这正好说明汉语本身是世俗化的，很少有词语专属于诗歌写作。
③ 参阅敬文东：《词语：百年新诗的基本问题》，《中国现代文学研究丛刊》2017年第10期；参阅敬文东：《从超验语气到与诗无关》，《中国现代文学研究丛刊》2018年第10期。
④ ［美］费诺罗萨：《作为诗歌手段的中国文字》，赵毅衡译，庞德：《比萨诗章》，黄运特译，漓江出版社1998年版，第249页。
⑤ 梁宗岱：《梁宗岱文集》（评论卷），中央编译出版社2003年版，第124页。
⑥ 参阅敬文东：《兴与感叹》，《首都师范大学学报》2016年第3期。

语被其众多的使用者纷纷责之为、指控为不宜于科学;道光已还的中国处处受欺、时时受气,则被归因于、归罪于味觉化的汉语,还有它支持、宠幸的应物原则①。有人颇为敏感或曰十分"眼尖"②地观察到,"轿子的滥觞与程朱理学的兴起几乎发生在同一时期。"③而程朱理学正好是宜于作诗的语言正出的苗裔,被五四先贤纷纷认作中国处处挨打、时时受气的渊薮所在,因为它至少催生了象征等级制度的轿子:"轿者,肩行之车。"④而这等样态的交通工具,显然违反了知识理性,陷早已被发明出来的车轮于水火、于不义:竟然让人充当车轮,实在当得起开"历史倒车"的考语。敏感的诗人因此写道——

> 我长大在古诗词的山水里,我们的太阳也是太古老了,
> 没有气流的激变,没有山海的倒转,人在单调疲倦中死去。
>
> (穆旦:《玫瑰之歌》)

---

① 钱玄同说得很决绝:"中国文字,字义极为含混,文法极不精密,本来只可代表古代幼稚之思想,决不能代表 Lamark、Darwin 以来之新世界文明。"(钱玄同:《中国今后之文字问题》,《新青年》第 4 卷第 4 号,1918 年 4 月 15 日)王力认为:"古人说话,往往不能精密地估计到一个判断所能适用的范围和程度。古人所谓'不以辞害意',就是希望听话人或读者能了解所下的判断也容许有些例外。但是,今天我们的语言要求科学性……因此,在句子里面表示某一判断(某一叙述、某一描写)的范围和程度,是加强语言的明晰性的必要手段。"(王力:《汉语史稿》,中华书局 1980 年版,第 478 页)"不以辞害意"是味觉性的,需要品味语言本身的味道,要让"辞"之味合于"意";所谓"科学性"就是"辞"不能有歧义,是对"辞"之味的摒除,要让"意"处于失味状态。
② 蜀语,意思是眼光锐利、眼睛很好使。
③ 杜君立:《历史的细节》,上海三联书店 2013 年版,第 124 页。
④ 《明史·舆服志》。

有人甚至极端地认为,耳朵离大脑较眼睛离大脑更近,所以,拼音文字比象形文字达致大脑的速度更快,实在有必要废除汉字①。指控者们的态度、立场和观点出奇地一致:围绕味觉组建起来的汉语必须得到逻各斯的彻底改造②;在味觉中加添视觉,将零距离的应物原则与远距离的应物原则相混合,尽可能追杀味觉及其支持、宠幸的应物原则,才能有效处理日益复杂而又转瞬即逝的现代经验③。众多的指控者们因此"知道自己的舌头急需要滋阴壮阳。这个伟大的觉悟迫使中国的舌头放下架子集体投靠了鸟语,或夷语。它被认作我们舌头的春药"④。一场

---

① 参阅孙宝瑄:《忘山庐日记》上册,光绪二十三年十一月十四日(1897年12月7日),上海古籍出版社1983年版,第150页。
② 加添视觉的途径之一,是对虚词的前所未有的高度重视,恰如吕叔湘、朱德熙所言:虚词的重要性远在实词之上,因为"实字的作用以它的本身为限,虚字的作用在它本身之外;用错了一个实字只是错了一个字而已,用错了一个虚字就可能影响很大。"(吕叔湘、朱德熙:《语法修辞讲话》,中国青年出版社1979年版,第65页)而依清人刘淇的看法,虚字乃文章的"神情也"(刘淇:《〈助字辨略〉序》)。古典诗文尤其是诗,是较为忌讳虚词的:"诗句中无虚字方健雅"(胡仔:《苕溪渔隐丛话》前集卷五十引黄庭坚);"作诗虚字殊不佳。"(陶宗仪:《南村辍耕录》卷九引赵孟𫖯)
③ 废名对此的观察极为精确和细致:"今文所以大异于古文,是从新式标点符号和提行分段的办法引来的,这却是最大的欧化。这个欧化对我们今天的白话文体所起的作用太大了。"(废名:《废名集》第六卷,北京大学出版社2009年版,第3060页)这是因为汉语中的标点符号的功能之一是:"对口语层面拥有但书面化表达过程中汉字未能表达或难以表达的情绪性内容进行补充表达,"或"对言语交际层面口语中没有但口语性情景或主体意识中具有的部分具象思维性和情绪性内容进行必要的添加性表达"(郭攀:《二十世纪以来汉语标点符号研究》,华中师范大学出版社2009年版,第194页)。
④ 敬文东:《看得见的嘴巴》,《文学界》2007年第3期。

影响深远的语言改造运动就此展开,史称"白话文运动"①。这场运动的实质和旨归,被过于仰仗和依赖视觉化汉语的汪晖一语道破②:"不是白话,而是对白话的科学化和技术化洗礼,才是现代白话文的更为鲜明的特征。"③被充分视觉化的汉语在获取分析性能(亦即"科学化和技术化洗礼"),因而功力大增,并且生猛有加的同时④,也顺势接管了逻各斯随身携带的求真伦理和反讽特性;反讽特性和求真伦理就此过继为视觉化汉语的本质规定性,却并不因其养子的身份稍有辞让,反倒一副舍我其谁的派头,致使作为"口力劳动者"(《应物兄》语)的费边之流没日没夜"啸聚书房"⑤;他们无论对事、对物,都从分析性的角度极

---

① 有人认为"白话文运动"并未达到其目的(参阅桑兵:《学术江湖:晚清民国的学人与学风》,广西师范大学出版社 2017 年版,第 88—117 页);有人认为这场运动是失败的(参阅李春阳:《白话文运动的危机》,生活·读书·新知三联书店 2017 年版,第 13 页)。这些观点也许都可以讨论,但需不需要这场运动如今看来却是毋庸置疑的,因为无论是存在千年的书面白话文还是存在数千年的文言文,都不足以表达和处理现代经验(参阅敬文东:《汉语与逻各斯》,《文艺争鸣》2019 年第 3 期)。

② 关于汪晖的语言风格,可参看王彬彬:《汪晖的学风问题——以〈反抗绝望〉为例》,《文艺研究》2010 年第 3 期。

③ 汪晖:《现代中国思想的兴起》下卷第二部,生活·读书·新知三联书店 2004 年版,第 1139 页。

④ 应该指出的是,只要是语言,就必然是理性的(参阅[德]黑格尔:《小逻辑》,贺麟译,商务印书馆 1980 年版,第 63 页);不存在非理性的语言,汉语当然不能例外。这是汉语可以被逻各斯深度浸染的基础。公孙龙子早已发现了存在于汉语根部的逻辑性和分析性(参阅《公孙龙子·坚白论》),只是以味觉为中心的汉语不那么待见公孙龙子发现的理路而已。

⑤ 李洱:《问答录》,上海文艺出版社 2017 年版,第 127 页。

尽敲骨吸髓之能事,却没有成己以成物的任何念头,只热衷于分析一切可见,甚或不可见之物:"'这是一个分析的时代,'他(即费边—引者注)说,'所有人都在分析,什么都得分析。教师在分析学生,学生在分析校长;病人在分析医生,医生在分析医院;丈夫在分析妻子,妻子在分析情夫;人在分析枪,枪在分析人;人对灵魂做出分析,灵魂对人做出分析;天堂在分析地狱,地狱在分析天堂……'"但归根到底,费边是正确的:汉语被视觉化之后,实在没有任何事物能够幸免于分析的境遇,甚至连是否可以或者需要自绝于人间,都可以得到十分理性的分析。北京大学一个女生自杀前,在 BBS(Bulletin Board System 的简称,亦即"络论坛")留有遗书:"我列出一张单子/左边写着活下去的理由/右边写着离开世界的理由/我在右边写了很多很多/却发现左边基本上没有什么可以写的……"①

寄身于这等语言空间的应物兄心中有数:殖民主义最核心的秘密之一,就是语言殖民;作为数度赴美或访学或公干的儒学

---

① 薛毅:《何为"人文知识思想的再出发"》,贺照田等:《人文知识思想的再出发》,自印本,北京2018年版,第4—5页。事实上,当汉语视觉化之后,甚至连一向被认作必须以呈现而非说教为务的汉语诗歌,也突然间变得分析起来,甚至被人指认为是科学报告。比如,吴芳吉就认为傅斯年的某些诗作具有如下特性:"兹乃堆叠字眼,务求逼肖,精粗并进,卒累芜杂,而诗之体格乖矣。所以致此之。故在其感受科学方法之醍醐影响。以意思分析过细,乃如心理教科,测验记录,以形象刻画太实,乃如游览指南,天象报告。而或者谓其写生之妙,常人莫及。"(吴芳吉:《四论吾人眼中之新旧文学观》,《学衡》1925年版,第42期,第14页)而在逻各斯的老家,情形更其如此。至亚里士多德认为:"风格的美在于明晰而不流于平淡。最明晰的风格是由普通字造成的,但平淡无奇……使用奇字,风格显得高雅而不平凡;所谓奇字,指借用字、隐喻字、衍体字以及其他一切不普通的字。"([古希腊]亚里士多德:《诗学》,《诗学》,罗念生译,人民文学出版社1982年版,第77页)

教授,具有全球眼光的应物兄心知肚明:如此这般的自我语言殖民导致的普遍后果,很可能是中国得以参与全球化进程的基础与保证①。有理由相信,和古老的汉语臣民相比,怀揣各种放不下之心的应物兄算得上全球化时代的"新人类";他默认的尴尬局面,则从他不得不认领和接管的视觉化汉语那里,接管和认领了作为本质规定性的反讽特征,这个态度过于傲慢、骄横的养子。

作为英美新批评的掌门人,布鲁克斯(Cleanth Brooks)从纯粹修辞学的角度出发,认为反讽(irony)应该隶属于悖论(paradox);但两者的相互混合,很可能更为得体,也更符合实际情形②。因此,"口是心非"(反讽)得以与"似是而非"(悖论)水乳交融,互为体己,互为知音。赵毅衡匠心独运,特意将反讽从纯粹修辞学的领地和视野中,抽取出来,以至于成功提炼出**大局面反讽**这个一锤定音的概念。而所谓"大局面"的符号表意者——

> 指的是不再局限于个别语句或个别符号的表意,而是

---

① 童庆生在分析了西方的汉语观之后认定,"白话文运动"乃是在西方汉语观的诱导下,实施的自我语言殖民,并分析了其间的得失(参阅童庆生:《汉语的意义:语文学、世界文学和西方汉语观》,前揭,第205—270页)。本文不同意童氏对所谓自我语言殖民带来的"失"的分析,理由很简单,味觉化汉语只有得到深度改造,才有可能适应现代性。所谓"失",乃是"只有得到深度改造"必备的代价——假如"失"一如童氏认为的那样真的存在。
② 布鲁克斯:《悖论语言》,赵毅衡编:《新批评文集》,百花文艺出版社2001年版,第353—370页。

整个作品,整个文化场景,甚至整个历史阶段的意义行为。在这种大局面表意中,可以看到反讽的各种大规模变体,此时大部分反讽没有幽默意味,很多具有悲剧色彩,而且反讽超出浅层次的符号表意,进入对人生、对世界的理解①。

实在没有必要怀疑:在每一种相对成熟的语言中,很可能都存在着作为纯粹修辞的反讽②。但也同样没有理由怀疑:依照古老汉语的古老脾气,它更倾向于强调"兴、观、群、怨",更乐于提倡文章"能如冷水浇背",让人"陡然一惊",便达致"兴、观、群、怨之品"③。而在古典中国,文章被认为"当以理致为心肾,气调为筋骨,事义为皮肤,华丽为冠冕"④。反讽因此不常见于古老的汉语,不太待见于古老汉语的古老脾气⑤。在中国,大局面反讽的概念,大约只能建基于汉语的视觉化(或视觉化的汉语);赵毅衡不过是把视觉化的汉语(或汉语的视觉化)预先看作了不言而喻,因而无须多论,甚至无须谈论的事实。对此,被叙事人认为熟悉现象学的应物兄教授同样很清楚。

赵毅衡更为重要的贡献,则是在大局面反讽的基础上,提出了**反讽时代**这个极富启发性的概念。但反讽时代并非赵氏服膺

---

① 赵毅衡:《反讽时代:形式论与文化批评》,前揭,第 8 页。
② 言在此而意在彼的话语方式,其目的一般认为有四:表现幽默感、具有警示性、流露亲切感、避免会错意(参阅沈谦:《语言修辞艺术》,中国友谊出版公司 1998 年版,第 152—156 页)。
③ 〔明〕徐渭:《徐文长三集》卷十七《答许口北》。
④ 〔南宋〕颜之推:《颜氏家训·文章》。
⑤ 赵克勤:《古汉语修辞简论》,商务印书馆 1983 年版,第 81—84 页。

的诺斯罗普·弗莱认为的那样,仅仅是机械进化论(Mechanical evolution theory)——说客观堕落论(Theory of objective degeneration)更为妥当——中的第四阶段,亦即反讽阶段①。艾瑞克·弗洛姆(Erich Fromm)极为精辟地认为,"在西方文化的根源——希腊和希伯来文化——中,生活的目标是完美的人,现代人则认为生活的目标是完美的物,以及如何制造此物的知识。"因此,现代西方人实际上"处于精神分裂性的无能——无力于体验情感"的状态②,有类于季宗慈提出的"婚姻即体制性阳痿论"。即便有了弗洛姆心怀善意又满是忧患意识的申说,反讽时代仍不免于脱胎以及内含于逻各斯这个基本的事实:反讽时代并不是现代西方人的独有之物。实际的情形与此刚好相反:反讽是整个西方文化的基因,是西方历史的胎记;它随时间的流逝不断放大,不断得到极端化,决不仅仅是修辞更替、换代的产物。如果仅仅得之于修辞的换代和更替,近世以来运转愈加疾速的反讽时代就显得太过轻飘和轻薄,附带着,还过于小瞧了人家逻各斯的威力,会让逻各斯满脸地不高兴——难道我就这点兴风作浪的本事? 克尔凯郭尔(Soren Aabye Kierkegaard)一语道破了个中真相:"恰如哲学起始于疑问,一种真正的、名副其实的人的生活起始于反讽。"依照克氏之见,作为"真正的、名副其实的人"的生活场域,反讽时代既并存于苏格拉底和基督寄

---

① [英]诺斯罗普·弗莱:《批评的解剖》,陈慧等译,百花文艺出版社2006年版,第321—324页。
② [美]弗洛姆:《心理分析与禅佛教》,林木大拙、弗洛姆等:《禅与心理分析》,孟祥森译,海南出版社2012年版,第120页。

身的时空,也最晚可以追溯到苏格拉底和基督存身的时空①。

批评家兼小说家吴亮很严肃地问道:"小说家有义务为自己虚构的人物行为做解释吗?"②应物兄先生的制造者不在乎这样的质疑,反倒有过诚恳的道白:"我的很多小说习惯于表达一种悖谬性的经验。但我不认为,这种悖谬性的经验,仅仅是对事物的荒诞性的体认。真理的对立面也可能是真理,与真理的对立面一定是谬误,对这两种看法,我认为前者更有积极的意义。"③真理的对立面也有可能是真理,亦即 A 与 -A 同时存在,并且同时为真,有如斯威夫特(Jonathan Swift)说:"幸福就是痴迷于长期受蒙蔽的状态。"④这等有违同一律的荒谬局面,更有可能存乎于一个绝对反讽、绝对悖谬的年月,也就是齐泽克

---

① 参阅[丹麦]克尔凯郭尔:《论反讽的概念》,汤晨溪译,中国社会科学出版社 2005 年版,第 2 页、第 1 页、第 8 页。《应物兄》也引用了其中的一些言论。
② 吴亮:《朝霞》,人民文学出版社 2016 年版,第 269 页。
③ 李洱:《问答录》,前揭,第 237 页。此处需要说明的是,作家谈论自己作品的言论不能轻易采信,诺斯罗普·弗莱对此说得极为恳切而真实:"诗人从事批评,就难免不把与自己创作实践密切相关的鉴赏和情趣扩而大之,当成文学的普遍规律。可是批评应建立在整个文学的实际操作的基础上:有了这一前提,那么当任何深受推崇的作家提出文学一般说来应该完成什么任务时,他的话便反映出自身的视角。诗人在发表评论时,产生的不是批评,而是仅供批评家研究的文献。这些文献可能很有价值,但若一旦把它们视为批评的指南,它们就可能把人们引入歧途。"([英]诺斯罗普·弗莱:《批评的解剖》,前揭,第 7—8 页)但李洱对其作品的言论值得信任,因为他的言论不仅仅建立在"自身的视角"的基础之上,而具有普遍性。
④ 转引自弗兰克·秦格龙编:《麦克卢汉精粹》,何道宽译,南京大学出版社 2000 年版,第 35 页。

(Slavoj Žižek)在他那篇有名的文章中,提到过的那个时间段落:"愿你生活在趣味横生的时代!"(May you live in interesting times!)①诚如李洱的深思熟虑之言,在数千年来的汉语书写史上,差不多也只在这个"趣味横生的时代",亦即养子骄横、恣肆、横行的年月,视觉化的汉语作家才有机会"被深深搅入了当代生活,被淹没在普通人的命运之中,以致他感觉不到那是命运,他感觉到的只是日常生活。他的目光是平视的,如果他仰望天空,你会觉得他是翻白眼"②。早在二十世纪初年,林纾就盛赞狄更斯(Charles Dickens)"扫荡名士美人之局,专为下等社会写照"的写作风格,更赞赏狄更斯"叙家常至琐至屑无奇事之迹"的小说风采③。李洱所谓的"搅入了当代生活",意味着彻底放弃撩人心智的传奇,摈除传奇带来的高拔、超升,还有某些时候被刻意隐藏起来的轻盈;转而醉心于和有罪于日常生活随身携带的下沉、"至琐至屑",甚或猥琐与萎缩④。仰望天空不仅再也无染于超越与飞升,还直接等同于形而下层面上的翻白眼,却没有阮籍那般富有虚幻的尊严感,以及满心的不屑与

---

① [斯洛文尼亚]斯拉沃热·齐泽克:《迎接动荡的时代》,《国外理论动态》2012年第3期。
② 李洱:《问答录》,前揭,第127页。
③ 林纾:《〈孝女耐儿传〉序》,狄更斯:《孝女耐儿传》,商务印书馆1907年版,第3页。
④ 作为味觉化汉语的产物,中国古典小说醉心于对传奇的发掘与开采,日常生活只是传奇的表皮。因为古典经验拥有一种超稳定的结构,所以,传奇而不是表皮化的日常生活才是小说专注的对象(参阅敬文东:《论巧合》,《当代文坛》2017年第3期;参阅敬文东:《何为小说? 小说何为?》,《文艺争鸣》2018年第6期)。

轻蔑。但这差不多是对 A 与 -A 同时存在、同时为真给出的恰切之看,是汉语视觉化的终极产物,既自觉,又得体。反讽时代的子民,亦即**反讽主体**,对作为自身命运的反讽本质毫无感觉,顶多察觉到溶解和稀释了反讽本质的日常生活,则是对 A 与 -A 同时存在、同时为真给出的正当回应,既正确得无比正常,又正常得无比正确。正因为有这等腰身的反讽时代在为相对主义(relativism)撑腰、鼓劲,才让"怎么都行"的号子被后现代主义者喊得震天价响。当此之际,记住弗洛伊德(Sigmund Freud)的教诲也许很重要。以哈罗德·布罗姆(Harold Bloom)之见,"弗洛伊德关于人类困境的观点也是圣经式的:因为干预是为了引起我们的答应,我们就不免认为我们是一切;因为我们与干预者很不相称,我们就害怕自己什么也不是。"①或许,这就是兰波(Jean N. A. Rimbaud)在某首诗里咏诵过的那种境况:"要么一切,要么全无。"②反讽时代(或相对主义)语境中的儒学教授,"我们的应物兄"③,还有在此之前李洱唆使诸多叙事人为应物兄制造的诸多同类,因汉语的视觉化而面对的困境也必将是圣经式的吗?他(们)的干预者到底在哪里?或者:圣经式的困境对于应物兄及其同类,究竟有几分可能性和可靠性呢?

---

① [美]哈罗德·布罗姆:《神圣真理的毁灭》,刘佳林译,上海人民出版社 2013 年版,第 171 页。
② 《应物兄》引用了这两行诗。
③ 长达九十万字的《应物兄》人物众多,但只有第一主人公享用了"我们的应物兄"这样的句式。

这都是那些有抱负的小说家亟待面对的问题,必须处理的主题。

反讽主体

杰克·马戈利斯(Jack S. Margolis)等人既有趣也颇为知趣地写道:"人类有史以来就渴求两个问题的答案:'生命的意义和目的是什么?''催欲的良药又在何方?'"① 虽然这两个问题真可谓问到了孙良②、费鸣③、费边等人的心坎上,因为他们热衷于把人的性能力神话化(说妖魔化也许更可靠)④,但出于对

---

① 转引自克劳迪亚·米勒-埃贝林、克里斯蒂安·拉奇:《伊索尔德的魔汤:春药的文化史》,王泰智等译,生活·读书·新知三联书店2013年版,第1页。
② 孙良是《暗哑的声音》(发表于《收获》1998年第3期)、《缝隙》(发表于《人民文学》1995年第10期)、《悬浮》(发表于《江南》1998年第6期)、《光与影》(发表于《当代作家评论》2004年第4期)的主人公。
③ 费鸣是《应物兄》里的人物。需要说明的是,《应物兄》里也有一个叫费边的人物,是费鸣的哥哥。相同的名字出现在李洱的不同作品中,不只费边一个。对这个现象的深意本文其后当有论述。
④ 应物兄在《孔子是条"丧家狗"》里明确写道:"很多人对硬度的追求,对做爱次数的追求,已经类似于体育比赛了。有些男人走到哪里,都要带上几粒伟哥……"作为应物兄的师弟,费鸣读了这本书中的部分内容后,对号入座,认为应物兄在讽刺他。

逻各斯的尊重,决不能孤立地、静止地和片面地对待这两个问题;更不能在考虑生命的意义以及生命的目的时,将看似低级、一路向下的催欲良药排除在外。《应物兄》虽然以复兴儒学为中心事件,组建小说的主体框架、搭建小说的叙事体系,却也意味深长地提到了伟哥(Viagra)、寄放于伟哥身上的悖论,以及该悖论跟存在论(Ontology)的关系,就是对以上两个问题不算起眼,却颇为有效的回应。儒学与伟哥、孔夫子和竖蜻蜓①、《论语》和作为安全套之名称或品牌名的"威而厉"②,该是多么奇妙的搭配;头部与臀部相等同、在魏尔伦(Paul Verlaine)的诗中只有"婊子"才是"唯一真神唯一真正女祭司"(魏尔伦:《女性友人》,赖守正译)、哥伦布(Cristóbal Colón)因寻找新大陆将美洲的梅毒带回欧罗巴③、唯有"匮乏"才"是欲望之为欲望的根本"④……这一切,又该是何等令人心驰神往的局面。很容易看

---

① 《应物兄》中写道,所谓"竖蜻蜓",就是性交后,女人"倒立在床上,头朝下,脚朝上,身体弯成一张弓",为的是保证精液不外流而全部进入子宫以怀孕。
② 《应物兄》中因儒学组建的投资集团也生产避孕套,温而猛出自于《论语·述而》中的名句:"子温而厉,威而不猛,恭而安。"应物兄很愤懑地说:"我看到的对孔夫子的一个大不敬的说法,来自一则广告,是推销性用品的广告,以强调某类性用品的功效……广告竟然用孔子的'温而厉,威而不猛,恭而安'来描述性爱过程的三个阶段。……这个广告的策划者,是上海的一位哲学教授,据说拿了一大笔钱。……他认为这恰恰是在宣传孔子的思想,是对儒学思想的活学活用,而且是用到了正地方!呜呼!斯文扫地如此,夫复何言?"
③ [美]德博拉·海登:《天才、狂人的梅毒之谜》,李振昌译,上海人民出版社2005年版,第13页。
④ [斯洛文尼亚]斯拉沃热·齐泽克:《斜目而视》,季广茂译,浙江大学出版社2011年版,第11页。

出来,"生命的意义和目的是什么"与"催欲的良药又在何方"这两个问题之间形成的张力足够强劲;但同样很容易看出来的是:如此强劲有加的张力,正隐隐约约来自弗洛伊德贡献的圣经式悖论:要么"是一切",要么"什么都不是"。真是遗憾得紧,逻各斯威力所到之处,飞矢可以不动、龟兔赛跑兔子必将落败,还有古希腊智者普罗提克(Protagoras)早已阐明的"矛盾不可能"的原理(ouk estin antilegein)①,因此,"是一切"和"什么都不是"并不一定构成非此即彼的敌对关系②,也不必然组建起一个你死我活的矛盾共同体。实际情形有可能刚好相反:它们更乐于同时存在,更倾向于同时为真,就像自称高贵的生命意义和人生目的(有似于头部),跟低俗的催欲良药(有似于臀部),具有完全相等的重要性。

对于这种充满反讽意味的局面,生活在极端反讽时代的米哈伊尔·巴赫金(Mikhail Bakhtin)心知肚明。他不仅令人信服地论证过臀部确实等同于头部,还在考察源自古希腊的同一性问题时,并不打算为高贵的同一律(The Law Of Identity)站台、背书。巴赫金颇为笃定地认为:同一性自打娘胎开始,就根本"不

---

① 转引自 G.H.柯费尔德:《智者运动》,刘开会等译,兰州大学出版社 1996 年版,第 101 页。
② 王路先生在引证过海德格尔的某些观点后说,在海德格尔那里,说"是怎样怎样"与"是真的"差不多是一回事。但他所谓的真,不过是逻辑或语句水平上的真(参阅王路《译序》,蒯因:《真之追求》,王路译,生活·读书·新知三联书店 1999 年版,第 18—19 页),这和反讽时代上的真不在同一个层面上。

是'和……同一',而是'与……并存'"①。巴赫金别有用心的深思熟虑,抑或深思熟虑的别有用心,都意在警告反讽时代中的每一个人,那些不幸的反讽主体们:逻各斯的终极真相,正存乎于作为句式的"**与……并存**"。它的反讽本性呢?也正好内含于这个看似平易近人,实际上不怒自威的简短句式。A 与 -A 同时存在、同时为真,则既构成了"与……并存"的实质,也成为它的另一种表述形式,有如源自逻各斯的数学公式一般简洁、优美、线条笔直。

参透其间秘诀的李洱很清楚:这个句式必将成为反讽时代中的所有人——亦即反讽主体——共同遵循的戒律;它将为相对主义所欣喜,为后现代主义所欢呼。当然,它也是"我们的应物兄"及其同类,比如吴之刚②、费边、孙良、孙殿军③等人,随身携带的"便携式的根",却又无法充当替他们遮风挡雨的"暂时性的帐篷"。这顶虚幻的帐篷曾为塞尔·西黑(Gail Sheehy)女士大加称许,其称许则被查尔斯·泰勒(Charles Taylor)所引用④,只因为它在隐喻的层面上,有可能等同于弗洛伊德心目中

---

① [美]卡特琳娜·克拉克、[美]迈克尔·霍奎斯特:《米哈伊尔·巴赫金》,语冰译,中国人民大学出版社 2000 年版,第 17 页。
② 吴之刚是李洱的中篇小说《导师死了》的主人公,该作品最初发表于《收获》1993 年第 4 期。
③ 李洱的小说《石榴树上结樱桃》中的主人公,此小说初名《龙凤呈祥》,发表于《收获》2003 年第 5 期。
④ [加]查尔斯·泰勒:《现代性隐忧》,程炼译,中央编译出版社 2001 年版,第 50 页。

的干预者①,却肯定不为应物兄先生以及他的中国同类所拥有。对他们来说,反讽时代乃世俗性的避无可避之"物",拯救者却从来没有在汉语中真正地出现过②,帐篷因此打一开始就不存在,如同蒙田(Michel Montaigne)所说:"哦,我的朋友,朋友并不存在。"③作为"白话文运动"的产物或曰后果之一,一整部中国现代文学史都得建基于汉语的视觉化;视觉化汉语在规模更大、范围更广的程度上,在层次更甚一筹的高寒地带,必将意味着客观化,并且会尽可能多地排斥情感在其间所起的作用。《应物兄》很清楚,在反讽时代的中国,圣经式的干预者早已被先在地摈除了。上帝原本就不在任何人的视线当中,连他寄予厚望的摩西也概莫能外。神对摩西说:"不要近前来。当把你脚上的鞋脱下来,因为你所站之地是圣地。"④又何况感染了逻各斯之余绪才应运而生的应物兄呢。没有任何人可以看见上帝。从隐喻的角度看过去,"能见上帝者,必死无疑。"⑤很容易想象,这部

---

① 弗洛姆认为,"弗洛伊德自己的体系,并不像大部分人所认为的,只关乎'疾病'与'治疗'的概念,而是关乎人的'拯救'的,它绝不只是精神病人的治疗学。"([美]弗洛姆:《心理分析与禅佛教》,林木大拙、弗洛姆等:《禅与心理分析》,前揭,第122页)
② 1980年代,在汉语诗歌写作中,出现了上帝、神一类的超验语气,跟拯救相关,但很快就得到了批评。肖开愚不点名地评论道:"有不少诗人在诗作中写出'上帝''神''神祇'之类词汇,违反了汉语文明的传统和他们个人的真实信仰。"(肖开愚:《90年代诗歌:抱负、特征和资料》,贺照田等主编:《学术思想评论》,辽宁大学出版社1997年版,第224页)这股超验风很可能因为和汉语的本性相冲突,很快就消散了。
③ 转引自德里达:《幻影朋友之回归》,胡继华译,汪民安主编:《生产》第二辑,广西师范大学出版社2005年版,第5页。
④ 参阅《圣经·出埃及记》3:5。
⑤ [法]莫里斯·布朗肖:《从卡夫卡到卡夫卡》,潘怡帆译,南京大学出版社2014年版,第91页。

中国现代文学史也会以牛顿第三定律规定的姿势、体位和力度，反作用于反讽时代。所谓反讽时代，就是虽然苦心追逐目标而最终获取的，却总是，甚至只可以是目标之反面（或背面）的那种搞笑的时代①。要知道，人们原本是寻找治疗心肌梗塞的良药，却成就了专注于男人隐疾的伟哥②——高贵（比如心脏）与低级（比如阴茎）交换了身位。扫罗出门，原本是寻找父亲丢失的驴，却很是意外地得到了一个王国③——低级（比如驴）和高贵（比如王国）再次不出意外地交换了身位。马泰·卡林内斯库（Matei Calinescu）讲得很机智："进步的事实没有被否认，但越来越多的人怀着一种痛苦的失落和异化感来经验进步的后果。再一次地，进步即颓废，颓废即进步。"④韩少功的观察也称得上精准有加："人类常常把一些事情做坏，比如把爱情做成贞节牌坊，把自由做成暴民四起……如果让耶稣遥望中世纪的宗教法庭，如果让爱因斯坦遥望广岛的废墟，如果让弗洛伊德遥望

---

① 这里有一个有趣的例证：即使是信奉佛教的人，也得靠菜叶上没洗净的虫卵，不自觉地获取某些必要的营养。因此，一旦某些印度贵族移居到英国，进食洗得一干二净的素食，马上就会因为某种维生素的缺乏全部患上坏血病（［美］马文·哈里斯：《好吃：食物与文化之谜》，叶舒宪等译，山东画报出版社2001年版，第78—90页）。佛教徒在如何被迫走向自己的反面，这个例证说得很清楚。
② 参阅欧弟：《科学史十大"最意外发明"：心脏病药成伟哥》，"人民网"http://scitech.people.com.cn/n/2013/0624/c1057-21949908.html，2018年11月19日13:50时访问。
③ 参阅《圣经·撒母耳记上》第9—11章。
④ ［美］马泰·卡林内斯库：《现代性的五副面孔》，顾爱彬等译，商务印书馆2002年版，第167页。

红灯区和三级片……他们大概都会觉尴尬以及无话可说的。"①就在先贤们的"无话可说"当中,也在他们的满脸"尴尬"之际,反讽时代不仅是更高级别和更大规模的言在此意在彼(亦即"大局面反讽"),而且,"此"与"彼"还须得同时并存、同时为真,就像费边故作深沉地说:"天堂和地狱都已经超编,我们这些人只能在天堂和地狱的夹层中生活。"(李洱:《午后的诗学》)——"夹层"正好是天堂和地狱同时共在的标志。

反讽时代遵从的句式是"与……并存",不是李洱在其小说作品中多次引用的民间歌谣:"颠倒话,话颠倒/石榴树上结樱桃。"②"颠倒""樱桃"云云,不过是纯粹修辞性的东西,不过是为了逗乐子,既遵循汉语语词的音乐原则,又遵循说话者的口腔快乐原则。在"与……并存"看来,语词是根本性、基础性的东西,因为"言语是人最早的技术,借此技术人可以用欲擒故纵的办法来把握环境。语词是一种信息检索系统,它可以用高速度覆盖整个环境和经验。语词是复杂的比喻系统和符号系统,它们把经验转化成言语说明的、外化的感觉。它们是一种明白显豁的技术。借助语词把直接的感觉经验转换成有声的语言符号,我们可以在任何时刻召唤和找回整个世界"③。作为汉语视觉化最早的感染者,尤其是作为视觉化汉语的重症患者,语词之所以能现实性地促成、滋生和繁衍反讽时代,是因为语词的反讽

---

① 韩少功:《夜行者梦语》,《读书》1993 年第 5 期。
② 这话出自李洱的中篇小说《龙凤呈祥》,这部小说发表于《收获》2003 年第 5 期,单行本更名为《石榴树上结樱桃》。
③ [加]马歇尔·麦克卢汉:《理解媒介》,前揭,第 77 页。

特性原本就是先在的①。它不仅领先它造就的现实世界至少多于小半步,还把圣经式的干预者给彻底世俗化了:"公仆就是老爷,主人就是奴隶,……自由就是集中,共和就是压迫,服务就是剥夺,……"②在此,作为系词的"是"深刻地意味着"与……并存"。"与……并存"既意味着两个并存者互相背离、相互悖理;也意味着两者同时共在、同时为真的和谐状态不会受到实质性的影响。事实上,自古希腊起就被高度追捧的同一性,只配拥有表面上的"与……同一";表层之下波涛汹涌的,正是有类于潜意识的"与……并存",它浑浊、杂乱、黑暗,却力道凶猛。

《应物兄》的缔造者,亦即视觉化汉语的被掌控者很清楚:反讽成为汉语世界之本质的历史并不悠久,反讽成为汉语小说之基本底色的故事不算漫长。味觉遭到视觉的严重浸染和干扰,是这个故事的开端;远距离的应物原则和零距离的应物原则相混合,并以后者尽可能大幅度地撤退为前提,才是这部历史的起始。李洱对此始而心知肚明,继而心照不宣。否则,他不会懂得 A 与 -A 相等同、相并存的深刻道理:对于魏连殳、吕纬甫、子君、倪焕之、"赴某地候补矣"的愈后狂人来说,他们真实的人生轨迹与其预设和念想中的人生线路正好相悖,但也必须相悖,否

---

① 此处需要注意的是:语词领先亦即导致反讽时代这个事实存乎于现实世界,这和发生在虚构的可能世界——比如李洱的小说——中的情形不同,后者更多创世的性质,也就是说,反讽性的语词和被语词虚构的一切,都同时诞生,不分先后,这是李洱的发明。本文其后对此将有详论。
② 耿占春:《世俗社会与诗歌》,张曙光等主编:《中国诗歌评论》2012 年秋季号,上海文艺出版社 2013 年版,第 83 页。

则,作为句式的"与……并存"不会饶恕他们①;在反讽时代欲以实业救国的吴荪甫雄才大略,却在绝望之余和暴怒之下,强奸了吴公馆身份卑贱的女仆人,以此为挽歌,宣告一生事业功败垂成,就更是题中应有之义,否则,A 与 -A 必须相等同、相并存的内在律令不会轻易饶恕他。更有意思的是:如果单独观察上世纪 50—60 年代的一些文学作品,可能每一部作品都言尽其意,第一主人公们尽皆物我交融,无累于物,都言在此也意在此,不会有反讽特性的容身之地,反讽时代的一根寒毛都见不着②。但如果让它们与《人生》《平凡的世界》《芙蓉镇》《李顺大造屋》《许茂和他的女儿们》《陈奂生上城》《爬满青藤的老屋》《古船》《白鹿原》等作品当场对质,反讽特性则在一个瞬刻间暴露无遗,反讽时代立马原形毕露。2018 年在漫天雾霾中艰难面世的《应物兄》,还有李洱在没有雾霾的更早日子里创作的诸多作品,接续了这个看起来无法被砍断、无法被规避的传统,就像《应物兄》一开篇就被做成标本的那只野鸟般毫不起眼,却颇为醒目地呼应了汉语的视觉化,以及视觉化的汉语。

琳达·哈琴(Linda Hutcheon)转述过其思想同行们的一个

---

① 赵园女士认为,这批中国新文学早期的知识分子文学形象源于理想的失败引起的苦闷(参阅赵园:《艰难的选择》,上海文艺出版社 1986 年版)。这个观点固然精辟,却没有料到,这批反讽主体的苦闷主要来自视觉化汉语这个更为根本的原因。

② 有人就此写了体量很大的专著以正视听(参阅李杨:《50—70 年代中国文学经典作品再解读》,山东教育出版社 2003 年版)。

看法:"反讽通过同谋或合谋,创造亲密无间的小群体。"①这是一个正误交加的观点。反讽通过自身的辐射力创造群体是正确的,其正确性的来源和根底甚至无须讨论。反讽通过自身的辐射力创造亲密无间的小群体,则是错误的,它既错在有意矮化了群体的体量,因为逻各斯治下的反讽时代硕大无边;又错在故意升华了群体中人——亦即反讽主体——彼此间的亲密关系,因为反讽时代中的每一个个体都是单子式的,都是互不相连的孤岛②。为此,视觉化汉语的早期诗人柯仲平特意写道:"啊,我不独身贫——心更贫,/贫像个太古时的/没有刀斧的老百姓。"(柯仲平:《这空漠的心》)所以,孤岛们有理由彼此视对方为抛弃物(而非无物),但又必须同时共在,连为一体,否则,必将难以为继③。费边和他的老婆杜莉就处于这种关系中,应物兄和

---

① [加]琳达·哈琴:《反讽之锋芒:反讽的理论与政见》,徐晓雯译,河南大学出版社2010年版,第115页。哈琴在此至少引用了 Hutchinson 和 Furset 的观点。
② 所谓孤岛,说的是"人群有诞生日,个体则没有"(Man have birthdays, but man does not),而要想"成为人,也就意味着必须成为个体"(Becoming human is becoming invidiual)(Clifford Geertz, *The Interpretation Of Cultures*, New York : Basic Books, 1973, p. 47、p. 52)。约翰斯顿(R. J. Johnston)说得极为恳切和客观:"现代人生存的最重要的事实是社会的空间差异,而不再是自然界的空间差异。"(约翰斯顿:《地理学与地理学家》,唐晓峰等译,商务印书馆1999年版,第127页)与约翰斯顿相比,赵汀阳的观点更加精彩:"人的存在不是一种自在存在,而是互动存在……互动关系创造了一个仅仅属于人的世界,一个存在于互动关系之中的世界,一个不同于物的世界(world of things)的事的世界(world of facts)。"(赵汀阳:《每个人的政治》,社会科学文献出版社2010年版,第167页)但"互动关系"和"事的世界"并不会让孤岛关系归之于零。
③ 参阅敬文东:《论垃圾》,《西部》2015年第4期。

他的太太乔姗姗也内在于这种尴尬境地,更不用说著名历史学家侯后毅和他的博士研究生冯蒙——他们的故事延续了好几千年,早在汉语尚未视觉化时,这个故事就已经崭露头角,只是时间越往后靠,他们彼此间既相互抛弃又相互依存的关系就越发醒目①。这个硕大无边却互不理解的群体中人②,自有其抹不掉的共同性:他们一出生,都无一例外地被反讽时代所辐射,注定都是反讽性的,都是如假包换的反讽主体,都将听命于、受制于反讽时代的潜意识(亦即作为句式的"与……并存");他们都会拼命努力,态度坚定地走向自身意图的对立面(或反面)。最后,他们就像卡夫卡在一九一〇年说过的那样,"许多人年纪较大的婶婶看上去都那么相似。"③

比如说,一位在汉州某大学任教的女人,打算去上海看望担任哲学教授的丈夫;作为几年前挤掉哲学教授之原配而成功上位的女符号学家,此人依据"符号感知能力",亦即"只凭动作鉴别信息",就非常敏锐地"感知"到丈夫即将旧病复发,意欲再一次图谋不轨。就在女符号学家将去上海之际,丈夫恳请她去他们共同的朋友家,说服哲学教授的前妻不要去上海看望哲学教

---

① 侯后毅和冯蒙是李洱的中篇小说《遗忘》的主人公,这篇小说发表于《大家》1999 年第 4 期。
② 赵汀阳对此有很明白但也很悲观的解说:"现代人的孤独是无法解决的问题,孤独不是因为双方有着根本差异而无法理解,而是因为各自的自我都没有什么值得理解的,才形成了彻底的形而上的孤独。"(赵汀阳:《第一哲学的支点》,生活·读书·新知三联书店 2013 年版,第 133 页)
③ [德]卡夫卡:《卡夫卡全集》第 6 卷,孙龙生译,河北教育出版社 1996 年版,第 4 页。

授和前妻炮制的儿子,尽管教授确实有苦于儿子因青春期而产生的逆反心理。因为公母俩都知道,前妻引弟在跟他们共同的朋友恋爱——不久前,朋友的妻子很不幸,但很知趣地病故了。女符号学家于是冒雨开车去了朋友家,见到了朋友,也见到了引弟。几经周折,或曰几番努力后,反倒是女符号学家冒雨开车,把引弟送往火车站去了上海,自己则退掉车票,和丧妻之人躺在了一起。真是好一番耳鬓厮磨,好一番云雨激情!直至第二天早晨,符号学家梦游那般慌忙离开。一个怀揣捉奸计划的女人,一个逻辑清晰、感知敏锐、目标坚定的女符号学家,就这样出乎自己意料地,落入了自己的计划之外;但谁又能、谁又敢说,那不是刚好正在其间呢?虽然这仅仅是李洱的中篇小说《朋友之妻》①的故事梗概或者纲要,但它也许更有能力,似乎也更应该,充任李洱迄今为止所有小说作品的共同隐喻②。听命于汉语的视觉化,李洱炮制的列位主人公们在相互分离中,在互不相识中,成功地组建了一个反讽性的小群体;李洱也有望成为耐得翁"最畏"的那种,能把"一朝一代故事顷刻间提破"的"小说人"③,因为他制造的隐喻不费吹灰之力,就以迅雷不

---

① 《朋友之妻》发表于《作家》2002年第1期。
② 这样说,没有丝毫夸张和思维讨巧。这种走向自己意图反面的作品在李洱那里比比皆是。比如,《光与影》的主人公孙良本想在一个富有纪念意义的日子里返回故乡,报答当年初中班主任对自己的养育之恩,却被现实生活里闪电般发生的一连串事件——它也诞生于李洱式反讽语气——打了个措手不及,让孙良把返乡报恩之路,活生生扭曲变形为畏罪逃亡之路,以至于"他现在已是心乱如麻:回本草镇本来是为了报恩,现在却变成了逃亡。这到底是怎么搞的"?
③ 〔南宋〕耐得翁:《都城纪胜·瓦舍众伎》。

及掩耳之势,将反讽时代的要义、反讽主体的实质,给"顷刻间提破"。宛如篇幅娇小的《朋友之妻》暗示的那样,小群体中的几乎所有人因受制于作为句式的"与……并存",都得认领一个看似荒谬的局面:目标的反面取代或者置换了真正的目标,却又必须和真正的目标同时共在,相互做鬼脸;扑空替换了拥抱,但仍然得是不折不扣的拥抱,也不得不是真资格的拥抱。

这个隐喻相较于金玉良缘取代木石前盟,最多具有表面上的相似性。众所周知,《红楼梦》使用的书面白话文尚未视觉化[①];它善解"物"意的应物原则,也尚未得到逻各斯的打扰与浸染。它还是完璧,还是绝对未婚女。因此,它必须听命于己,须得以感叹为其本质[②]:"嗟乎,诗人之兴,感物而作。"[③]在《红楼梦》那里,感叹既是精神气质,又是汉语随身自带的语气:它是汉语之魂[④]。有感叹关照和浸润,汉民族对待命运的态度多以

---

① 在《红楼梦》诞生的时代,汉语口语更没有视觉化。李春阳说:"书面语和口语的界限不容混淆,白话书面语,也并不等于口语,其差别在于一是用来阅读,一是用以倾听,'目治'和'耳治'有别,岂可不论。"(李春阳:《白话文运动的危机》,生活·读书·新知三联书店 2017 年版,第13页。)
② 关于这个问题本人曾有详细论证,请参阅敬文东:《感叹与诗》,《诗刊》2017 年第 2 期。
③ 〔东汉〕王延寿:《〈鲁灵光殿赋〉序》。
④ 霍金(Stephen William Hawking)认为,不存在与图像或理论无关的实在性概念(〔美〕霍金:《大设计》,吴忠超译,湖南科学技术出版社 2011 年版,第 29—51 页),但霍金在这么说的时候仍然是个唯名论者,他仍然不愿意将之牵涉到语言自身的伦理之上。而汉语之所以是感叹的,恰好跟其自带的伦理——诚——联系在一起。

顺应为主,鲜有逻各斯倡导的那种抗命性的逆流而上,诚所谓"存,吾顺事;殁,吾宁也"①。它对人类命运有着极本质,却又十分素朴、友好、善意的理解②,正所谓"且夫得者,时也,失者,顺也。安时而处顺,哀乐不能入也"③。感叹因此既是这种态度的声音造型,也是它的根本要义。但对于数千年来一直感叹着的汉语来说,这不过是事情的一个方面、真相的一小部分。另一个更值得重视的方面和更多的真相只能是:汉语在大部分情况下,或者在更多的时刻,必当**以哀悲为叹**④,因为它面对的,向来都是多灾多难的外部现实。正是这样的外部现实,赋予了味觉化汉语以哀悲为叹的内在品格⑤。"白话文运动"之前的汉语,乃

---

① 〔北宋〕张载:《西铭》。
② 顺命者不可能被称作顺民。《尚书·洪范》中,箕子对周武王论天道,核心是顺物之性才能成就事功,逆物之性则会惹上天震怒。准此,顺命乃是一种高级的生存策略,既非猥琐,亦非萎缩。更重要的是,围绕味觉组建起来的汉语不提倡所谓的永生,强调顺势而为,听从安排。晏子的故事可以说明这一点:"饮酒乐,公问:'古而无死,其乐若何?'晏子对曰:'古而无死,则古之乐也,君何得焉?昔爽鸠氏始居此地,季荝因之,有逢伯陵因之,蒲姑氏因之,而后大公因之。古者无死,爽鸠氏之乐,非君所愿也。'"(《左传·昭公五年》)今人蒋寅对此有过评述:"这种洞悉生命本质的透彻认识,褫夺了中国古人的来生观念和对彼岸的希冀,使一切有关人生的思考都局限于现世的有限时间内。"(蒋寅:《镜与灯——古典文学与华夏民族精神》,河北教育出版社2014年版,第89页)
③ 《庄子·养生主》。
④ 参阅敬文东:《感叹诗学》,作家出版社2017年版,第42页。
⑤ 在此要预先说明的是:虽然味觉化汉语的本质确实是感叹,但感叹的来源却可分为内部和外部。以哀悲为叹的感叹语气是为外部现实所赋予,而以沧桑、悲悯等为内涵的感叹语气,则来自汉语和汉语思想的内部。后一个问题本文将在"腹语"一节给出详细的分析,此处不赘。

是更宜于,也更易于感叹(亦即宜于作诗),却不那么宜于条"分"缕"析"(亦即分析)的语言。正是这种语言,造就了汉民族以哀悲为叹的民族性格,以哀悲为叹"仿佛是世上一切事物的总体性叹息"①。也很可能是这种语言,把以哀悲为叹的性格植入了《红楼梦》的字里行间,以至于成为《红楼梦》的基本底色,最终,"成就"了《红楼梦》自身的杰出"成就"②。或许,《红楼梦》的本意一如它的诸多研究者认为或认定的那样,真的是木石前盟;结果呢?却是现实性的金玉良缘。但这种情形依然和李洱制造的普遍隐喻(亦即女符号学家)迥然有别,金玉良缘取代木石前盟压根儿就不是扑空,也没有扑空;不是走向了自身目标的反面,也压根儿没有走向自身目标的反面,还跟作为句式和潜意识的"与……并存",没有任何像样的瓜葛③。木石前盟让位于金玉良缘,仅仅是汉语的感叹本质导致的无可奈何——或曰徒唤奈何——的局面;只不过这是一个可以令无数人无数次扼腕叹息的局面。《红楼梦》极有可能是汉语的感叹本质所

---

① 朱大可:《古琴——被尘封的大音》,朱大可新浪博客 http://blog.sina.com.cn/s/blog_47147e9e010000ig.html,2018 年 12 月 17 日 13:17 时访问。
② 刘鹗对此有态度鲜明的论说:"《离骚》为屈大夫之哭泣,《庄子》为蒙叟之哭泣,《史记》为太史公之哭泣,《草堂诗集》为杜工部之哭泣;李后主以词哭,八大山人以画哭;王实甫寄哭泣于《西厢》,曹雪芹寄哭泣于《红楼梦》。王之言曰:'别恨离愁,满肺腑难陶泄。除纸笔代喉舌,我千种想思向谁说?'曹之言曰:'满纸荒唐言,一把辛酸泪;都云作者痴,谁解其中意?'其名其茶曰'千芳一窟',名其酒曰'万艳同杯'者:千芳一哭,万艳同悲也。"(〔清〕刘鹗:《〈老残游记〉自叙》)
③ 李洱对此其实有非常精湛的理解,参阅李洱:《贾宝玉长大之后怎么办?》,《扬子江评论》2016 年第 6 期。

能成就的最高果位;作为体量极为庞大的一声叹息,金玉良缘取代木石前盟更有可能是最高果位的点睛之笔。遵从味觉化汉语的旨意,《红楼梦》乃是对有累于物——亦即"问世间,情为何物?直教生死相许"(元好问:《摸鱼儿·雁丘词》)的无尽叹息。它很可能是叹息中的叹息,却既不反讽,也不扑空,更不会自扇耳光般,自轻自贱地 A 等于-A。

李洱炮制的小群体中的每一个人,都不免于反讽主体之命运;而他们的反讽主体之身位,则源自反讽时代过于慷慨的馈赠。至少从表面上看,反讽主体生就一副讨打相,是难以理解的事体;反讽主体患有德特哥尔摩综合征(Stockholm syndrome),更是不可理喻之事:他被如此这般"强"行拽入了反讽时代,却又如此那般"强"烈依赖反讽时代。按常理,任何一个反讽主体都应该反对自己的身份定位,因为他们都必定有自己更愿意达致的理想目标、获取的理想身份:他们更愿意"与"自己"同一",而不是致力并且衷情于自己的反面。相对主义对于他们来说,压根儿就是不存在的东西——作为愿望的"更愿意"从来就不"愿意"待见"怎么都行";何况"更愿意"压根儿不懂何为"与……并存",它只愿意赞同"与……同一"。至少应物兄不愿意跟乔姗姗处于紧张的夫妻关系之中,竖蜻蜓的女人更愿意男友的精子质量优异而免于竖蜻蜓,女符号学家更希望去上海的是自己,不是丈夫的前妻……吊诡的是,所有的反讽主体都无力挣脱反讽时代给予他们的巨大引力;对抗反讽时代的最终结局,必然是,似乎也只能是反抗者自身的毁灭①。反讽主体们幡然醒悟后,转而以"识时务者为俊杰也"的务实态度,暗暗宣布效忠反讽时代,进而试图分它一杯羹,最后,以过分依赖反讽时代为结局。如此这般的斯德哥尔摩综合征意味着:反讽主体的全部努力,不过是严格遵从基本句式(或曰潜意识)的指令,始而"痛"苦,继而"痛"快地走向自身意图的反面。反讽主体如此这般的全部努力意味着:他主动把自己献祭给了他存身的时代。主动献祭则意味着,反讽主体最终必定是双重的反讽主体:他高度依赖反讽时代,却被反讽时代始而随意地当作了养料,继而被迫地成了名义上的牺牲品,却没有牺牲者的名分,也不存在被追认为烈士和先驱的可能性,顶多是小三、如夫人或同进士。因此,他只得从早已获取的反讽主体出发,再次获取自身身份的升级版,甚或加强版。

丧失了木石前盟的贾宝玉并没有走向自己的反面,他选择了出家,因而忠实于自己的判词——"天下无能第一,古今不肖无双";林妹妹则听命于也受制于味觉化汉语的感叹品格,选择了死,终不负泪尽而亡的前世诺言。真是遗憾得紧,升级版甚或加强版的反讽主体,亦即双重的反讽主体,除了能够证明反讽时代不可能被战胜外,似乎什么也不能证明。但它确实有能力证明 A 与 -A 同时并在、同时为真。此间情形,正如李洱的夫子自道:"吃盐不成,不吃盐也不成;走快了要出汗,走慢了要着凉;招供是一种背叛,不招供却意味着更多的

---

① [丹麦]克尔凯郭尔:《论反讽概念》,前揭,第 224 页。

牺牲——这是自加缪的《正义者》问世以来,文学经验的一个隐秘传统。"①但李洱似乎忘记了说:加缪及其《正义者》,正是逻各斯的反讽性能疯狂运转的产物,一个被逻各斯活生生造就的文学地标,最后,连文学地标自身的命运也是反讽性的——加缪就很是非理性地,死于作为理性之产物的汽车。就这样,通过反讽主体为自己认领的双重性以及这个认领过程本身,反讽时代得以同义反复地,并且是逻辑谨严地,自己为自己的合法性做了一番虽隐秘,却慷慨激昂的论证;按照独裁者的本意,反讽时代既是这番论证的裁判,又必定是这番论证过程中唯一的种子选手。

促成反讽主体献祭于反讽时代的幕后推手,恰好是不动声色的反讽时代,说成逻各斯无疑更准确;但如果说成视觉化的汉语或汉语的视觉化呢?当然最最准确啰。有人早已发现,在深度视觉化的汉语面前,圣人甚至能够自动获取他的倒置形象,直至跟淫欲——而非隐喻——联系在一起:

> 净罪界中没有不好色的圣人。
> 皇后,我们的皇后。
>
> (邵洵美:《我们的皇后》)

作为"我们的应物兄"的同类,甚或应物兄先生的前身,也作为李洱所有小说的共同隐喻,女符号学家不过是视觉化汉语的正宗产物:她在暗中准确地呼应着汉语的视觉化。在此,符号

---

① 李洱:《问答录》,前揭,第360页。

学家将自己献祭于反讽时代,就最多具有表面上的主动性。所谓主动献祭,其实质,不过是汉语视觉化导致的"不得不如此"之局面继续导致的尴尬结局。与这等讨打局面恰相呼应的,正是斯德特哥尔摩综合征的内在口吻:既然摆脱不了它的暴虐,那就干脆爱上它吧。在这等破罐破摔,却又世事洞明的口吻里,连感叹自身都是反讽性的:它原本以贞洁为目标,但最终以失贞的方式,为绝对不该为之付出感叹的东西或局面付出了感叹,却不可能获得宝黛的认同。

斯德哥尔摩综合征的内在口吻或反讽性的感叹,导致了一个非常有趣,但也十分隐蔽的叙事学结局:李洱炮制的反讽性小群体里的每一个人物,都性格饱满、各具特色,都令人印象深刻;但他们打一开始,就失去了行动的能力[1]:他们中的每一个人,都无一例外地具有木偶和傀儡的特征。作为《花腔》[2]的头号主人公,谐音"个人"的葛任,既是中国现代文学史上极为著名的反讽主体,也是李洱有意识采用"质疑的目光去'写人物'"以后[3],获取的极为杰出的小说人物形象。葛任性格复杂,肉身饱

---

[1] 但这更应该看作逻各斯的必然结果。詹姆斯·伍德(James Wood)认为,《圣经》里的大卫王只行动而不思考(参阅詹姆斯·伍德:《小说机杼》,黄远帆译,河南大学出版社2015年版,第160—170页),青年沈雁冰观察得很准确:"牺牲了动作的描写而移以注意于人物心理变化的描写",是西方近代小说艺术的一大进步(参阅沈雁冰:《人物的研究》,《小说月报》16卷3号[1925年3月])。大卫王是希伯来文化的产物,西方近代小说艺术则是视觉中心主义的产物。李洱笔下的人物丧失行动能力几乎是必然的。
[2] 李洱的《花腔》最早发表于《花城》2001年第6期。
[3] 李洱:《问答录》,前揭,第331页。

满,汁液丰沛。这个浑身悖论的知识分子,这个满身矛盾的无产阶级革命家,这个已经长大了的贾宝玉①,这个原本可以逃生,却一心等死的怀疑主义者,对自己的木偶和傀儡特征有着深刻、明确的认识:他认定自己不过是一具"行走的影子";国共两党都以0号(亦即没有或无)来命名杀死或拯救葛任的行动,就是明证。葛任希望以"行走的影子"为题,充任他的自传的书名,这就更把葛任对这个问题的明确认识、深刻体验,再一次坐实了②。正是反讽时代与其内在句式(亦即潜意识)相互合谋,才让反讽小群体中的每个人都形象饱满、性格鲜明,但他们都是影子般的傀儡和木偶;这些人物都是影子般的木偶和傀儡,但他们中的每一个人都性格鲜明、形象饱满。真是有趣得紧,这种写作机制本身就必然是反讽性的:李洱受制于视觉化的汉语,也不得不接管和认领属于他自身的反讽主体之身位③。

---

① 李洱曾说过,他笔下的人物——至少或必须包括葛任——都是要回答一个问题:贾宝玉长大之后怎么办?(参阅李洱:《贾宝玉长大之后怎么办》,《扬子江评论》2016年第6期)
② 参阅王宏图:《行走的影子及其他——李洱〈花腔〉论》,《当代作家评论》2002年第3期。
③ 李洱对此很有自知之明:"以前说到土匪和农民起义军的时候,常常用到一个词,叫'啸聚山林'。如果借用一下这个词,来形容现在的知识状况,那就不妨说是'啸聚书房'。一个作家怎么能知道,哪个知识是对的,哪个知识是错?生活在这个状况之中,他的困惑和迷惘,一如普通人。所以,我常常感到,现在的作家,他的小说其实主要是在表达他的困惑和迷惘,他小心翼翼地怀疑,对各种知识的怀疑。"(李洱:《问答录》,前揭,第127页)

反讽语气

依凭不无漫长的小说写作生涯,李洱或可支持如下论断:作为实存的反讽主体(或曰反讽主义者),他很清楚,能与反讽时代、反讽主体严丝合缝那般配套的音响形象,唯有**反讽语气**①;作为一名小说家,李洱可能更加清楚:和古老的"写什么"相比,"怎么写"也许更有资格成为难以被穷尽的问题②。依卡尔·克劳斯(Karl Kraus)的看法,虽然"怎么写"首先意味着"通过文字劫持了价值观";但也是"怎么写",有能力决定"价值观"的长相

---

① 闵可夫斯基(Hermann Minkowski)《走向宇宙论》发明了一个概念:"回响"(retentissement)。"闵可夫斯基受伯格森'生命冲动'概念启发,即生命的本质是一种参与到滚滚向前的洪流中去的感受,这种感受必须首先表现为时间,其次才表现为空间。由此闵可夫斯基选择了他称之为听觉隐喻的'回响',因为声音同时浓缩了时间与空间。"([法]加斯东·巴什拉:《空间的诗学》,张逸婧译,上海译文出版社 2013 年版,第 2 页译者注)
② 参阅李洱:《问答录》,前揭,第 240 页。

和腰身①,因为"怎么写"意味着如何"看出一个名堂、说出一个意义"(human beings make sense of the world by telling stories about it)②,最终,型塑(to form)了它意欲型塑的"名堂"和"意义"③。作为"怎么写"不可或缺的组成部分,语气(tone;manner of speaking)有能力"创造意义、接受意义、表示意义、'收集'意义",它"与心灵有着本质的直接贴近的关系"④。是"怎么写"(或怎么说)而不是其他东西,决定了写(或说)的内容⑤;型塑

---

① 转引自[英]艾瑞克·霍布斯鲍姆:《断裂的年代》,林华译,中信出版社2014年版,第126页。
② Jerome S Bruner, *The Culture of Education*, Harvard University Press, 1996, p.129.
③ 在谈及张枣的《何人斯》时,王家新早在1980年代中期就指出:"在生活中,感情的纠葛是你与我之间的事,而在诗中,这种情绪的兴发变幻却是语言自身的事,或者说通过语言的处理,诗人已把生活转换为'艺术',变为另一种更为神异的东西。有时诗人甚并没有说什么,但那种'语感'却在读者身上发生着更微妙的反映。"(王家新:《人与世界的相遇》,文化艺术出版社1989年版,第20页)王氏在1980年的"语感"暗示的,就是此处的怎么写如何在型塑"意义"和"名堂"。
④ [法]德里达:《论文字学》,汪家堂译,上海译文出版社1999年版,第13—14页。不过,此处引述的观点刚好是德里达试图批驳的,但德里达也不得不承认,这是长期以来占统治地位的观点。没多少有力的证据表明在废除声音的独霸地位方面,德里达取得了胜利。
⑤ 有人专门写有专著,以求说明这个看似简单的问题(参阅刘宁:《汉语思想的文体形式》,华东师范大学出版社2012年版)。龚鹏程则以古典诗歌从四言到五言的转换为例,说明怎么写的超级重要性:"像《古诗十九首》中一句'越鸟巢南枝',语义大概就等于《诗经·黄鸟》两句:'黄鸟于飞,集于灌木'。古诗一句'菟丝附女萝'。若用四言来表达,也不能不写成:'田有女萝,菟丝附之。'所以五言虽只多了一个字,语诗的结构和表意功能其实就发生了大变化。"(龚鹏程:《中国文学史》,东方出版社2015年版,第103页)

了写出(或说出)之物的形状,或性状①。

依维特根斯坦的轻描淡写之言:"言词即行为。"②按照奥斯汀(J. L. Austin)的精湛研究,以言行事(how to do things with words)固然更是无可辩驳的事实③。但无论如何,语气一定是可以"行事"之"言"的必备品,绝不仅仅是它的声音性装饰物;也是"言词即行为"中,和"行为"相等同的"言词"随身携带的宝贝,绝不仅仅是它的音响长随,或马仔④。因此,语气具有极强的生产、繁殖能力,乃理固当然之事⑤。培基特(Sir Richard

---

① 顾随甚至把音声跟幻想之有无联系在一起,进而把幻想之有无跟文本现实联系在一起,能很好地呼应本文此处的观点:"对人生应深入咀嚼始能深,'高'则需要幻想,中国幻想不发达。常说'花红柳绿',花,还它个红;柳,还它个绿,是平实,而缺乏幻想。无论何民族,语言中多有 Ля(俄文字母,卷舌音)之音,而中国没有。Ля 音颤动,中国汉语无此音,语音平实。平实如此可爱,亦如此可怜。中国幻想不发达,千古以来仅屈原一人可为代表,连宋玉都不成。汉人简直老实近于愚,何能学《骚》?后之诗人亦做不到,但流连诗酒风花,不高不下何足贵?"(顾随:《中国古典诗词感发》,北京大学出版社2012年版,第60页)
② [奥]维特根斯坦:《文化与价值:维特根斯坦随笔》,[芬兰]冯·赖特等编,许志强译,浙江文艺出版社2002年版,第83页。
③ Austin, *Truth*, *Philosophical Papers*, Oxford University Press 1950, P. 121.
④ 康有为《论语注》有云:"岂知言语之动人最深?盖春秋战国尚游说辩才,孔门立此科,俾人习演说也。观童子词辩而《公羊》立,江公口讷而《穀梁》废,即论经学,亦重言语矣。汉晋六朝尚有立主客以辩难者,宋人不知此义,乃尽扫之,于是中国言语之科乃没。"(《康有为全集》第6集,中国人民大学出版社2007年版,第464页)康氏虽然重言语,但更看重言语之功效,这也是古来论言语的一贯思路,与本文所要关注的重心不同。
⑤ 敬文东:《牲人盈天下》,广西师范大学出版社2011年版,第20—22页。

Paget)认为语言起源于身体姿势,因此,"语言生成之后,本质上带有姿态的特色。"①此处似乎有理由将语气看作姿态的声音造型,因为语言不仅终归是要发声的,而且语气自有其音象(亦即声音的形象)②;而在动物界(包括人在内),如此这般的音声造型甚至能在求偶、交配中,起到至关重要的作用③。瓦莱里(Paul Valéry)说:"诗是一种语言的艺术,某些文字的组合能够产生其他文字组合所无法产生的感情,这就是我们所谓的诗的感情。"④但文字组合,原本就意味着音声上的起伏跌宕;音声的起伏跌宕,才是情感出源地。尤侗算得上瓦莱里的异国知己:"诗云至者,在乎道性情。性情所至,风格立焉,华采见焉,声调出焉。"⑤吴公子季札赏乐于鲁国宫廷,当他听到《唐风》时,激动地说:"思深哉!其有陶唐氏之遗民乎?不然,何忧之远也。非令德之后,谁能若是!"⑥《应物兄》在叙事进入其腹心地带的某个关口,也颇具会心地写道:"声与意不相谐也。……这是他再次听到《苏丽珂》时,突然萌生的感受。那歌词本身是忧伤的,但是唱出来的感觉却是欢快的。"正是旋律,但更是旋律被演奏的方式,型构了能让季札动容和生发感慨的起兴之物,也型

---

① 陈世骧:《陈世骧文集》,辽宁教育出版社1998年版,第30页。
② 参阅韩伟:《唐代"音象"刍论》,《文学评论》2017年第6期。
③ [加]卡琳·邦达尔:《性本自然》,万洁等译,北京联合出版公司2018年版,第2—3页。
④ [法]保·瓦莱里:《诗与抽象思维:舞蹈与走路》,郑敏译,戴维·洛奇编:《二十世纪文学评论》(上册),上海译文出版社1987年版,第430页。
⑤ 〔清〕尤侗:《西堂杂俎》三集卷三。
⑥ 《左传·襄公二十九年》。

构了能让应物兄产生如此感觉的催化剂①。和季札遭遇的情形在性质上基本相同,语气拥有的生产、繁殖能力可以型塑小说文本的形体②,亦即小说的叙事走向和纹路,直至小说文本呈现出来的最终样态,宛如佩索阿(Fernando Pessoa)轻松地说:"上帝纯粹是文风的一种效果。"③事实上,有何种样态的文风,就一定会有何种性状的上帝,在这里,没有任何神秘性可言④。因此,

---

① 旋律或演奏方式型塑信息这类事情在中国古籍中并不难见。这里可以提供一个夫子与音乐的故事:"孔子学鼓琴于师襄子,十日不进。师襄子曰:'可以益矣。'孔子曰:'丘已习其曲矣,未得其数也。'有间,曰:'已习其数,可以益矣。'孔子曰:'丘未得其志也。'有间,曰:'已习其志,可以益矣。'孔子曰:'丘未得其为人也。'有间,曰:'有所穆然深思焉,有所怡然高望而远志焉。'曰:'丘得其为人,黯然而黑,几然而长,眼如望羊,如王四国,非文王其谁能为此也!'师襄子辟席再拜,曰:'师盖云文王操也。'"(《史记·孔子世家》)龚鹏程特别注意到,"文字艺术取代了音乐艺术,乃是古文化与汉代以后文化的大转变,影响着整个艺术体系、教育体系,不可等闲视之。"(龚鹏程:《中国文学史》东方出版社2015年版,第65页)由此可以推知,与音乐艺术的演奏方式和旋律可以型塑信息相似,文字艺术的语气和声律同样可以型塑信息。
② 此处当然没有忘记语气会有现实的来历,亦即语气不会凭空出现,一定跟特定的社会现实结合在一起。但对于小说创作来说,本文只将某种特定的语气看作既成事实,不追究它的来历,只考虑它在如何型塑小说的形体这个事实。
③ [葡]费尔南多·佩索阿:《惶然录》,韩少功译,上海文艺出版社2017年版,第274页。
④ 希伯来文化与古希腊文化在古罗马相遇,希伯来的神在逻各斯语气的侵蚀下变成了基督教的上帝。希伯来的神和基督教的上帝有何差异,对宗教史有了解者不难获知(参阅胡斯托·L.冈萨雷斯:《基督教史》,赵城艺译,上海三联书店2016年版,第35—78页)。

吴之刚教授才说:"伊甸园时代还没有民俗,教堂修建的时候,民俗事象已遍布人间。"(李洱:《导师死了》)但同样必然的是:有何种形象的上帝,就有何种性状的世界。上帝被认为用语言创造了世界①,很难设想,他用于创世的语言居然可以不包含某种(而非随便哪一种)特定的语气;正是这种特定的语气,型塑了世界最初的模样②。该世界因上帝口吻的坚定和执拗,显得坚硬和决绝,几至不容商量之境③。虽然现代主义小说一如李洱早已认定的那样,并不热衷于故事的连续性和连续性的故事④,它在更多的时候,更愿意衷情和倾心于一种"破碎的完整性"(A Fragmentary Wholeness)⑤,但拥有繁殖、生育能力的语气,仍然能够伙同(而非通

---

① [古罗马]奥古斯汀:《忏悔录》,周士良译,商务印书馆1996年版,第235—236页。
② 事实上,李洱对语气的尊重和依赖是一贯性的,他曾经从这个角度谈到过美国作家卡佛(Raymond Carver):"你读他(卡佛)的小说,最感动的往往就是他的语调,那真是一个彻底被打败的人的语调,说起话来有一搭没一搭的,都连不成句了。"(李洱:《问答录》,前揭,第64页)
③ 我曾经论述过,上帝的语言遵循词语的瞬间位移,是瞬间位移带来的语气导致了上帝之世界的坚定、执拗:"有一句熟语尽人皆知:上帝说:'要有光,于是有了光。'稍加玩味,便能看清如下事实:这句话中的每一个词都在迫不及待中,直愣愣地奔向下一个词,它的绝对性和权威性因其疾速不被质疑、不需质疑,但也来不及质疑——这就是词语的瞬间位移以及它导致的特殊效果。"(敬文东:《从唯一之词到任意一词》[上],《东吴学术》2018年第3期)
④ 李洱对此有恰切的认识:"一个最直接的感受,就是叙事的统一性消失了。小说不再去讲述一个完整的故事,各种分解式的力量、碎片化的经验、鸡毛蒜皮式的细节,充斥了小说的文本。"(李洱:《问答录》,前揭,第125页)
⑤ Marianne Thormahlen, *The Waste Land: A Fragmentary Wholeness*, C. W. K. Gleerup, 1978.

过)叙事人,型塑列位主人公的动作/行为,亦即事情、情节,直至整个故事。语气像女娲,能哈气造人;它几乎就是上帝之灵(soul)的一部分①。

作为汉语语气大家族中的一员,亦即黑格尔所谓的"这一个",反讽语气不源自古老的汉语,它导源于汉语的视觉化;因此,反讽语气算得上汉语语气史上新进的国士,是逻各斯慷慨馈赠给味觉化汉语的养子②。这个养子鸠占鹊巢后,虽然态度过于骄横、蛮霸,却为一整部中国现代文学史型塑了形形色色的反讽主体,让中国现代小说与古典小说彻底区分开来③:

---

① 苏珊·桑塔格(Susan Sontag)很精辟地指出:"阐释还是智力对世界的报复。去阐释,就是去使世界贫瘠,使世界枯竭——为的是另建一个'意义'的影子世界。阐释是把世界转换成这个世界。"([美]苏珊·桑塔格:《反对阐释》程巍译,上海译文出版社2011年版,第8页)但桑氏没有将最终的底牌道出:使用何种阐释方式,就有何种样态的意义世界。

② 刘恪花很大精力研究过中国现代小说的语言变迁(参阅刘恪:《中国现代小说语言史》[1902—2012],百花文艺出版社2013年版),很值得参考;但他却令人遗憾地没有论述中国现代小说何以会有如此形态的变迁,仅仅是将变迁而来的结局给描述了出来。

③ 逻各斯提供的反讽语气之强大,连希伯来思想中的神都不是对手。在神学语义中,世界被视为上帝"说"出来的存在物:"神说,要有光,就有了光。"这大约是被朱利安(François Jullien)认作希伯来思想的第一句话:"起初,神创造了天地……"(参阅[法]朱利安:《进入思想之门》,卓立译,北京大学出版社2014年版,第48—53页)但事情的吊诡之处刚好在于:作为至高无上而又神秘莫测之物,希伯来的神(亦即上帝)一旦和来自古希腊的逻各斯相遇,势必立马成为反讽性的上帝(亦即神)。对此,舍斯托夫(Lev Shestov)看得很清楚:"在圣经取得欧洲人民信任以前几十年,犹太的斐洛就开始为东方启示同西方科学'和解'而奔走了。但是,他所说的和解是一种背叛行为。有些教父,如德尔图良对这一点十分清楚,但是,并非所有的人都像德尔图良那样能看出希腊人精神的实质及其影响的危害性。"([俄]舍斯托夫:《在约伯的天平上》,董友等译,(注文转下页)

对他(即费边——引者注)和杜莉初次做爱的情景的描述,有两种不同的版本问世,而且它们的版权都属于费边。第一个版本里说,他就是在这一天的午后和杜莉上床的。第二个版本里说,事情是在两天之后才办妥的。当费边想举例说明自己办事喜欢速战速决的时候,他就用第一个版本。当他想说明自己办事喜欢按部就班,悠着点来的时候,他就抬出第二个版本。我本人喜欢速战速决,所以我没给商量,就决定用他的第一个版本来叙述故事。为了说得清楚一点,在讲的时候,我可能还得稍加一点自己的想象,把他的版本适当扩充一下。(李洱:《午后的诗学》)

　　从赵毅衡提出的大局面反讽——而非纯粹修辞学——的角度看过去,这两个"初爱版本"(亦即表述"初"次做"爱"之版本)

(接上页注文)

生活·读书·新知三联书店1989年版,第13页)看不见的神得由看得见的耶稣来体现,耶稣成为世人认识上帝的中介(基督教的经文如是写道:"一切所有的,都是我父交付我的。除了父,没有人知道子。除了子和子所愿意指示的,没有人知道父。"[《圣经·马太福音》11∶27])。而作为被创造出来的观念,三位一体充满了逻各斯特有的反讽特性——如果没有逻各斯深度加入到制造的过程当中,三位一体既无法着床,更无缘出生。斯拉沃热·齐泽克对此另有推测:"上帝把猴子变成人是通过给猴子们讲了个笑话……都知道这个笑话原来是:'别从知识树上吃东西!'"([斯洛文尼亚]斯拉沃热·齐泽克:《齐泽克的笑话》,于东兴译,河南大学出版社2017年版,第2页)但齐泽克大概没有搞清楚,这是因为"别从知识树上吃东西"这句话已经得到了逻各斯的深度浸染。只有这样理解,齐泽克接下来的暗示才能顺理成章:人之堕落实际上出自于上帝的旨意,而非蛇的诱惑,因为蛇也是被上帝说出来的生灵,尽管有点丑,有点阴险;早在创世之初,造物主就为自己制造了反讽。作为喜剧的一个片段,浪漫性的反讽(romantic irony)是逻各斯化的上帝为他自己奉献的一个礼物,但"这是一种完全自觉的艺术家所运用的反讽,他的艺术乃是他所处的反讽地位的反讽式展现"([英]D. C. 米克:《论反讽》,周发祥译,昆仑出版社1992年版,第29页)。

必须同时并存,必得同时为真,还需相互做鬼脸。最后,才能在题中应有之义的层面上,结成互为反讽的关系。道理说起来倒是十分简单:唯有两个版本同时并在,费边才可以在需要哪个版本的时候,轻松自如地征用哪个版本。但这只是一般读者一眼就能观察到的文本现实,是叙事行为导致的既成结果,有如火山冷却后,被目击者目击到的状态,却并非喷"火"时,那种"火"爆的情景之本身。更值得注意和更需要重视的,则是倾向于故事情节的读者不那么容易察觉到的反讽语气,亦即喷火时本来应该具有的那种、那番景象。反讽语气弥散于小说文本,浸润着叙事的每一个缝隙、每一丝肌肉、每一寸皮肤,显得轻松、欢快、顽皮,尤其是精准、幽默,略带嘲讽的神情,简洁中透着一丝散漫,散漫中则自有其整饬:这刚好是**李洱式反讽语气**拥有的基本造型、基本风度①。马克斯·皮卡德(Max Picard)之言在此来得极为睿智,他的观察堪称准确:"沉默产生语言,换言之,它是出于一种委任而存在的。也就是说,语言是由在它之前的沉默所认可了的,所正当化了的东西。"②皮卡德的精妙洞见或许暗示的是:虽然反讽语气确实是逻各斯的本性所致,但它只有在语言打破自身的沉默状态时,才可能应邀而至,但说成应运而生更合乎实情——这很可能就是因"委任而存在"的基本含义。但皮氏

---

① 很显然,视觉化的汉语自带反讽语气,但反讽语气的样态因不同的作家、因作家表达的特定主题、因作家有意对之进行的抑制等,必将出现不同的样态,其程度也有深浅之分。这个重要问题后文将有详细阐发,此处不赘。
② [瑞士]马克斯·皮卡德:《沉默的世界》,前揭,第8页。

的暗示更有可能意味着：反讽语气并不属于叙事人（比如，《午后的诗学》中的那个"我"），更不是叙事人事先拥有反讽语气，然后，才造就了如此这般的反讽叙事，也不是反讽语气先于叙事而存在——这跟给定的现实世界上发生的事情，尤其是事情的发生方式迥然有别①。对于现代主义小说以及小说写作来说，事情的真相更有可能是：语言在等待着，从沉默中出走；而沉默则急需要它的破壳者。读者无法清楚观察到的叙事学真相正在这里：叙事人和暂时处于沉默状态的语言相向而行，他（或她）和它分别目不斜视地只管向前迈进，却迎面撞到了一起。以马克斯·皮卡德之见，语言的沉默由此被打破，就此被破壳，释放出色泽各异、质地不同的反讽语气（具体到《午后的诗学》而言，乃李洱式反讽语气）；叙事人则在一个电光石火的瞬刻间，被迎面而来的反讽语气所环绕，但与此同时，叙事人也趁机将反讽语气主动纳于自身——被动和主动在同一个时刻被铸就、被生成，主动和被动存乎于同一个质点似的瞬刻间。李洱式反讽语气和李洱炮制的叙事人一道，倾向于相互造就、同时诞生，有如布朗

---

① 罗兰·巴特（Roland Barthes）之言来得非常仗义："写作者不能从语言上汲取任何东西：对于写作者来说，语言更像一条直线，逾越它也许将说明言语活动的超自然属性：它是一种动作的场域，是对一种可能性的确定和期待。"（［法］罗兰·巴特：《罗兰·巴特随笔选》，怀宇译，百花文艺出版社 2005 年版，第 3 页）此人在某处甚至说："叙事的功能不是再现，而是建构一种景观。""叙事并不展示，并不模仿。……叙事中'所发生的'指涉（现实）的观点是无，'所发生的'只有语言，语言的冒险，对其到来的不断赞颂。"（［法］罗兰·巴特：*Itroduction to the Structural Analysis of Narratives*, in *Image*, *Music*, *Text*, p. 124）

肖倡导的纯小说,语言和叙事竟然是同一回事①——这等小说局面,在并不算漫长的中国现代小说史上几乎是头一遭,具有难以察觉的革命性。叙事人因此有机会和反讽语气结为一体,型塑了作为反讽主体的费边,以及他既可以速战速决又可以"悠着点来"的性爱伙伴。与此同时,叙事人也被高度反讽化了;而反讽主体被出生(he was born...)之时,恰好是反讽时代站出来生存之际——反讽时代并非作为反讽主体的背景而预先存在,或预先给定②。李洱式反讽语气深谙其间的奥秘,《午后的诗学》正是这个奥秘的嫡出苗裔。

究竟何为反讽主体,或者反讽主体的具体含义到底是什么,理查德·罗蒂(Richard Rorty)自有经典描述,很有些诚不我欺之意味:

> 反讽主义者(ironist)必须符合下列三个条件:(一)由于她深受其他语汇——她所邂逅的人或书籍所用的终极语汇——所感动,因此她对自己目前使用的终极语汇,抱持着彻底的、持续不断的质疑。(二)她知道以她现有语汇所构

---

① 布朗肖说得很精辟:"叙事并非对某一事件的记述,而恰为事件本身,是在接近这一事件,是一个地点——凭着吸引力召唤着尚在途中的事件发生,有了这样的吸引力,叙事本身也有望实现。"([法]莫里斯·布朗肖:《未来之书》,赵苓岑译,南京大学出版社 2015 年版,第 8 页;也可参阅汪海:《晦暗的布朗肖与文学的沉默》,《天涯》2018 年第 6 期)

② 依刘大为之见,造成这等局面的原因有二:"a,我们只能对语言所表述的东西进行思考,不能被语言表述的便是无法理解的;b,离开了语言的世界,在我们的经验中只是一堆感觉的碎片,语言的方式就是世界的存在方式。"(刘大为:《破格句研究》,《华东师范大学学报》,1989 年第 2 期)

作出来的论证,既无法支持,亦无法消解这些质疑。(三)当她对她的处境做哲学思考时,她不认为她的语汇比其他语汇更接近实有,也不认为她的语汇接触到了在她之外的任何力量。……相对的,反讽主义者是一位唯名论者(nominalist),也是一位历史主义者(historicist)①。

至少有李洱众多的小说作品,以及作品中众多的人物可以作证:罗蒂实在是太乐观、太独断了。他下大力气进行论说的反讽主义者,乃实存的个体、被预先给定的个体,该个体被现实世界亦即给定的反讽时代所造就——比如罗蒂先生本人,并不是非虚构的反讽主体、非给定的个体。非给定的个体或曰虚构的主体,只能被语言以及语言的披风亦即语气所创生。比如费边和杜莉,比如葛任与应物兄,比如侯后毅和他不那么争气的博士生冯蒙,他们都将从莫须有处——走来。罗蒂所谓的反讽主体(也就是罗蒂温柔的笔下的那个"她"),只存乎于被给定的现实世界,而非小说、戏剧、电影、神话、民间故事、造型艺术等呈复数状的可能世界(Possible Worlds)。大小不一、成色各异的可能世界虽然平行于现实世界,但两类世界上发生的事情,尤其是事情的发生方式,却迥然有别,或判若天壤②。现实世界中的每一个人都会面临一个严峻的问题:"明天是你剩余人生的第一天。"③

---

① [美]理查德·罗蒂:《偶然、反讽与团结》,徐文瑞译,商务印书馆2003年版,第105—107页。《应物兄》也引用了这里引用的大部分文字。
② 参阅赵汀阳:《二十二个方案》,辽宁大学出版社1999年版,第256—264页。
③ [法]让·波德里亚:《美国》,张生译,南京大学出版社2011年版,第20页。

但可能世界中的所有人必将视这个问题为无物(而非漠视这个问题)①。没有语言,就没有虚构;没有虚构,就没有被虚构之人;没有被虚构之人,又何来这个人面临的一切问题呢?而依神学语义,现实世界之诞生归因于上帝及其语言(语气是其间的一部分),但更是逻各斯的产物。现实世界是先在的、被预先给定的。因此,寄"身"或寄"生"于它的反讽主义者一旦站出来生存,其反讽主体之身位就必然是给定的。实存的反讽主义者们遭遇到的种种情形,即便没有被罗蒂所错认,也只可能是宿命性的:他们无所遁形于罗蒂开列出的种种情形;他们必将遭遇罗蒂罗开列出的种种情形。这既是神的旨意:神说一不二;更是逻各斯运转的结果:逻各斯拥有无可置疑的先决权。在叙事行为启动之前,在李洱式反讽语气尚未从沉默的语言中破壳而出之际,《午后的诗学》为零,它即将主动纳于自身或被强行赋予其身的一切基本要素,都充满了未知性,都不确定,都无法预先被赋予;费边和杜莉连一根寒毛,不,连一个微不足道的分子都不存在,更何况容纳他们欢爱的床、客厅和被单,以及可以用于欢爱的肉身,但尤其是肉身上被推荐出来独享欢爱的器官。费边和杜莉如此这般地首次欢爱,跟现实世界上男欢女爱的发生方式迥然不同。前者和李洱式反讽语气同时受孕、同时诞生、同时出现;

---

① 弗洛伊德道明了其中的要义:"创造性作家所作所为同游戏中的孩子别无二致。他创造了一个幻想的世界,对它十分认真,也就是在其中倾注了大量的感情,但同时却把它与现实截然分开。语言把孩子游戏与诗歌创作之间的这种关系保存了下来。"([德]弗洛伊德:《创造性作家与白日梦》(1908),黄宏煦译,戴维·洛奇编:《二十世纪文学评论》(上册),葛林等译,上海译文出版社1987年版,第65页)

后者则纯属自然而然的行为,必定要自然而然地发生,只因为"饮食男女,人之大欲存焉"①。

作为存活于现实世界的反讽主体,李洱当然受制于视觉化的汉语(或汉语的视觉化),因此,他必然、必须自带反讽特性;李洱很清楚,"文本不是客体,它是行动或过程,"②本乎于此,李洱给出的小说操作方案,就既是杰出的,也是根本性的,甚至是革命性的。这是因为李洱式反讽语气深谙语言和现代主义小说之间生死与共的致命关系。李洱的小说自存在伊始,就颠倒了一个长久以来被称之为小说常识的东西:李洱式反讽语气、叙事人(亦即"我")、反讽主体(亦即费边、杜莉等)和反讽时代同时诞生。谢默斯·希尼(Seamus Heaney)认为,包括诗歌在内的所有艺术形式之所以还有存在的必要性,就是因为它能让世人"成为敏感的人"(to be sensitively human)③。李洱发动的小说革命更进一步:小说可以让世人成为共时性观看创世一刻的幸运者。也就是说,幸运者们十分"幸运地目睹了那条狭长的产

---

① 《礼记·礼运》。有趣的是,苏青将之重新句读为:"饮食男,女人之大欲存焉。"(参阅金雄白:《汪政权的开场与收场》第三册,春秋杂志社1960年版,第120页)依瑞典人高罗佩(Robert H. van Gulik)的观察,在古代中国,或在味觉化汉语的思想视域之内,连天与地都很是自然地"在暴风雨中交媾";而从"荒古时代以来",中国人对如下信条就确信无疑:"云是地的卵子,它靠雨即天的精子而受孕。"([荷兰]高罗佩:《中国古代房内考》,李零等译,商务印书馆2007年版,第23页)

② R. Fowler, *Literature as Social Discourse: The Practice of Linguistic Criticism*, Indiana University Press, 1981, p. 80.

③ [爱尔兰]谢默斯·希尼:《希尼诗文集》,吴德安等译,作家出版社2001年版,第3页。

道、那条产道中滑行而出的新人,携带着他晦涩的黏液、浓烈的腥味和朦朦胧胧的希望"①。而同时诞生的小说内部的诸要素跟罗蒂眼中的唯名论、历史主义,还有终极语汇以及对终极语汇的种种质疑,概无关系;即使有那么一点点瓜葛,也不过是出于偶然,或者碰巧,充满了无法解释,也不可能得到充分解释的神秘性——罗蒂为反讽主义者给出的经典洞"见",极有可能只是一个美国佬过于洋气的一偏之"见"。

对于罗蒂的持论,保罗·德曼(Paul de Man)似乎心有灵犀。他以肯定的语气断言:反讽乃文学现代性的主要标志之一,只因为现代主义文学受形势所迫,向来都言在此而意在彼②。逻各斯似乎更倾向于铁面无私以至于不解风情;它以其一贯的秉性,为保罗·德曼的肯定语气奉上的礼物恰好是不易被觉察,却不折不扣的反讽口吻:德曼的看法既对又错,而且必须对、错一体,就像 A 与-A 那般,必须同时成真,共时并存;德曼的观点才算得上真正的言在此意在彼。很容易分辨,说反讽是文学现代性的主要标志之一是正确的,因为逻各斯最晚从古希腊一路运转至此③,其反讽性能早已达致极端饱和的状态,从它启程开出

---

① 敬文东:《事情总会起变化》,2009 年版,第 18 页。
② [美]保罗·德曼:《解构之图》,李自修译,中国社会科学出版社 1998 年版,第 28 页。
③ 此处之所以说"最晚从古希腊一路运转至此",是因为古希腊文明其来有自,也其来复杂([法]让-皮埃尔·韦尔南:《希腊思想的起源》,秦海鹰译,北京大学出版社 2012 年版,第 1—25 页;[英]马丁·贝尔纳:《黑色雅典娜》,郝田虎等译,吉林出版集团有限责任公司 2011 年版,第 30—111 页)。

的文学,大约不可能不是反讽性的①,却依然不可能是罗蒂心目中的反讽主义者,毕竟在芜杂的现实世界上,从来不存在先于写作行为而预先被给定的文学(或曰虚构世界或可能世界)②。说现代主义文学受形势所迫向来都言在此意在彼,则是错误的。首先,它错在不明白如下道理:现代主义文学并不是对"形势所迫"中那个"形势"进行的机械反映,现实主义归根到底是不存在的,或仅仅存活于比喻的层面③;外部形势顶多具有表面上的重要性,

---

① 有意思的是,D.C.米克甚至认为在西方,居然存在反讽的文学与非反讽的文学,还指出了反讽的文学对于更为复杂的经验具有很大的优势:"我们现在可以描述某些非反讽艺术和文学的特点了:它们实际上是'单一视境'追求的目标,能够让人直接理解,因为其形式因素要么组成一个不透明的表面,用以阻留我们全部的注意力,要么完全消失,以便让人同样汲取它们所透彻传达的内容。因此,如果我们反过来看反讽和反讽文学,即可见出它们既有表面又有深度,既暧昧又透明,即使我们的注意力关注形式层次,又引导它投向内容层次。反讽总是把麦克利什(1892—1982)的意象主义(即后意象主义)的口号——一首诗不应该意味什么,而应该是什么——与布朗宁的信息主义(messagism,但愿下面的两行诗句能够描述一首诗的小小'世界')——这个世界对我们而言,既非污渍,亦非空白;它具有强烈的意谓……结合起来,并且改造成这样的信条:反讽诗既意谓什么,又是什么。——它以'意谓'因素和'存在'因素的相互对立为附加条件。"([英]D.C.米克:《论反讽》,前揭,第6页)但米克错认了逻各斯的威力,不明白早在苏格拉底时期和基督时期,反讽就如克尔凯郭尔认为的那样存在着;从理论上说,西方文学史上不存在不反讽的文学。
② 当然这样说并不全对,因为有一般就一定有例外。在中国当代文学史上有很长一段时间,因为文学被赋予了明确的任务,小说只能在命定的框架中进行,所以小说在写出之前,结果已经定下来了。这其中起主要作用的,就是革命话语及其在语气上的标准搭配,它是命定的(参阅敬文东:《何为小说? 小说何为?》,《文艺争鸣》2018年第6期)。
③ 对此,罗兰·巴特不惜用厚厚一本《S/Z》(屠友祥译,上海人民出版社2012年版)来阐明这个问题。

因为外部形势本来就导源于逻各斯的自然本性,出自于作为基本句式的"与……并在"。其次,它错在不明白一个简单,却一直倾向于隐藏起来的事实:只有在反讽语气、叙事人、反讽主体和反讽时代同时诞生的基础上,才同时诞生了现代主义小说,而不是相反——对此,李氏牌小说堪称最解风情者;即时即刻诞生的每一个反讽主体,都必然是创世的产物,都从莫须有处而非现实世界辗转而来,不可能是"形势所迫"预先产的卵,下的蛋。从逻辑——而非事实——的角度观察,德曼关于现代主义文学的言论,在暗中,呼应了罗蒂关于反讽主义者的看法。与同时代绝大多数中国作家(不敢说所有中国作家)迥乎其异,李洱从其创作伊始就通晓其间的要诀——《午后的诗学》已经为此给出了极好的证明;他仰仗李洱式反讽语气,有足够的能力,洞悉保罗·德曼究竟失误何处。但意味深长的是,在李洱的早期小说作品中①,李洱式反讽语气因听命于、受制于以求真为伦理的视觉化汉语,首先体现为一种**说明书式的笃定语气**;说明书一般的描写,在李洱的早期小说作品中比比皆是,显得极为扎眼。此处满可以仿照普洛普(Vladimir Propp)的做法,随机抽样——

> 很快就是元旦了。元旦过后,廖希正要再去催她(黄冬冬—引者注),她自己送上了门。她说,还是廖希说得对,事情确实不能再拖了,她已经感到胎动了。照她的描

---

① 此处所谓的"早期作品",指的是《花腔》以前也就是 2001 年以前的作品。

述,胎动有点像气球在肚子里飘来飘去,既让她心悸,又让她觉得神奇。不行,我得赶快把它处理掉,要是再拖几天,我的心一软,可能就下不了手了,到时候,你这当爹的可该如何是好啊。她对廖希说。听她的口气,她说的事情好像与她没有多大关系似的。廖希被她说得一愣愣的,站在门后一声不吭,就像一个傻瓜。

当天(元月三号)下午两点多钟,我们就坐上了通往枋口的火车……

(李洱:《堕胎记》①)

从纯粹风格学的角度,满可以为说明书一般的**李洱式笃定语气**找到师法对象,或隐秘的来源,比如,李洱对加缪(Albert Camus)及其行文方式的偏爱②。但笃定语气如果首先被认作李洱对视觉化汉语的主动接受,对汉语视觉化的自动承担,很可能更重要、更准确,也更符合实际情形,毕竟笃定语气并非先于写作而存在,也并非小说技巧和修辞方式可以完全涵盖:它首先是对逻各斯的效忠,是对逻各斯之求真伦理的正确运用,和恰当透支。稍有素养的读者都很容易看出:《堕胎记》对黄冬冬的叙述几至于分子生物学的水平:准确到刻板的程度,不露声色到零度情感的地步,内敛到消除了嘴角最后一丝可以代表心境之状况的那根线条,而一句"当天(元月三号)下午两点多钟,我们就坐

---

① 《堕胎记》发表于《花城》1993年第3期。
② 参阅黄平:《〈应物兄〉:像是怀旧,又像是召唤》,《文艺报》2019年2月15日。

上了通往枋口的火车……",立即把说明书说一不二的脾性,推向了极致。说明书意味着:反讽主义者得到了木刻般准确的描画和刻写,态度坚决而肯定,却又行文轻松、硬朗,有有意掩藏,却最终没有完全被藏起来的皮笑肉不笑,就像黑暗来临后的第一个瞬间,视网膜上还留有光亮的遗迹;于此之中,反讽主体既效忠于视觉化汉语自带的求真伦理,又在被叙述和被哈气创生之际,也就是从莫须有处辗转走来之时,为自己赚得了双重反讽主体的身份。但这仅仅是因为:李氏笃定语气——而非别的任何作家的任何语气——从语言的沉默状态破壳而出之时,正好是黄冬冬和反讽时代得以从莫须有处同时诞生之际。但即便如此,黄冬冬也只能是反讽时代的养料,是斯德哥尔摩综合征的被掌控者;而作为一种堪称优质的回报,反讽时代暂时同意充当黄冬冬临时性的培养基,两者方可达致同生死、共患难(亦即两相"并在")的境地,以满足现代主义小说的内在要求与渴望,跟保罗·德曼的"形势所迫"毫无关系。

《水浒传》对武松和老虎以性命相见而拼死搏杀的描写,很可能是中国古代小说史上最为精彩的段落之一①。从比较文学

---

① 金圣叹对此赞赏有加,即为明证:"写虎能写活虎,写活虎能写其搏人,写虎搏人又能写其三搏不中。此皆是异样过人笔力。……读打虎一篇,而叹人是神人,虎是怒虎,固已妙不容说矣。乃其尤妙者,则又如读庙门榜文后,欲待转身回来一段;风过虎来时,叫声'阿呀',翻下青石来一段;大虫第一扑,从半空里撺将下来时,被那一惊,酒都做冷汗出了一段;寻思要拖死虎下去,原来使尽气力,手脚都苏软了,正提不动一段;青石上又坐半歇一段;天色看看黑了,惟恐再跳一只出来,且挣扎下冈子去一段;下冈子走不到半路,枯草丛中钻出两只大虫,叫声'阿呀,今番罢了'一段。皆是写极骇人之事,却尽用极近人之笔,遂与后来沂岭杀虎一篇,更无一笔相犯也。"(金圣叹:《水浒传》第二十二回"总批")

的角度观察,很容易得知:《水浒传》在描写的冷静上,一如《堕胎记》;在描写的准确上,也一如《堕胎记》;在描写的生动——而非内敛——那方面,则远甚于《堕胎记》。但《水浒传》的冷静和准确,跟说明书般的笃定语气没什么关系。和《水浒传》在描写上的生动、传神一样,它在描写上的冷静和准确,也来自未经视觉化的汉语,源于零距离的应物原则。味觉化汉语随身自带的世俗性,让《水浒传》和《堕胎记》一样,只能针对也只乐于针对凡间尘世发言①;味觉化汉语随身自带的肉体性,让《水浒传》有能力对打虎过程进行零距离的贴身描写,让读者仿佛置身于搏斗的现场,却既不是"进到角色里面去",亦即 D. A. 米勒(D. A. Miller)所谓的"贴着写"(close writing)②,更不似《堕胎记》那般,只能远距离冷眼旁观反讽主体们木偶、傀儡般的动作/行为③;味觉化汉语

---

① 未经视觉化的汉语是世俗的语言,不具备超验语气;视觉化之后的汉语虽然至少通过对《圣经》的翻译获取了超验语气(参阅刘意青:《〈圣经〉的文学阐释》,北京大学出版社 2004 年版,第 15—32 页;参阅朱一凡:《翻译与现代汉语的变迁》,外语教育与研究出版社 2011 年版,第 49—98 页),却更不需要针对超验事物,因为这种语言比未经视觉化的汉语更世俗(参阅敬文东:《从超验语气到与诗无关》,《中国现代文学研究丛刊》2018 年第 10 期)。
② [英]詹姆斯·伍德:《小说机杼》,前揭,第 5 页、第 26 页。
③ 将《堕胎记》和金宇澄的《繁花》作一个比较,其叙事特点就更清楚了。金雯对《繁花》有敏锐的观察:金氏"化用了源自宋元话本小说中的说书人叙事传统……《繁花》中类说书人叙事视角的特点之一在于叙事者始终与笔下人物保持距离,'保护'他们的内心不受窥探"(金雯:《金宇澄的谜语人物:负情感试论》,《读书》2016 年第 8 期)。也就是叙事人不进入主人公的内心,专注于描写人物的外部动作/行为,以动作/行为展示内心。李洱的叙事人动用的笃定语气和反讽主体的关系,介乎于"始终与笔下人物保持距离"和"贴着写"之间的某个位置,因而自有其特别的风度。

因为以诚为伦理而随身自带的感叹语气,则既能促使《水浒传》的读者对武松赞叹有加,又能让武松顺着感叹语气预先给予的方向,一路走向更令读者唏嘘良久的后话,直至在西湖边削发为僧,而不似《堕胎记》那般,仅仅呼应于反讽性的笃定语气。《水浒传》是感叹语气的苗裔,它不认识何为反讽时代,更不知道何为李洱式笃定语气——它严肃到了令人扼腕叹息的地步。

依现代语言学的基本教义,世上有两种不同性质的语言。一种是说明性的,比如,用于电器使用说明书、旅游指南、房产合同、结婚证和住宿发票的语言,它只需将人、情、物、事说清楚,就算完成任务;为说明性语言配备的语气,则必须是匀速的,它尽可能平缓、笃定,没有丝毫的游弋,以保证客观效果,求真是它的唯一目的,也是它的终极目的,尽管李洱几乎从写作伊始就明白,"真"仅仅是,或者很有可能只是一个不太值得追求的乌托邦[1]。另一种是文学性语言,从表面上看,它没有任何实用价值。文学性语言的欲望之一是:它不但在虚构的层面上有所指(却不是说明性层面上的有所指),还需要自指,并且必须自指(亦即指向语言自身:language calling attention to itself)[2],正所谓"诗中对仗,文中骈偶,皆是干连,而非发生"[3]。"干连""非发生"云云,为的是方便读者在关心语言所指向的外部世界时,还需目光回溯,以关注语言自身的运行方式,有所感悟于这种运行方式,从"关注"和"有所感悟于"之中,获取美感和快感——

---

[1] 参阅李洱:《问答录》,前揭,第55页。
[2] 参阅周英雄:《结构主义与中国文学》,1983年版,第124页。
[3] 顾随:《顾随全集》第三卷,河北教育出版社2001年版,第287页。

文学首先是对语言本身的领悟。吴兴华说得更具体："讲究整齐对仗,平仄调谐,自然会带来某些后果:在创作时,它吸引了作者的一部分注意力,因此在阅读时,读者也需要付出相应的注意力作为补偿,这样作者的匠心才不至于落空,这种注意力的牵引是向横的方向发展的,它与思维逻辑、叙事层次等向纵的方向的运动势必有些抵触。"①对于现实世界,说"语言之外,空无一物"肯定是错误的,但对于文学世界,却必然正确。为文学性语言配备的语气既不能匀速,也不能没有高低、起伏,否则,就"声"不"成文"不可能"谓之音"②,毕竟"和实生物,同则不继"③。李洱尽力排开罗蒂、德曼等人有可能带来的干扰,尊重汉语高度视觉化后获取的求真伦理,在非实用的文学性语言当中,融入了说明性语言;尽可能利用说明性语言自带的匀速语气,稀释、缓解和冲淡了文学语言在语气上本该拥有的起伏和错落,获取了对所叙之物、事、情、人的准确与清晰——这就是笃定语气的真实出处(或曰根本来源),远比说它来源于对某个具体作家(比如加缪)的效法,更值得信赖,更具有必然性。很显然,笃定语气是对汉语视觉化的忠实呼应,汉语视觉化之后被过继而来的养子——亦即反讽特性——一直在强烈呼请反讽语气加诸其身。因此,笃定语气只能是李洱式反讽语气的基础形式,甚或最低形式;李洱式反讽语气的其他形式,或者变体,都得建基于说明书一般说一不二的笃定语气。在篇幅不长的《堕胎记》

---

① 吴兴华:《读〈国朝常州骈体文录〉》,《文学遗产》1988年第4期。
② 这里化用了《礼记·乐记》里的话:"声成文谓之音。"
③ 《国语·郑语》载史伯之言。

中,笃定语气和叙事人(亦即"我")同时诞生;与他(它)们同时诞生的,则是作为反讽主体的女大学生黄冬冬、黄冬冬肚子里的胎儿(那是黄冬冬与自己的老师廖希亲密合作的产物,很有可能是李洱制造的"年龄"最小的反讽主义者)、胎儿带给反讽主义者的特殊心境,以及在这种心境支配下,反讽主体们采取的诸多行动——就这样,笃定语气因分有了说明书的一般性能,获取了如此这般强劲有加的型塑能力,却不似《水浒传》那样,必须依赖"一弹再三叹"(《古诗十九首·西北有高楼》)那般曲折、那样往复的感叹语气。不难获知:反讽语气的基本形式无意于夸张、煽情和拔高;它宁愿拒绝"见于老掉牙的诗歌传统"的那些腐朽的、"浮夸的动词"①,一门心思只想将事情说清楚;笃定语气则知会自己的附体者(亦即叙事人):必须充当将事情说清楚的英雄,活像亨利·列斐伏尔眼中的那些"社会展望学家"(prospectiviste)②。

李洱对反讽主体们遭遇的"与……并存"之困境,有着清醒、自觉的认识:"生存的困境,这可能是小说所要表达的最重要的主题,是小说家思维交织的中心。作为具有一定长度的叙事作品,小说放弃了对人类生存困境的表现,几乎等于找死。"③《堕胎记》很有可能算不上李洱的重要作品,但也许正因为它不是重要作品,反倒更具有说服力;它像李洱的小说隐喻,亦即女

---

① [英]詹姆斯·伍德:《小说机杼》,前揭,第13页。
② [法]亨利·列斐伏尔:《空间与政治》,李春译,上海人民出版社2008年版,第52页。
③ 李洱:《问答录》,前揭,第293页。

符号学家那样,有能力暗示和切中李洱的一贯思路:将事情说清楚以及充当将事情说清楚的英雄,乃是复杂难缠的当下中国——这被魔幻现实主义笼罩的大地——对小说叙事提出的基本要求;叙事人和李洱式反讽语气的低平方式同时诞生,以便完成某一篇具体的小说作品,这在李洱看来,更有可能准确描述反讽主体的基本处境,揭示"与……并存"在如何挟持、绑架反讽主义者,也才能为有效刻写中国,提供可靠的写作方法论;为深入刻写"人类生存困境",献上值得信任的写作伦理。

作为语气的花腔

依赵毅衡之见,虽然"小说首先要叙述的,是叙述者",但"叙述者决不是作者,作者在写作时假定自己是在抄录叙述者的话语。整个叙述文本,每个字都出自叙述者,决不会直接来自作者……无论在何种情况下,我们作为读者,只是由于某种机缘,某种安排,看到了叙事行为的记录,而作者只是'抄录'下叙述者的话。"①赵氏之见在令人一新耳目之际,也让人稍感不安,因为这种观点不仅过于孤芳自赏,还洁癖劲十足。它把作者和叙事者有意割裂开来,不承认两者之间——比如李洱和《遗忘》中的冯蒙——有任何联系,乍看上去,实在有悖常理,有违常情。许慎很形象地解释道:"写,置物也。谓去此注彼也。"②写作因此可以很质朴地被理解为:"去"内心之所想(亦即"此"),而

---

① 赵毅衡:《当说者被说的时候》,中国人民大学出版社1998年版,第8页、第3页、第9页。
② 《说文解字》卷七段玉裁注。

"注"于纸张之上(亦即"彼")。布朗肖关于诗人的一段话在萨义德(Edward Said)看来十分重要,以至于特意被萨氏所引用:"诗人只是以诗的方式存在着,他只是作为诗歌的可能的结果,而从这个意义上讲,诗人只在诗歌之后才存在,尽管诗人是面向诗歌存在的。"①小说家与小说之间的关系,又何尝不应当如此呢?较为可靠的看法或值得信赖的真相也许是:叙事者被作者叙述出来,作者(比如李洱)却不准备,似乎也确实不应该,对叙事人(比如冯蒙)的叙事行为担负全责;叙事者的观点、语气,以及他(或她)的应物态度和应对万物的方式,还有跟叙事人语气一同诞生的其他所有东西,那些小说的诸多要素,都专属于叙事者。它们当然并且必须、必然与作者有关,但物权法定义过的那种所有权,却不可以无条件地为作者所认领。以 T. 托多罗夫(Tzvetan Todorov)之见,"我们从来无法确切知晓某个虚构作品中的陈述是否道出了作者的心声。"②而将小说传达的思想误认为作者的思想、将主人公的想法想当然地当成作者的想法,是古典时代的执念③,也是机械唯物主义治下的陋习。这个陋习和执念遵循的原型句式,建基于过多、过于独断的"想当然",以至于独裁到"欲加之罪,何患无辞"的地步:"作者通过(或借)主人公之口说……"

---

① 转引自爱德华·W.萨义德:《开端:意图与方法》,章乐天译,生活·读书·新知三联书店 2014 年版,第 353 页。
② [法]茨维坦·托多罗夫:《日常生活颂歌:论十七世纪荷兰绘画》,曹丹红译,华东师范大学出版社 2012 年版,第 91 页。
③ [英]乔治·奥威尔:《政治与英语》,郭妍俪译,江苏教育出版社 2006 年版,第 3—28 页。

作为现实世界(而非可能世界)中实存的反讽主体,作者随阅历、经验的不断增多,随年岁和马齿见长,看待世界的眼光以及应物时的心境,也就不可能安于一成不变的静止状态,诚所谓"闻多素心人,乐与数晨夕"(陶渊明:《移居》其二)。对此,辛弃疾的《丑奴儿》固然说得很好,蒋捷之言也许可以被称为更上层楼——

> 少年听雨歌楼上,
> 红烛昏罗帐;
> 壮年听雨客舟中,
> 江阔云低、断雁叫西风;
> 而今听雨僧庐下,
> 鬓已星星也。
> 悲欢离合总无情,
> 一任阶前、点滴到天明。
>
> (蒋捷:《虞美人》)

罗兰·巴特并非每时每刻都是个标准的结构主义者,当他偶尔处于更多宿命色彩的结构主义之外时,反倒更愿意说:"一点点的形式主义会让我们远离历史,而大量的形式主义则让我们回到历史。"[1]因此,巴特可以,似乎也愿意,将其法兰西同胞——布封(Buffon)——的著名观点亦即"风格即人"[2],给予

---

[1] 转引自初金一:《帕斯捷尔纳克的〈心灵〉1915年版本分析》,《俄罗斯文艺》2018年第4期。

[2] [法]布封:《论风格》,范希衡译,《译文》1957年第9期。

充分地时间化,或曰历史化。巴特因此而有言:"风格是一种萌发现象,它是一种心境的蜕变。"①虽然巴特也曾在某些个较为晦暗的地方,较为烦躁的时刻,贬低过可以"蜕变"的那颗心:"心是欲望的器官(它扩张,收缩,就像性器官),比如处于想象中时,它会压抑消沉或心花怒放。"②但巴特对心的贬低之言,并不改变心境的基本状况:它一准会像蒋捷吟诵的那般,随岁月沉浮和世事沧桑变动不居,况味感将越来越浓。唯名主义者(Nominalists)塞拉斯(Wilfrid Sellars)的观点来得颇为及时:所谓心境,原本就是一个典型、密集的语言事件(language events)③。李洱式反讽语气及其基础形式(亦即笃定语气),极有可能源于小说家李洱自身的"心境的蜕变",毕竟语气向来都是,一直都是,并且必然是语言(亦即心境)的必备之物;作家而非叙事者李洱之所以也会发生"心境的蜕变",仅在于他必须像应物兄一般,时时与万物相往还,与尘世相俯仰,何况他面对的,乃是一个何其魔幻现实主义的花花世界。虽然"艺术家是具有

---

① [法]罗兰·巴特:《罗兰·巴特随笔选》,前揭,第5页。
② [法]罗兰·巴特:《恋人絮语》,汪耀进等译,上海人民出版社2016年版,第43页。
③ Wilfrid Sellars: *Empiricism and the Philosophy of Mind*, Harvard University Press, 1997, p.63. 麦克卢汉的观点可以为塞拉斯助拳:"识字的过程是建立内心独白的过程。它把听觉的东西转换为视觉的东西,又把视觉的东西再次转换为听觉的东西……读书写字产生内心独白,从今天对前文字文化的研究中可以看出这一点。"([加]马歇尔·麦克卢汉:《麦克卢汉精粹》,弗兰克·秦格龙等编,何道宽译,南京大学出版社2000年版,第96页)

整体意识的人(The artist is the man of integral awareness)"①,但看似神秘的"整体意识"有如塞拉斯主张的那样,仍然应当归属于语言事件管辖的范畴。一个叙事学上的小秘密于此昭然若揭:作为一个存乎于现实世界(而非可能世界)的反讽主义者,李洱在专注于创造某个特定的叙事人(比如《堕胎记》和《午后的诗学》里的"我"、《遗忘》里的冯蒙)时,存放于他内心的语气应该是先在的、预先给定的,因为他原本就是一个预先给定的人,一个与外部世界相俯仰,因而拥有某种特定心境,再因而具有某种特定期待视野(Horizon Expectation)的反讽主义者——这个事实,连叙事学洁癖的重症患者赵毅衡都不能否认。是小说家李洱得自于现实世界的语气——不一定非得是李洱式反讽语气——像女娲呵气造人那般,型塑了叙事人;但作家李洱和叙事人的关系应当到此为止,也必须以此为界。叙事人一经诞生,就将依仗专属于叙事人的语气(比如李洱式反讽语气),自动展开仅属于叙事人的创世工作,型塑它意欲型塑的反讽主义者、反讽时代,直至小说得以最终成型,直至彰显这块特定的时空本有的逻辑②。李洱的心境只是叙事人语气的加油站;加油站的功能仅止于加油,却没有能力决定加过油的车将以怎样的速度行驶、往何处行驶,以及哪个具体的时空才是这辆车的归

---

① [加]马歇尔·麦克卢汉:《理解媒介》,前揭,第86页。
② 关于作者李洱的语气如何型塑叙事人,叙事人的语气如何具有创世的必然性,本文在"语气与叙事"一节将有详细论述,此处因本节题旨问题将不赘述。

宿——这正是叙事学洁癖的重症患者赵毅衡乐于看到的局面①。

当一个作家经历过蒋捷咏诵的那种"心境的蜕变"后,必然导致风格的变异,否则,跟时间流逝紧紧联系在一起的"中年写作""晚期风格"等概念,就不会出现。叶芝更倾向于将之善意地称作"随时间而来的智慧"(The Coming of Wisdom With Time)②,但把它称作**语气转向**(Tone turn),可能更具体、更准确,也更加符合实际情况。在当下中国,紧随时间而到来的不仅有智慧,还可能有愚蠢;和农耕时代敬畏常识的民众相比,反讽主义者似乎更容易过于聪明地,走向破坏常识的愚蠢之境。作为一种中性术语,语气转向能将两种情况一网打尽:毕竟既有因心境蜕变越来越聪明的作家,也有因语气转向越来越愚蠢的写作者。2001年年底发表于《花城》杂志的长篇小说《花腔》,算得上李洱在其语气变迁史上的枢纽之作。对于一个律己极严,始终沦陷于思考和内省的作家,《花腔》在更大的程度上表征着李洱"随时间而来的智慧",一种令人欣喜、让人叹服的"心境的蜕变",也将李洱式反讽语气带入了一个新阶段:一种可以被名之为花腔的新语气,像罗兰·巴特所称

---

① 巴赫金更愿意将作者与叙事人的这种关系看作对话关系,对话意味着平等([苏联]巴赫金:《巴赫金全集》第五卷,白春仁等译,河北教育出版社1998年版,第60—100页),这是本文不能同意的,因为李洱的小说写作已经超越了单纯的对话关系。
② 这是叶芝1916年一首著名的短诗的题目。

道的那个不"一般"的"决心""一般"①,从李洱的体量并不算庞大的小说谱系中,慢悠悠地探出头来。所谓**花腔语气**,以《花腔》中曾在德国学习过花腔的女歌手的话来说,就是"一种带有装饰音的咏叹调,没有几年工夫,是学不来的"。《花腔》中的另一个主人公,名唤白圣韬者,有意反问女歌手:"花腔?花腔不就是花言巧语么,还用得着去德国学习?巧言令色,国人之本也。"女歌手是从纯粹声音性的角度,对花腔语气的特点进行了客观描述,尤其是提到了声音以其波纹(亦即"带有装饰音的咏叹调")成就了花腔;白圣韬呢? 则在弹指一挥间,也在不屑一顾的某个神色间,把花腔语气隐含的精神气质给点破了,毕竟任何一种语气都不是只有声音,或居然只是声音;任何一种语气,都必须有它特定的精神指向。巴赫金说得好:"语调是'价值'发出的声音。"②研究标点符号的中国学者说得也很质朴:"人说话时有不同的语气。有时直陈,有时感叹,有时质疑,有时音节需要拖长,有时表达需要时断时续……这些不同的语气,在书面语上也需要不同的标点符号,把表达者的语气和音容准确形象地显示出来。"③**音容**总是倾向于和语气联系在一起,音容即精神气质。语气是音响形象的重要组成部分,音容则可以被看作

---

① 罗兰·巴特说得好:"不是要你让我们相信你说的话,而是要你让我们相信你要说这些话的决心。"([法]罗兰·巴特:《批评与真实》,温晋仪译,上海人民出版社1999年版,第72页)
② 转引自卡特琳娜·克拉克、迈克尔·霍奎斯特:《米哈伊尔·巴赫金》,前揭,第17页。
③ 袁晖等:《汉语标点符号流变史》,湖北教育出版社2002年版,第1页。

音响形象所暗示的东西,亦即语气本该具有的那种精神指向,也就是艾略特所谓溢出了艺术文本之外的那个东西,那个更重要的部分①。

　　花腔语气是李洱式反讽语气的又一种表现样态;从逻辑的角度观察,它只得建基于李洱式反讽语气的最低形式(亦即说明书一般的笃定语气),但又如白圣韬特意指出的那样,还获益于古老的汉语中巧言令色的那一面。正是作为音容的巧言令色,将李洱式反讽语气带入了新境地。这样的情形很可能预示着:至晚在生产《花腔》时,李洱式反讽语气因李洱自身的心境蜕变之故,开始有意识地掺入古老的中国精神。这种精神显然得之于非反讽性的汉语:它是视觉化汉语的残余,就像黄昏很侥幸地成为"白天的残余(day residues)"②。早已有人恰如其分地指出过:"中国传统对言说的一个重要批评就是将能说会道在道德上负面化。"③唯有述圣语气(比如荀子,它转述圣人之言),或者拟圣语气(比如韩愈、周敦颐等,它代圣人立言),才在最高的层面上,符合中国之"道";中国之"道"总是倾向于跟"事"紧密联系在一起。它一向都是实践的、行动的、历史的和具体的。它自一开始,就不太可能有如"理念"(Ideal)那般,是纯粹观念性的④。因此,在被味觉化汉语滋养着的古典中国,

---

① 参阅 F. O. Mattiessen, *The Achievement of T. S. Eliot*, New York, Oxford University Press, 1958, p. 90。
② [英]彼得·伯克:《文化史的风景》,丰华琴等译,北京大学出版社2013年版,第 27 页。
③ 王东杰:《历史·声音·学问》,东方出版社 2018 年版,第 110 页。
④ 参阅赵汀阳:《历史为本的精神世界》,《江海学刊》2018 年第 5 期。

"行"一向被认为有重于"言",亦即夫子所谓的"听其言而观其行"①。围绕味觉组建起来的汉语固然得以"诚"为其伦理旨归,却并不总能成功地杜绝虚华和轻薄。备受打击亦为白圣韬鄙夷的"巧言令色,鲜矣仁"②即为显例,"巧言乱德"③即为明示。这就是**诚—伪的辩证法**,自有汉语开始,两者间的争执甚至战争就此起彼伏,亘古未休,却以当今为甚或以当下尤烈④。而在形成这等难看、难堪局面的所有原因当中,有一个原因,恐怕是所有名唤语言者固有的、自带的:只要是语言(无论哪种语言),就会因为有了这种语言,"人类的思考空间就不以现实为限,可以自由地造出反事实的情况。"⑤公元前八世纪,赫西俄德(Hesiod)就以惋惜的口吻说起过,宙斯早就为语言赋予了说谎的能力,以便让人类在谎言中,受尽磨难⑥。谎言意味着人与人之间的大分裂,这和被建造之中的巴别塔隐喻的语言同一性刚好相反。被建造之中的巴别塔让诺思罗普·弗莱对如下结论持

---

① 《论语·公冶长》。
② 《论语·学而》。
③ 《论语·卫灵公》。
④ 关于这个问题,本文"腹语"一节将有详细阐释,此处不赘。
⑤ 梅广:《释"修辞立其诚"》。即使是发誓要法古今完人的曾文正公也不例外:"曾(国藩)与汤海秋称莫逆之交,后忽割席。缘曾居翰林时,某年元旦,汤诣其寓贺岁,见砚下压纸一张,汤欲抽阅之,曾不可。汤以强取,则曾无事举其平日之友,皆作以挽联,汤亦在其中。汤大怒,拂衣而去,自此遂与曾不通闻问。"([清]李伯元:《南亭笔记》卷八)
⑥ [古希腊]赫西俄德:《工作与时日·神谱》,张竹明等译,商务印书馆1997年版,第3—4页。

信任态度:语言有助于人与人之间的凝聚①。与弗莱的天真相比,荷尔德林(Friedrich Hölderlin)显然更有忧患意识:语言意味着人类拥有了最危险的财富②。在此,诚-伪的辩证法满可以被归之于神秘主义的领域;它只是一个必须被承认的事实和现实,却没有必要对其斤斤计较,端看它对花腔语气意欲何为。

爱德华·霍尔(Edward T. Hall)有一个极为深刻的观察:文化的大部分成分是习得的(acquisition),不可能通过教学去传授,因此它不可能是学习的(learning)③。亲炙过"白话文运动"的汉语,并未因其"亲炙",而将味觉成分或味觉因素消除殆尽;零距离的应物原则也并未因此根绝踪迹。这是因为视觉化汉语归根到底仍然是汉语,而汉语自有它源于基因层面的顽固成分,不可能得到改造——无论是优秀的部分,还是恶劣的部分,比如诚-伪的辩证法。只有不能得到改造的这个部分,才让汉语终归是汉语。正是这个部分,让文化成为爱德华·霍尔所谓"习得的"而非"学习的"东西④。

---

① [加]诺斯洛普·弗莱:《批评之路》,王逢振等译,北京大学出版社1998年版,第18页。
② [德]海德格尔:《荷尔德林诗的阐释》,孙周兴译,商务印书馆2000年版,第35页。
③ [美]爱德华·霍尔:《无声的语言》,何道宽译,北京大学出版社2010年版,第33页。
④ 苏轼对此有过生动、形象的论述:"以吾之所知,推至其所不知。婴儿生而导之言,稍长而教之书,口必至于忘声而后能言,手必至于忘笔而后能书,此吾之所知也。口不能忘声,则语言难于属文;手不能忘笔,则字画难于刻雕。及其相忘之至也,则形容心术,酬酢万物之变,忽然而不自知也。自不能者而观之,其神智妙达,不既超然与如来同乎!"(〔北宋〕苏轼:《虔州崇庆禅院新经藏记》,《苏轼文集》卷十二,中华书局1986年版,第390—391页)

也正是这个不可能因"学习"而被掌握的部分,让李洱式反讽语气有能力、有机会,继续从味觉化汉语的内部和最深处,"习得"新的成分;作为"习得"的结果,花腔语气不过是作为声音的笃定语气相加于作为音容的巧言令色——两者的深度合和,造就了性状奇异的花腔语气,呼应于作为不偏不倚之中性概念的语气转向①。

李洱取道于作为语言事件的"心境蜕变",为叙事极为复杂的《花腔》苦心孤诣地型塑了四个叙事人,以便达致复杂的叙事之境,以便满足作家李洱对小说复杂性的追求,进而影射(或曰隐射)复杂难缠、难缠复杂的反讽时代②。四个叙事人分别如下:三个以第一人称示人,巧言令色、滔滔不绝讲述着的白圣韬、阿庆(亦即赵耀庆或肇耀庆)、范继槐;另一个也以第一人称示人,而为前三个叙事人查漏补缺的"我",不辞劳苦充当"拾遗"

---

① 尽管魏微认为,"《花腔》整个是一杂耍场,小说家周旋于各种文体之间,……书中诸如新闻体、文艺腔、文白相杂的文风、延安的文风、国统区的文风……措辞腔调都各有不同。外国传教士的回忆录是直扑清新的,海外学者的言谈则沉静雅朗。另外还有'文革'腔,改革开放腔,活泼的民间用语、方言、行话、套话等。"(魏微:《李洱与〈花腔〉》,《上海文化》2018年第3期)魏微的观察没错,但这一切要么刚好是花腔语气的组成部分,要么花腔语正好寓居于如此这般的"众声喧哗"。

② 李洱道出了追求小说和叙事复杂性的原因,显示了一个极为自觉的作家的情形和审慎:"在写作的时候,我无限忠于自己的内心。糟糕的是,这个时代的内心生活更多的时候是一种不良反应,是一种创伤性经历。写作就是对这种不良反应的表达和反省。……在写作上你既要表达,又要对自己的表达做出必要的反省。写作类似于你眼睁睁地看着某种体外手术,做的是自己,被做的也是自己,最担心做坏的当然还是自己。"(李洱:《问答录》,前揭,第50—51页)

之"我"。当李洱借用自身心境,像上帝创世般创生了四个叙事人后①,寄放在他内心的既有语气就不过是叙事人语气的加油站。

斯威夫特(Jonathan Swift)代表逻各斯,说出了逻各斯的真相:"让事物显示出它们最真实、最正当的本质,是人类最伟大、最优秀的行为之一。"②熊秉明则为如何显示出"最真实、最正当的本质",给出了非常素朴的说明:推理。在熊氏看来,"推理的缜密和巧妙乃是法语里所说的'优美'(élégance)"③。推理之美既出源于真;其目的,也只作用于真。作为《花腔》的叙事人之一,范继槐则以其典型的花腔语气,道出了这种语气的真面目:"干我们这一行的,最忌讳的就是醉酒。酒后吐真言嘛,还有什么比真话更危险的呢?"因此,花腔语气的音容(亦即精神气质或精神指向),就不过"是对声音的有意扭曲、变形和修改。它让声音变得曲曲折折、绕来绕去;它反对声音的线性传播,它只有到了最后关头,才在五彩缤纷中释放出'带有装饰音'的'咏叹调'"④。"咏叹调"的基本目的或首要目的,就是以其特有的音容把水搅浑,以便成功阻止"最真实、最正当的本质"有

---

① 类似于小说家一般的创世功能,在亨利·列斐伏尔那里被很好地揭示出来了:"'设计者',作为真正的造物主,能够改变环境,创造一个新空间,如果人们为他提供一些新的'价值观'的话。"([法]亨利·列斐伏尔:《空间与政治》,前揭,第90页)
② [英]斯威夫特:《木桶的故事·格列佛游记》,主万等译,人民文学出版社2000年版,第118页。
③ 熊秉明:《诗与诗论》,文汇出版社1999年版,第116页。
④ 敬文东:《历史与历史的花腔化——〈花腔〉论》,《小说评论》2003年第6期。

破门而出的机会①。不难看出,高度视觉化的汉语在其潜意识层面,依然受制于汉语的基因结构,那永不变更的部分(亦即诚—伪的辩证法),以至于有能力为自己制造了一份反讽性的礼物:以真为伦理的视觉化汉语终于走上了掩盖真相的道路②;作为隐喻,女符号学家在李洱的小说里,总是如此这般倾向于阴魂不散,活像咿咿呀呀的咏叹调,或中世纪女巫嘴里发出的声响。

"《花腔》的主体构架,是三个叙事人白圣韬、阿庆(赵耀庆)、范继槐分别在抗战年代(1943年)、'文革'期间(1970年)和二十一世纪初(2000年)向不同的人的'口述纪实'。所有人的陈述,都围绕二里岗战斗中'死'于日本鬼子枪弹下的共产党人葛任展开。虽然葛任被延安的报纸报道为'以身殉国''英勇战死',但实际上他并没有死,而是非常幸运地只身一人逃到了一个名叫大荒山的小地方担任小学教师……三个叙事人都与葛任有着千丝万缕的关系。虽然白圣韬是延安的锄奸科捉拿或解救葛任的特派员,阿庆和范继槐是国民党军统说降葛任的钦差,但三个互相猜忌的叙述人(他们互相怀疑另外两方想置葛任于死地)都想放葛任一马,但最后,还是只好以'爱'的名义杀了

---

① 按照霍克海默(M. Max Horkheimer)时代的法兰克福学派的观点,概念式思维,至少在黑格尔的意义上,曾保持了主客体中介的原始敏感。德文词"概念"(Begriff)据说和"掌握"(greifen)相联系。Begriff就是那些能够完整掌握其内容的概念,包括肯定性的和否定性的要素([美]马丁·杰:《法兰克福学派史》,单世联译,广东人民出版社1996年版,第296页)。这实际上是在说,语言能够死死抓住和掌握事物。

② 参阅李洱:《问答录》,前揭,第55页。

他。这个错综复杂的过程,在三个人的'口述纪实'中被充分显露了出来。"①李洱在《花腔》的"后记"中也如是写道:"一名将军出于爱的目的,把一个文弱的医生派往大荒山。这位以救死扶伤为天职的人,此行只有一个使命,那就是把葛任先生,一位杰出的知识分子置于死地,因为这似乎是爱的辩证法。"②一如反讽主义者李洱所述,《花腔》很可能有多个主题,但**爱的辩证法**(而不是爱本身)才是其中的核心成分③;其他主题即便当真存在,也必得围绕爱的辩证法以组建自身。彼时彼刻,李洱拥有强大而特定的心境,该心境能担保三个叙事人与花腔语气同时诞生;而三个叙事人则反复申明"俺有个长处,就是不要花腔"。这是一个充满悖论或自相矛盾的道白,却自有它合乎逻辑的目的:为的是爱的辩证法也能与花腔语气一同面世。但更重要的是,三个叙事人身处花腔语气之中、被花腔语气所包围,却试图用这种语气来创世般地证明:虽然他们最终不得不杀了葛任,但事实上,他们每个人都深深爱着这个杰出的知识分子;而他们的本意,则是希望能将葛任从危险的大荒山,带往安全之地——

---

① 敬文东:《历史与历史的花腔化——〈花腔〉论》,《小说评论》2003年第6期。
② 转引自李洱:《问答录》,前揭,第296页。
③ 批评家程德培先生认为,从主题学的角度看,《花腔》包含了真正的"爱",也正因为有真正的"爱",《花腔》在叙事学上才成为可能(参阅程德培:《洋葱的祸福史》,《收获·长篇专号》2018年冬卷)。这个看法当然包含着真知灼见,李洱制造的第四叙事人,亦即"拾遗"之"我",似乎也很认同这一点(参阅李洱:《花腔·卷首语》)。但需要说明的是,即便有真"爱"存在,也建基于"爱的辩证法",否则,就很难解释那些"深爱"葛任的三个叙事人何为最终还是杀了葛任。

(我们)都深爱着葛任。哎,他当时若是就义,便是民族英雄。可如今他什么也不是了。他若是回到延安,定会以叛徒论处。要晓得,大多数人都认为,在急风骤雨、你死我活的斗争面前,一个人不是英雄,就是狗熊。总会有人认为,倘若他没有通敌,他又怎能生还呢?……不杀掉,他也将打成托派,被清理出革命队伍。即使组织上宽大为怀,给他留了条活路,他亦是生不如死。……我们都是菩萨心肠,可为了保护他的名节,我们只能杀掉他。……如果我们还像往常那样深爱着他,那么除了让他销声匿迹,没有别的好办法。

《花腔》在叙事上的复杂性,存乎于**混合语气**,或建基于语气的混合。分别与白圣韬、阿庆、范继槐迎面相撞,并被他们既主动又被动地纳于自身的花腔语气,原本就是笃定语气同其音容(亦即巧言令色)的两相混合。这种混合语气担负着特定的叙事学任务:花腔语气中内含的笃定语气愈严肃、愈冷静、愈较真,其音容型塑的故事情节就未免愈滑稽,愈搞笑——两者之间,呈正相关关系;它不仅让《花腔》中的所有主人公都献祭于反讽时代,获取了双重反讽主体之身份,束缚于斯德哥尔摩综合征,还将爱的辩证法作为礼物,郑重其事地赋予了《花腔》。第四叙事人,亦即作为"拾遗"之"我",则只能和较为单纯、素面朝天的笃定语气迎面相撞,并彼此将对方纳于自身。这种语气担负着另一种质地的叙事学任务:它听命于它原本就该遵循的求真伦理,"调出所有能够找到的关于葛任的档案——包括另外三个人的口述纪实、对有关当事人的采访记录、记载了相关事件的旧报旧刊、相关人士的回忆录等——全景式地侦察出和拼贴出葛任的心路史。"①第四叙事人认领的语气有一个重要的目的:搞清楚围绕爱的辩证法组建起来的所有事体的真面目;但要达致这个基本目的,必须以它对前三个叙事人的暗中嘲笑为途径,为桥梁。缠身于"拾遗"之"我"的笃定语气导致的结果,立即让前三个叙事人使用花腔语气型塑的结果深陷于戏谑、难堪之境,迅速获取了成色浓厚的喜剧效应,让同时诞生的反讽主义者和反讽时代处于癫狂状态,一种变态却十分诱人、淫荡却让人欲罢不能欲死欲仙的……高潮。前三个叙事人的花腔语气与"我"的笃定语气相混合,是为型塑《花腔》的第一重语气混合,或混合语气。而非常容易遭到忽略的,则是型塑《花腔》的第二重语气混合:前三个叙事人的花腔语气、"我"的笃定语气混合于以"哎"为标识的感叹语气(亦即"哎,他当时若是就义,便是民族英雄……")。此刻的感叹语气来自汉语中不可改变、无法撼动的那个部分;作为一种次级口吻,以"哎"为外型的感叹语气被三个叙事人的花腔语气所型塑,只对汉语的基因层面负责,也只忠实于基因层面的汉语。在此,原本应该深沉有加的感叹语气承担着另一重叙事学任务:用汉语与生俱来的沧桑感②,型塑事情的两难境地,亦即 A 等于-A 或 A 和-A 同时并在于同一个时空,也就是民族英雄和叛徒同在,菩萨心肠和必须杀了他(亦即葛任)同时共存。这些两难境地的唯一用处,就是供感叹

---

① 敬文东:《历史与历史的花腔化——〈花腔〉论》,《小说评论》2003 年第 6 期。
② 关于汉语的沧桑感,本文在"腹语"一节当有详细阐释,此处不赘。

语气暗自感叹,以便自己取悦于自己、自己有所快感于自己。但不应该被粗心的读者忘记的是:这个"哎"原本就是花腔语气所到之处留下的孽障,它生来就不免于滑稽和搞笑的属性。这使型塑《花腔》的第二重语气混合迅速获得了它的滑稽造型:忧郁的哈姆雷特王子紧皱着眉头踽踽独行,为某种难以忍受的人生境地叹息连连、感叹有加;他如此这般的神情和形象,欺骗了所有善良者,麻翻了所有不明就里者,搞蒙了所有正宗蠢货,却独独骗不了自己。实际上,他的"心里头满是喜乐"(宋炜:《土主纪事》)!这两重语气混合最终型塑的结局无非是:在叙事的复杂和难缠中,爱的辩证法获得了专属于它自身的搞笑、滑稽之真面目①——这是《花腔》之所以成为伟大作品在叙事学上的主要原因。

如果将《花腔》以及《花腔》以前的作品视为一个系统,或整体,就很容易看出:唯有**生存的困境**,才是这个整体或系统的总主题。对于自己的作品到底是不是一个整体,这个系统的主题

---

① 古人早已注意到写史之难,信史之尤其难上艰难:"盖吾更历世变既久,而后知史不足信;非谓其伪也,真见功名成败之际,皆有幸有不幸焉。即幸而成矣,又有幸而传,有不幸而不传。其传者,事至庸不足道,而人偶传焉,传之久,傅会益甚,史氏从而润色之,今之班载诸典册者皆是也。其不传者,虽事迹昭然在人耳目间,而不为人所传,久渐湮没,史氏无从考据,并姓名胥失之矣,今之所不载诸典册者何限也!故称信史者必阙疑:有传其名而佚其事,有传其事而佚其名。夫事苟传,名即不传,庄生所谓万世而下,犹旦暮遇之也。当太平右文之世,承明著作之徒正据实录,旁搜家乘,犹且涓讹阙略,至不足凭,若一经变故以来,遗文放失,故老凋残,谁传之而谁信之?其佚之也不亦宜乎?"([明]钱澄之《田间文集》卷十四)但是很显然,中国古代的任何撰史者都不会动用花腔语气,即使是非信史也跟花腔语气毫无关系。

究竟是不是生存的困境,李洱始终保持着清醒的头脑,正所谓夫子之道"一以贯之"①。如果征之于这个整体,证之于这个系统,便很容易信任李洱对他的创作所做的反思:"事实王国与价值王国并不背离。我想,这里涉及的可能不仅是技巧处理的问题,它肯定触及小说家的生存态度和文化背景。站在地狱的屋顶上,凝望花朵,那短短的一瞬,其实足以囊括了小说家的全部生命,精神在那一刻闪现出的光彩,已经足以将生存的每个角落照得透亮。"②从这些满是悲悯之气的字里行间细心推测起来,"小说家的全部生命"实在有必要建基于"地狱"及其"屋顶",也就是反讽时代的生存困境。李洱正可谓"德不孤,必有邻"③,王小波就跟他"英雄所见略同"。在谈到自己的得意之作《黄金时代》时,王小波乐于如是放言:"想爱和想吃都是人性的一部分;如果得不到,就成为人性的障碍。然而,在我的小说里,这些障碍又不是主题。真正的主题,还是对人的生存状态的反思。其中最主要的一个逻辑是:我们的生活有这么多的障碍,真他妈的有意思。"④在李洱那里,只有当爱的辩证法作为生存困境的有效组成部分时,才有资格充任花腔语气以及语气的两重混合共同型塑的产品。爱的辩证法就是障碍的直接体现:爱的完成,必得以杀死爱的对象为前提,宛如雄螳螂必须在新婚之夜被"爱螂"(其构词法摹仿了"爱人")吃掉,才能让其种族得以繁衍,包

---

① 参阅李洱:《问答录》,前揭,第 100 页。
② 李洱:《问答录》,前揭,第 295 页。
③ 《论语·里仁》。
④ 王小波:《王小波文集》第 4 卷,中国青年出版社 1999 年版,第 319 页。

含着一种"物竞天择,适者生存"带来的悲哀和心酸。反讽时代的困境自有它的基本造型:两个对象相向疾速而行,却迎面扑空;或者:扑向 A 的人,却说时迟那时快般,一把紧紧搂住了-A,A 和-A 还得相互做鬼脸,用以互致敬意。爱本身有可能很艰难,甚至成为让人扼腕叹息的悲剧,却不可能成为生存的困境,因为爱总是倾向于情感的自然流露,对诚和幸福的渴望超过了一切。在古老的汉语思想里,连至高之"道"都被认为有可能起始于情("道始于情"①)。因此,在围绕味觉组建起来的汉语中国,金玉良缘取代木石前盟会每每出现,梁祝可以化蝶,焦仲卿可以殉情而死,白娘子甚至可以为爱被镇于雷峰塔下,但宝黛因相爱而互相毁灭的情形,却断断不会出现——杜十娘之所以怒沉百宝箱,那不是因为爱,恰好是因为没有爱,或因为爱的虚伪。爱的辩证法之所以有资格成为生存困境的有效部分,排开反讽时代自身的原因,革命话语的深度介入就是不容忽视的因素。《花腔》的叙事人对此洞若观火。范继槐中将以其花腔语气而口吐莲花——

> 现在毙掉他,其实也是在成全他。既然他说国民党一定要倒台,共产党一定要胜利,那我杀了他,他不就成为烈士了吗?……不,我不能亲自动手。……最好是川井(葛任的日本友人——引者注)来把这件事给办了。这样一来不管谁赢谁输,不管历史由谁来写,民族英雄这个桂冠葛任都戴定了。哎,知我者,谓我心忧,不知我者,谓我何求。天地

---

① 参阅《郭店楚简单·性自命出》。

良心,我是因为热爱葛任才这么做的呀。

革命话语极为严肃也颇为真诚地提倡如下信条:"对待同志要像春天般温暖,对待敌人要像严冬一样残酷无情。"① 花腔语气伙同语气的两重混合乐于分享的,正是这个非此即彼之戒条靠右的那一端:对敌人固然做到了残酷无情,很"严冬"②;对同志的温暖,则体现为牺牲自己的同志,或将同志当作牺牲祭献于革命话语。花腔语气繁盛的生殖能力大显神威之下,爱与恨的交合显得滑稽、搞笑,但这正是生存困境的真面目,泪中带笑和笑中有泪乃是同一个意思。因此,葛任不可能成为悲剧角色,更不可能成为英雄;他不过是,也仅仅是黄袍加身那般,收获了自己的双重反讽主体之身份。而在区区一个个头矮小形同侏儒的反讽时代,又何来的悲剧,何来的英雄角色呢③? 正如里尔克

---

① 雷锋:《雷锋日记》(一九六〇年十月二十一日),解放军文艺社 1963 年版,第 15 页。
② 比如说,阿庆为了救葛任,杀死了同僚杨凤良,还杀了杨的姘头以及他们的小孩,将尸体抛入河中。白圣韬觉得手段太残忍。阿庆在"文革"期间向前来调查葛任的"革命委员会"成员说:"你们问白圣韬在干啥? 咳,快别提了。他甚至比不上一条鱼,鱼还知道吃敌人的肉,啃敌人的筋呢。可他呢,竟然敌友不分,拉着俺的手,问俺知不知道自己在干啥? 屁话! 脑袋长在俺肩上,肩膀长在俺身上,俺怎么会不知道? 阶级斗争,一些阶级胜利了,一些阶级消灭了,这就是历史,这就是几千年的文明史。当俺把那一家三口扔到河里喂鱼的时候,俺其实就是在创造历史。"
③ 在此预告一下,在反讽时代不存在悲剧,有的只是喜剧,即便是那些看起来很悲惨的事件,也仅仅是 A 与 -A 同时并在导致的闹剧而已,跟悲剧无关。关于这一点其后有详细论述,此处不赘。

绝望中的言说:"有何胜利可言,挺住意味着一切!"(里尔克:《祭沃尔夫·卡尔克罗伊德伯爵》,魏育青译)而崇高语气分享的,则是这个戒律靠左的那一端。

丧失爱的能力,或曰爱无能,或曰爱患上了阳痿隐疾,恰是反讽时代不死的癌症,却不是宋炜在一首题目古怪的诗作里故意称道的"癌中的爱"①。丧失爱的能力意味着:它只能相反于"癌中的爱",亦即爱之癌②。应物兄教授的朋友,著名出版家季宗慈,甚至为此发明了一个观点:婚姻即体制性阳痿论。此人的原话是:"婚姻的意义就在于合法使用对方的性器官。但是当你合法地使用对方性器官的时候,你获得的却只能是体制性阳痿。"欧阳江河很机智地写道:"我茫然地爱上了所有女人/却不爱她们当中的任何一个"(欧阳江河:《乌鸦和女孩》)。苏霍姆林斯基说得很客观,也很现实:"爱全人类容易,爱一个人难;"③

---

① 宋炜这首诗的题目是:《在中山医院探宋强父亲,旁听一番训斥之言,不觉如履,念及亡父。乃记之成诗,赠宋强,并以此共勉》。
② 现在已经有人将男人的不应期称作"贤者时间",理由是:性欲是上帝递给人的镣铐,一个人手淫——而不是烦人地两人性交——后,获得的不应期就是打破镣铐的时刻,这个手淫者因此获得了自由,能够思考被性欲控制后不能思考的问题,更容易成功以至于获取权势。有人因此写道:"很多人会觉得这种性欲是男性权势的象征,通过对权势的放弃,反而能带来权势,这又是一种讽刺了吧。"(雷斯林:《性爱最大的缺点,就是它需要两个人》,风闻 https://user.guancha.cn/main/content? id=69743&s=fwzwyzzwzbt,2019年1月11日14:50时访问)——但这个人还是说错了:应该是反讽。
③ [苏联]苏霍姆林斯基:《帕夫雷什中学》,赵伟等译,教育科学出版社1983年版,第242页。

而"只有爱具体的人,才能真爱人类"①。有充分的理由认为:爱之癌更有可能成为反讽时代最致命的生存困境之一②;所谓的"低欲望社会",更有可能直接源自爱之癌③。与爱无能(亦即爱之癌)联系在一起的,多半是幸福无能、幸福之癌。张枣说得十分笃定,和反讽时代自身的绝对寒冷高度吻合:"谁相信人间有什么幸福可言,谁就是原始人。"④《二马路上的天使》⑤是典型的李洱式小说;其间的叙事人兼主人公"我",对另一个主人公名唤巴松者说:"我先声明,我可不懂女人,对男人来说,女人永远是个谜,吃不透的。"此人还意犹未尽地在某处接着说:"别小看女人身上的那个小洞洞,那是个致命的隐喻,你凭肉身是测不到底的。"但这并不表明:生于男人肚下脐上那根"能幽能明,能细能巨,能短能长,春分而登天,秋分而潜渊"⑥的小棍棍,"那二两肉"⑦,就必然不可能是一个致命的隐喻,就居然会是自明

---

① 特蕾莎修女(Blessed Teresa of Calcutta)语,转引自华姿:《德兰修女传:在爱中行走》,长江文艺出版社2013年版,第129页。
② 现实生活中的爱无能可谓比比皆是。钟鸣曾经写道:"他(亦即张枣——引者注)是饮食男女的高手、诱惑者——却可惜不能说'爱'。因为他曾坦率地告诉过我,他从未有过纯粹意义的'爱',并为此深感遗憾。"(钟鸣:《诗人的着魔与谶》,宋琳、柏桦编:《亲爱的张枣》,中信出版集团2015年版,第150页)
③ [日]大前研一:《低欲望社会》,姜建强译,上海译文出版社2018年版,第30—79页。
④ 转引自柏桦:《张枣》,宋琳、柏桦编:《亲爱的张枣》,前揭,第29页。
⑤ 李洱小说《二马路上的天使》初名《玻璃》,发表于《作家》1998年第3期。
⑥ 〔东汉〕许慎:《说文解字》卷十一龙部。
⑦ 朱学勤:《思想史上的失踪者》,《读书》1995年第10期。

之物。打成名作《导师死了》开始,爱自身患上的阳痿隐疾,亦即爱之癌,就是李氏牌小说最重要的主题之一;《花腔》以及《花腔》之前的几乎全部作品,也大体上致力于此①。所谓爱无能,所谓爱之癌,乃是主人公失去行动能力进而成为傀儡和影子的主要原因;反讽主体们似乎很享受他们的斯德哥尔摩综合征。在《花腔》之前的所有作品中,叙事人几乎是清一色地使用反讽语气的最低形式(亦即笃定语气),为的是像说明书那般,精确刻画作为主题的爱无能:不但要将爱之癌说清楚,还要充当将爱之癌说清楚的英雄。

笃定语气导致的叙事学结局很有意思,它当然也是典型的李洱式的:细节间的转换十分迅疾、快速,不容商量②;大多数小

---

① 李洱更愿意承认他早期作品的知识分子主题,在和梁鸿的对话中,他坦承道:"不夸张地说,我感觉这倒是我对知识分子日常生活奇迹性的发现。"(李洱:《问答录》,前揭,第98页)但这无论如何是表面上的,爱之无能才是"日常生活的奇迹"。

② 在李洱的《二马路上的天使》中有一个句子:"她即将从他的视野里消失了。"这显然是对汉语语法的冒犯:表征完成时态的"了"不能和表征将来时态的"即将"联姻。但千万不应该忘记,和李洱式反讽语气一同诞生的,正是《二马路上的天使》中的反讽时代,它在高速运转,A 与 -A 可以同时并在;因此,味觉化汉语定义下的过去、现在和未来虽然泾渭分明,却必须识相而知趣地泯灭彼此之间的界限,三位一体于反讽时代里孤独的现在。和反讽时代、反讽语气同时诞生的现在因此获得了如许特征:它看似就在眼前;但填充眼前的内容却总是处于快速的动荡、嬗变之中,就像高铁上的旅客看到的风景虽然变动不居,旅客却感觉不到时间的流逝——高铁已经快速到迫使旅客放弃对时间的留意;而反讽主体们的全部心神,则被车窗外快速流动的风景所绑架,或只专心留意于快速本身。当此之际,尤其值得关心的是:处于现在进行时态的日常生活反倒更有能力,促使反讽主体走向自身意图的反面,因为孤独的现在已经令同时诞生的反讽主体丧失了从容思考的机会,丢弃了把握自身命运的能力,也让反讽主体轻松地获取了自己的升级版——双重反讽主体之身位。

说家乐于在情节间设置的肌肉、脂肪和碳水化合物,被笃定语气瞬刻间消灭于无形,整个叙事只剩下骨架,或无限接近于骨架,也倾心于骨架。作为作者的李洱事后为这等境况之由来给出了理由;反复打量后会发现,李洱给出的理由值得信任:"当代小说,与其说是在讲述故事的发展过程,不如说是在探究故事的消失过程。传统小说对人性的善与恶的表现,在当代小说中被置换成对人性的脆弱和无能的展示,而在这个过程中,叙事人与他试图描述的经验之间,往往构成一种复杂的内省式的批判关系。"①"故事的消失过程""内省"需要的,不是《追忆逝水年华》那般冗长、甜腻和游弋的内心独白,而是疾速和坚定。无限接近于骨架则更多地意味着:叙事必将直奔主题,态度坚决,身板硬朗;它在刻画、刻写爱之癌时,没有任何迟疑之态,没有一丁点游弋的神情。即使乍一看有游弋有迟疑,那迟疑和游弋本身也是坚定的。中篇小说《遗忘》也许是其中最杰出的代表。《遗忘》以其表面上慢悠悠的姿态,速度极快地讲述了后羿和嫦娥的故事。这个故事从传说中的嫦娥和后羿的时代,一直延续到二十世纪末。这是因为后羿和嫦娥以及后羿的徒弟冯蒙,被笃定语气型塑为几千年间有能力不断转世之人;他们一路跌跌撞撞来到反讽时代,并因嫦娥下凡寻找真爱而三者再度相遇。这是一个延续了数千年的爱无能、爱之癌的故事,既意味深长,又隐喻味十足。在临近结尾的地方,《遗忘》的叙事人,二十世纪历史学专业的博士生,亦即研究嫦娥下凡的中国人冯蒙,以其"笃

---

① 李洱:《问答录》,前揭,第362页。

定"的"语气"显示了笃定语气的魅力:

> 我到最后也没有见到嫦娥。她虽然恢复了记忆,但她不得不再次奔月。侯后毅之所以会死去,是因为嫦娥仍然不愿意承认他就是转世的夷羿。她当初窃药奔月,是帝俊的指示。这一次,她是出于对不死的帝俊的厌恶,才来到人间寻找真正的爱情的,但她却发现这里并没有爱情。

侯后毅不愿意为"我"(亦即冯蒙)的博士论文答辩签字;而我因为忍耐多年,却没有机会取得博士学位,只好像几千年前的冯蒙杀死后羿那般,报复性地杀死了侯后毅。叙事人,亦即二十世纪的中国历史学博士生冯蒙,留在人间的最后之言是:"我并不担心死去,因为我像侯后毅一样,虽然死于当今,却可以生于来世。"但来世呀!那可更是双倍甚或多倍的反讽时代!有意思的是,李洱通过叙事人语气的自为运转,让视觉化的汉语得以回溯它的前世(亦即味觉化汉语)。而围绕味觉化汉语组建起来的爱情故事,原本只该围绕爱情故事自身来运转;这中间如果有遗憾,有痛苦,有背叛,仅仅是爱自身的语义导致的结果,跟爱无能(或曰爱之癌)没有任何关系。即使是"嫦娥应悔偷灵药"(李商隐:《嫦娥》),也处于爱自身的范畴之内;应当悔恨的,只能是味觉化汉语中的嫦娥,不该是二十世纪再度下凡的月宫女人——后者充满了反讽时代特有的怨恨,并且不出意外地带着怨恨走向了自身意图的反面,像那个女符号学家一样,不得不深陷于斯德哥尔摩综合征。爱带来的痛苦并不必然等同于生存困境;爱以毁灭被爱者为前提或互相毁灭,才算得上货真价实的困境:A(亦即"爱")和-A(亦即"毁灭被爱者"即为"爱")同时并在,方可充任生存困境的基本语义。

这就是小说家李洱的智慧之所在(当然,智慧来自于"心境的蜕变"):他让视觉化汉语以笃定语气为方式,回溯自身的前世时,将围绕其前世组建起来的爱之苦,更改为爱之癌;也水到渠成地,将型塑爱之苦的感叹语气特意反讽化了。和笃定语气相比,作为李洱式反讽语气的新样态和新阶段,花腔语气在运行的速度上要舒缓得多,并且音响明快,叙事丰腴,充满了不难辨认的包浆感。拥有这等质地的花腔语气型塑的葛任(个人),有点像博尔赫斯(Jorge Luis Borges)特意评价过的那个人:"他死于流亡之中;像所有人一样,他被赋予了坏时代在其中生活。"①笃定语气型塑的,乍一看,是个较为正常的反讽时代;虽然这个时代确实很"魔幻现实主义",甚至过于"魔幻现实主义"了一些,但到底还是趋于正常那一端:"聚啸书房"的"口力劳动者"掀不起多大、多高的波浪,顶多一个步兵班的兵力,即可将之彻底消灭。花腔语气型塑的,则是因革命话语强行加入、强势介入,从而显得更为烦躁、更加峻急,也更让人悲观的反讽时代。两种语气因音容上的差异,型塑了不同样态和不同身板的反讽主体。寄居于《花腔》当中的爱之癌或爱无能,相较于《遗忘》深处的爱无能或爱之癌,显得更为繁盛和丰满,并因其丰腴和饱满,更加引人注目。味觉化汉语如

---

① [阿根廷]博尔赫斯:《博尔赫斯文集》(诗歌随笔卷),陈东飚等译,海南国际新闻出版中心1996年版,第265页。

果地下有知,对此一定会感叹有加。

　　问题是:味觉化汉语真的入土为安了吗?

汉语的沧桑、悲悯与羞涩

《花腔》发表十七年后,体量庞大的《应物兄》面世。这部过于迟到的作品中,有这样一个段落:

> 缓慢,浑浊,寥廓,你看不见它的波涛,却能听见它的涛声。这是黄河,这是九曲黄河中下游的分界点。黄河自此汤汤东去,渐成地上悬河。如前所述,它的南边就是嵩岳,那是地球上最早从海水中露出的陆地,后来成了儒道释三教荟萃之处,香客麇集之所。这是黄河,它的涛声如此深沉,如大提琴在天地之间缓缓奏响,如巨石在梦境的最深处滚动。这是黄河,它从莽莽昆仑走来,从斑斓的《山海经》神话中走来,它穿过《诗经》的十五国风,向大海奔去。因为它穿越了乐府、汉赋、唐诗、宋词和散曲,如果侧耳细听,你就能在波浪翻身的声音中,听到宫商角徵羽的韵律。这是黄河,它比所有的时间都悠久,比所有的空间都寥廓。但

那涌动着的浑厚和磅礴中,仿佛又有着无以言说的孤独和寂寞。

应物兄突然想哭。

其实,想哭的应该还有叙事人,毕竟是叙事人(不是李洱)型塑了"突然想哭"的应物兄①。而这等令人惆怅的段落,这等让人感慨的语气,在以反讽为基底的中国现代小说史上即使谈不上极为罕见,起码也说得上并不多见②。就像女符号学家能够充任李氏牌小说的基本隐喻一样,这个规模不大的段落,满可以出任整部《应物兄》在书写方面的样板:这样的段落,或具有这种精神气质的片段,在《应物兄》那里虽不敢说处处皆是,但如果称之为成色稍弱的比比皆是,应该不会有多少问题,也不会让文学史难堪。实际上,这个段落因如此这般的段落过于"众"多,已经"泯然'众'人矣"③。

---

① 王鸿生认为,《应物兄》的叙事人就是应物兄,处于主人公和叙事人的临界点;另一个叙事人很神秘,他以"我们的应物兄"的口吻发言(王鸿生:《〈应物兄〉:临界叙述及风及门及物事心事之关系》,《收获·长篇专号》2018年冬卷)。此处暂时不讨论这个问题,本文接下来会对此详加理论。

② 自鲁迅以迄于今的中国现代小说史是一部冷、硬、假相交织的小说史。假姑且毋论;冷、硬作为语言/语气风格,会型塑或好的或不那么好的小说,这也姑且毋论。虽然偶尔也会出现抒情味道浓厚的作品(比如鲁迅的《伤逝》、废名的《竹林的故事》、张承志的《北方的河》等),但抒情仅止于修辞层面、技术层面(参阅刘恪:《中国现代小说语言史》[1902—2012],百花文艺出版社2013年版,第361—404页),与《应物兄》落实于语言反思层面绝不是一回事。详论见后。

③ 〔北宋〕王安石:《伤仲永》。

奥登有诗云:是"寒冷造就了一个诗人"(奥登:《兰波》,王佐良译);中国数千年的寒冷制造了更多的诗人,杜甫是他们中间最杰出的代表。奥登继续有诗云:"一个眼光中包含着人的历史"(奥登:《布鲁塞尔的冬天》,王佐良译);一声汉语的感叹声中,包含着更多人的历史:它满脸都是皱纹。黄河的历史,当然比汉语的历史悠久得多,甚至"比所有的时间都悠久";但也唯有蜷缩在味觉化汉语心窝子深处,或味觉化汉语嗓子眼里的**沧桑语气**,才能和古老的黄河相般配——一部漫长的汉语史,何处没有黄河的身影?与孤城、万仞山、羌笛、白云间、玉门关相连的黄河,令人顿生地老天荒之感;与落日残照、大漠孤烟相映衬的长河,则更容易让人不迎风,也惆怅,不仰天,也长啸。假如没有沧桑语气从中作伐,王之涣和摩诘居士又焉能得此孤绝、奇崛之诗?但也唯有这种质地的语气,才更有利于诉说几千年来中国数不尽的沧桑之事、几多沧海桑田之变①。瓯北先生那两行被人无数次提及的诗句,称得上点睛之笔:"国家不幸诗家幸,赋到沧桑句便工。"(赵翼:《题遗山诗》)无论是把"元

---

① 此处可举常常被提及的"岘山感叹"为例:"(羊)祜乐山水。每风景,必造岘山。置酒言咏,终日不倦。尝慨然叹息,顾谓从事中郎邹湛等曰:'自有宇宙,便有此山。由来贤达胜士,登高远望,如我与卿者多矣。皆湮灭无闻,使人悲伤。如百岁后有知,魂魄犹登此也'。湛曰,'公德冠四海,道嗣前贤,令闻令望,必与此山俱传。至若湛辈,当如公所言耳。'"(《晋书·羊祜传》)在这里,被诉说的沧桑之事和诉说沧桑之事的语气相互造就,否则不会有如此令人叹息的局面。

亨利贞"当作汉语思想的第一句话,像朱利安(François Jullien)认定的那样①;还是把"帝尧,曰放勋……"当作汉语智慧最初几个极具象征色彩的字词,像张祥龙力主的那样②;都不影响汉语的言说方式自打登台露面开始,就显得过于端庄、老成和持重这个基本的事实。往事越千年,如此打眼的事实对于不满意反讽时代的人来说,依然还是那个坚固的事实:

> 恋爱不是一种快乐,青春也不是,如果你了解一个人穿经怎样的时空老去的,你就能仔细品味出某种特异的感觉,在不同时空的中国,你所恐惧的地狱曾经是我别无选择的天堂。不必在字面上去认识青春和恋爱,区分乡思和相思了。我在稿纸上长夜行军的时刻,我多疾的老妻是我携带的背囊,我唱着一首战歌,青春,中国的青春,但在感觉中,历史的长廊黑黝黝的,中国恋爱着你,连中国也没有快乐过。
>
> 忧患的意识就是这样生根的……③

事实只告诉汉语的被掌控者:汉语是没有童年的语言,但那仅仅是因为"忧患的意识"处处可见吗?数千年来,汉语里的少

---

① [法]朱利安:《进入思想之门》,卓立译,北京大学出版社2014年版,第48页。
② 张祥龙:《〈尚书·尧典〉解说》,生活·读书·新知三联书店2015年版,第3—4页。
③ 司马中原:《握一把苍凉》,邵燕祥、林贤治主编:《旷世的忧伤》(6),大众文艺出版社2006年版,第1105页。

年中国一直付诸阙如①;读梁启超的《少年中国说》,依旧觉得此文老成持重、眉头紧锁,又何来的少年中国呢②? 排开其他种种原因,汉语打小认领的沧桑语气很可能是其间的主因之一,正所谓"凡听商,如离羊群"③。应物兄对此称得上心有灵犀。否则,前应小五肯定不会作如是想:"这就是《圣经》的修辞方式,它跟《论语》完全是两码事!《论语》是就事论事,《圣经》却是顺风扯旗。"虽然"就事论事"并非必定便秘、难产,"顺风扯旗"却肯定肠道滑溜,一泻千里。"神说,要有光,就有了光。"④——一个

---

① 1933年,时年23岁的钱锺书写有一首七律:"鸡黄驹白过如驰,欲绊余晖计已迟。藏海一身沉亦得,留桑三宿去安之。茫茫难料愁来日,了了虚传忆小时。却待明朝荐樱笋,送春不与订归期。"(钱锺书:《春尽日雨未已》)1923年,时年同样23岁的李金发写道:"感谢这手与足/虽然尚少/但既觉够了,/昔日武士披着甲/……我有革履,仅能走世界之一角,生羽么,太多事了啊。"(李金发:《题自写像》)为什么两个如此年轻的人,却写出了如此老气横秋的诗作? 本文认为,在所有的解释中最好和最有力量的解释也许是:他们都不自觉地受制于汉语自带的沧桑语气;他们的写作因此是无意识的。

② 王小波多次称赞王道乾先生翻译的杜拉斯(Marguerite Duras)的《情人》,还专门引用了《情人》一开篇的文字:"我已经老了。有一天,在一处公共场所的大厅里,有一个男人向我走来,他主动介绍自己,他对我说:'我认识你,我永远记得你。那时候,你还很年轻,人人都说你美,现在,我是特为来告诉你,对我说来,我觉得现在你比年轻的时候更美,那时你是年轻女人,与你那时的面貌相比,我更爱你现在备受摧残的面容。'"引用之后,王小波感慨不已:"杜拉斯的文章好,但王先生译笔也好,无限沧桑尽在其中。"(王小波:《王小波文集》第2卷,中国青年出版社1999年版,第2页)但笔者此处更愿说:之所以会有王小波称道的那种效果,在杜拉斯的好文章和王道乾的好译笔外,汉语自带的沧桑语气居功至伟。

③ 《管子·地员篇》。

④ 《圣经·创世记》1:3。

祈使性的"要"字,外加一个符合"要"字之要求的"就"字,或作为"要"字之结果的那个唯一的"就"字,让神的意志既饱满,又望风披靡,无所阻拦①。就这样,世界按照神的口型和口吻,被如此这般地说了出来②。卡米拉·帕格利亚(Camille Paglia)

---

① 费正清(John King Fairbank)对味觉化汉语导致的思维方式很轻蔑,他很大胆地写道:"中国哲学家认为,凡是他们提出的原理都是不需要证明的",他们的"证明""更多地依靠比例匀称这一总的思想,依靠对偶句的平衡,依靠行文的自然流畅。"([美]费正清:《美国与中国》,商务印书馆1971年版,第58页)但他却不愿意谈论他所寄居的文明的源头之一——希伯来文化——里"要"(let)和"就"(was)的关系(And God said, Let there be light; and there was light);"要"和"就"肯定不是类比逻辑,但它肯定跟愿望和愿望的主观性联系在一起,体现的正是超验之神的意志。事实上,味觉化汉语自有其特定的逻辑形式。温公颐认为,先秦逻辑思想有两大派:辩者派和正名派。辩者派始于邓析,奠基于墨翟,发展于施惠、公孙龙,大成于战国晚期的墨辩学者;正名以孔子发其端,发展完成于荀子和韩非子。前者有纯逻辑的倾向,后者是以伦理政治为主,逻辑为辅(参阅温公颐:《先秦逻辑史》,上海人民出版社1983年版,第170—295页)。儒家倾向于经验基础之上的启发教诲,因此满是先师的语气,纯逻辑的辨析成分不很浓厚(参阅刘宁:《汉语思想的文体形式》,前揭,第30页),因此,孟子才坦言道:"予岂好辩哉?予不得已也!"(《孟子·滕文公下》)很显然,味觉化汉语更偏爱的,乃是正名派。刘师培说得很公正:"法家之文,发泄无余,乏言外之意,说理固其所长,但古质而无渊懿之光;儒家之文说理虽不能尽,而朴厚中自有渊懿之光。"(刘师培:《中国中古文学史讲义》,凤凰出版社2011年版,第176页)

② 有必要指出,汉译《圣经》对汉语本身帮助很大。早在新文学运动开始后不久,朱自清就认为,"近世基督教《圣经》的官话翻译,增强了我们的语言。"(朱自清:《朱自清全集》第2卷,江苏教育出版社1988年版,第372页)周作人更认为汉语和合本"《马太福音》的确是中国最早的欧化的文学的国语",进而认为,汉译《圣经》可以为现代汉语以及新文学的改造上给予"许多帮助与便利"(周作人:《艺术与生活》,河北教育出版社2002年版,第41页)。这都跟本文的论旨相关,却来不及在正文里提及。

说:"上帝是一种精神,一个在场人物,他从来没有姓名和肉体,他是在性之外并且反对性的。"①作为上帝的受造物,美国猛女帕格利亚不应该忘记,上帝在语用学的意义上,原本就是一个特殊的动词(God is a verb)②:创世。此间情形,宛如恩斯特·卡西尔(Ernst Cassirer)很是公正的实话实说:"创世的描绘无非是有关光明诞生的故事。"③而《应物兄》的主人公,戏剧大师兰菊梅,则对另一个主人公,副省长栾庭玉如是说:"这中国几千年的好东西啊,都保存在戏曲里面。一招一式,一唱一叹,一声笑两行泪,都讲究着呢。"借用夫子那双辨认郑卫之音的耳朵听过去,这等关于"好东西"的低婉言说,本身就是"好东西";内含于这等"好东西"中的感叹语气,没有任何望风披靡、势如破竹的能力。它行走缓慢,更倾向于秋天。哀伤的诗人因此写道——

> 丰收后荒凉的大地
> 人们取走了一年的收成
> 取走了粮食骑走了马
> 留在地里的人,埋得很深

(海子:《黑夜的献诗》)

为什么《红楼梦》的叙事人认为,林黛玉在李商隐的所有作品中,独独喜欢一句"留得枯荷听雨声"(李商隐:《宿骆氏亭寄

---

① [美]卡米拉·帕格利亚:《性面具艺术与颓废:从奈费尔提蒂到艾米莉·狄金森》,王玫等译,内蒙古大学出版社 2003 年版,第 41 页。
② John D. Caputo, *The Weakness of God*, Indiana University Press, 2005, p. 31.
③ [德]卡西尔:《神话思维》,黄龙保等译,中国社会科学出版社 1992 年版,第 110 页。

怀崔雍崔兖》)？为什么汉语打一开始，就携带了音声上的沧桑感？为什么这种语言从其起始处，就嗓音喑哑？为什么它在如此低龄的时刻，就独独偏爱充满智慧的老年人、老年人额头上的皱纹，以及长者的口吻①？《应物兄》的第一主人公自童年起，就隐隐约约有了抬头纹，是不是这部长篇小说为汉语的沧桑口吻暗中备下的隐喻？从《尚书》《周易》到《诗经》，处处都是沧桑语气②；是孔夫子和味觉化汉语在彼此造就、相互成全吗？"子曰：'逝者如斯夫，不舍昼夜！'"③"子曰：'天何言哉！四时行焉，百物生焉，天何言哉！'"④一部短短的《论语》，都是夫子洞明世事、人情练达的沧桑之叹⑤，而不

---

① 有意思的是，张炜在其长篇小说《九月寓言》(春风文艺出版社 2003 年版)的扉页上很有会心地写有一句话："老年人的叙说，既细腻又动听……"但是很显然，《九月寓言》的叙事在语气上是沧桑的，说不上"既细腻又动听"。如果没有扉页上这句话，《九月寓言》可能会显得更加成功。

② 《诗经》常用叠字表达这种古老而常见的口吻："我心惨惨"(《大雅·抑》)、"忧心悄悄"(《小雅·頍弁》)、"忧心殷殷"(《小雅·正月》)、"忧心烈烈"(《小雅·采薇》)、"劳心博博兮"(《桧风·素冠》)、"中心悁悁"(《陈风·泽陂》)、"忧心钦钦"(《秦风·晨风》)、"劳心怛怛"(《齐风·甫田》)……叶舒宪之间将此叠字认作感叹(参阅叶舒宪：《诗经的文化阐释》，湖北人民出版社 1994 年版，第 368 页)。

③ 《论语·子罕》。

④ 《论语·阳货》。

⑤ 邓晓芒说得很激进："他(亦即孔子——引者注)许多次说自己'不知'，但这要么是一种回避回答的方式，要么只不过是否定态度的一种委婉的表达，实际上早已下了断语……孔子的'知其不知'与苏格拉底的'自知其无知'本质上是完全不同的，后者是对自己已有的知的一种反思态度，它导致把对话当作双方一起探求真知识的过程，前者则把对话看作传授已知知识的场所。孔子对自己也不知的东西的确是坦然承认的，但那只是因为他不认为这些知识是必须的。"(邓晓芒：《苏格拉底与孔子的言说方式比较》，《哲学动态》2000 年第 7 期)

似《圣经》那般,处处都是神迹,放眼过处,全都是透明的主观性。这很可能是因为夫子听从味觉化汉语的内在律令,只务实地放眼俗世,不求诸天,不求助超验的神灵,只"用睿智的眼光注视我们日常生活中所看重的东西——善良、友谊、家庭、智慧——所有这些都以简洁的语句提炼出来并构建了《论语》"①。而在西狩获麟之时,夫子歌曰:"麟之趾,振振公子,于嗟麟兮! 麟之定,振振公姓,于嗟麟兮! 麟之角,振振公族,于嗟麟兮!"②在临死之前第七天,孔子再度歌曰:"太山坏乎! 梁柱摧乎! 哲人其萎乎!"③这种深沉、厚实、古磬般满是回声的沧桑语气,这种与黄河相比年龄异常幼小,听上去却同等苍老的音响形象,正可以和《应物兄》里那条"缓慢,浑浊,寥廓"的黄河恰相匹配。永嘉南渡后,那些时时悲悲戚戚着的"过江人士,每至暇日,相要出新亭饮宴。周顗中坐而叹曰:'风景不殊,举目有江山之异。'皆相视流涕"④。"南朝无限伤心事,都在残山剩水中。"(王璲:《题赵仲穆画》)此等含泪的喑哑之言,也正可以跟"比所有的空间都寥廓"的黄河相呼应⑤,实

---

① 〔美〕詹启华:《孔子:野生的圣人,感孕而生的神话典型》,夏含夷主编,《远方的时习:〈古代中国〉精选集》,朱大国等译,上海古籍书店2011年版,第89页。
② 此说从高亨。高亨认为,《周南·麟之趾》乃孔子所作的"获麟歌",被后代儒者编入《诗经》。参阅高亨:《诗经今注》,清华大学出版社2010年版,第5—6页。
③ 《史记·孔子世家》。
④ 〔唐〕房玄龄等:《晋书·王导传》。
⑤ 归庄说出了沧桑语气的无处不在,但尤其是说出了它是怎样得到经典表达,以及被表达出来的形态:"潘安仁之赋《秋兴》也,惟余归芜吟蝉,游氛槁叶,清露流火,禽虫草木,物色之间,津津不置,其所感者浅也。若杜少陵之八诗,则宫阙山河之感,衣冠人物之悲,百年事变,一生行藏,皆在焉;而感时起兴之意,不过玉露、寒意数言而已。"(〔清〕归庄:《归庄集》卷三)

在有类于"其鸣自詨"①的精卫。

　　有理由认为,味觉化汉语自带的伦理是诚与善②,所谓"口不道忠信之言为嚚"③;所谓"儒有不宝金玉,而忠信以为宝"④。有人据此认为:"在儒家,诚乃天之道,诚之者,人之道。君子之德就是通过体验先天之诚来获得的,而这必须建立在对日常言语的学习训练上。……言语不仅是道德的表现形式,更是建构道德的独立条件。"⑤这就从味觉化汉语自身的本质规定性那里,为沧桑语气定下了基调:它必须深深地植根于诚和善。借此,便不难理解,沧桑语气根本就不可能是绝望者、悲观者、凄惨者用起来十分趁手的音响形象。它是历经磨难、饱经风霜,仍然暗自发愿要好好活下去的人才会使用的语气,苍凉而又况味十足,但从来不失却其体温。它代表的是坚忍,是"无可如何"之下,必须具备的顽强和执着;它是专为"站在地狱的屋顶上凝望花朵"⑥者配备的口吻,所谓"情之所钟,正在我辈"⑦,所谓"起舞弄清影,何似在人间"(苏轼:《水调歌头》),也就是以被流放到"黄州、惠州、儋州"为"平生功业"的东坡居士自己对自己所做的承诺:"谁怕?一蓑烟雨任平生"(苏轼:《定风波》)。而这

---

① 《山海经·五藏山经·北山经》。
② 我在《汉语与逻各斯》(南京师范大学、《学术月刊》杂志社编:前揭,第92—118页)一文中对这个问题有详尽的讨论,此处恕不赘述。
③ 《左传·文公十八年》陆德明释文。
④ 《礼记·儒行》。
⑤ 张刚:《"德"与"言"——儒家的言语观研究》,《人文杂志》2009年第4期。
⑥ 李洱:《问答录》,前揭,第295页。
⑦ 〔唐〕房玄龄等:《晋书·王衍传》;刘义庆:《世说新语·伤逝》。

一切,都源于饱经沧桑者对万物怀揣的深情和至诚之心,当得起"虽九死其尤未悔"(屈原:《离骚》)的赞词。葛亮对此颇有会心。他特意写出了在八年抗战的栖惶、凄楚的日子里,中国人发誓一定要把日子好好过到底的决心,以及那种坚忍的生活态度:"仁桢禁不住打量这间小屋。处处收拾得停停当当,是寒素的,却可见到一个主妇的用心。这用心日积月累,是要将日子过好的信念。"①西渡以杜甫的口吻对杜甫的理解是准确的,效忠于满是沧桑语气的味觉化汉语——

> 我对自己说:你要靠着内心
> 仅有的这点光亮,熬过这黑暗的
> 日子。……
>
> (西渡:《杜甫》)

依靠"仅有的这点光亮"而使用沧桑语气的人,不会同意布莱希特(Bertolt Brecht)赞扬卡尔·克劳斯时说过的那句话:后者"以自己的经历来显示他的时代毫无价值"②。杨度诗曰:"茶铛药臼伴孤身,世变苍茫白发新。"(杨度:《洪宪纪事诗》)在味觉化的汉语世界,没有深夜痛哭过的人不足以语人生,这当然是事实;使用沧桑语气的人莫不暗中承认:凡所经历,皆有所值,却也是从来无须争执的事实。和西方式的抱怨——"历史会给大自然带来伤害"③——截

---

① 葛亮:《北鸢》,人民文学出版社2016年版,第342页。
② 转引自霍布斯鲍姆:《断裂的年代》,前揭,第122页。
③ [法]儒勒·米什莱:《山》,李玉民译,上海人民出版社2011年版,第46页。

然相反,《应物兄》对黄河的礼赞,就暗含着至深之诚,诚则自动意味着虔敬和谦逊①;其诚之深,在完全抵消了排比句通常情况下捎来的法西斯美学、冒泡的浪漫主义,甚或令人不安的装腔作势外,还另有一股入人至深、沁人心脾的力量。唯有至诚,才撑得起极致的沧桑,直至沧桑与至诚互为镜像、彼此依赖。正是出于这样的原因,成玄英才知音般说起他的偶像,漆园吏庄周,才说起梦蝶庄生为何要作汪洋恣肆的《南华经》:"当战国之初,降衰周之末,叹苍生之业薄,伤道德之陵夷,乃慷慨发愤,爰著斯论。"②和漆园吏"发愤"作《南华经》的由头何其相似乃尔,李洱呕心沥血作《应物兄》③,更肯能是因为"叹苍生之业薄,伤道德之陵夷"。但数千年后,李洱和《应物兄》面对的"苍生业薄",面对的"道德陵夷",早已被高度视觉化和反讽化了,远甚于梦蝶庄生当年遭遇的险境。对《应物兄》来说,没心没肺地鼓盆而歌是绝对不可能发生的事情;唯有有累于物的人,才是有情之人。出源于至诚的沧桑语气正好与之相匹配:诚支持情,更支持情的

---

① 谦逊和敬决非妄自菲薄,恰好是对自身最正确的估价,牟宗三说得好:"在敬之中,我们的主体并没有投注到上帝那里去,我们所做的不是自我否定,而是自我肯定(Self-affirmation)。仿佛在敬的过程中,天命、天道愈往下贯,我们的主体愈得肯定。"(牟宗三:《中国哲学的特征》,1984年版,第20页)
② 成玄英:《〈庄子〉序》。
③ 说"费尽心血"毫不夸张。李洱很感慨地说:"2005年春天开始写时,没想到会写13年。我写完心境非常苍凉,提笔时我还只有30多岁,写完成了年过五旬两鬓斑白的老人。"(转引自许旸:《90万字小说〈应物兄〉,写了整整13年》,《文汇报》2018年12月25日)关于这个问题还可参阅李宏伟:《应物兄,你是李洱吗?》,《扬子江评论》2019年第1期。

抒发。

虽然"在人的社会,人是空间最好的标注"①;虽然情怀一直被认作无从破解的秘密,或无法解释的阿基米德点②,但它浸润和滋养于某种难以被言说的境遇,存乎于被人"标注"的某个、某种、某类特定的空间,大体上还是可以肯定的事情。漫长的十七年过去了,不清楚到底经历了何种"心境的蜕变",作者而非叙事人李洱不仅获取了"随时间而来的智慧",还颇为自觉地在其内心深处,将写作视为某种特殊性状的修行③。无须寻找其间的由头和出处,只需承认和面对因"心境的蜕变"、因特殊性状的修行,导致的文本现实。《应物兄》的主人公双渐因母亲早逝,也因父亲双林院士隐姓埋名为国家从事秘密工作,从小寄居在济州桃都山的姨母家。已过退休之年的双渐对应物兄说——

> 从青藏高原回来,又过了几年,我就提前办了退休手续,回到了桃都山。姨母不愿去北京。因为我,姨母和姨父的关系一直不好。小时候,家里穷嘛,又多了一张嘴嘛。还不喜欢劳动,喜欢看书。我不怨他,也愿意为他养老。可他很早就去世了。有一个妹妹,妹妹出嫁后,就剩下了姨母一人。我回来,当然也是为了照顾姨母。三年前,她也去世

---

① 董强:《空间哲学》,北京大学出版社2011年版,第11页。
② 刘小枫:《拯救与逍遥》,华东师范大学出版社2007年版,第346页。
③ 关于汉语自身即为其使用者的修行工具,可参阅杨治宜关于苏东坡在这个方面的详细论述(杨治宜:《"自然"之辩:苏轼的有限与不朽》,前揭,第64—71页)。

了。人这一辈子啊。

无限沧桑,还有对人间无算的留恋与执着,尽在"啊"间;原该对坎坷的人生遭际抱有的怨气和不平,则在"啊"的熨烫下,被完好地克服,却又并非有神论的"人生来就是为了含辛茹苦"①可堪比拟。古人歌曰:"一枕黄粱梦太久,是因是想总荒唐。人生自有天伦乐,不作神仙也不妨。"(陈存懋:《卢生祠题壁》)这里的"啊",不能仅仅被理解为没有意义的语气助词(它诚然可以被当作语气助词);将之认作叹词,也许更加准确,但更是因为叹词的音容符合《应物兄》的整体气质②。较之于《应物兄》里的"啊",埋藏于《花腔》中的"哎"(亦即"哎,他当时若是就义,便是民族英雄……")连表面

---

① 这是电影《简·爱》里的著名台词。
② 闻一多的精辟之见可以为此处的看法加持:"古书往往用'猗'或'我'代替兮字,可知三字声音原来相同,其实只是啊的若干不同的写法而已。……严格的讲,只有带这类感叹虚字的句子,及由同样句子组成的篇章,才合乎最原始的歌的性质。因为,按句法发展的程序说,带感叹字的句子,应当是由那感叹字滋长出来的。借最习见的兮字句为例,在纯粹理论上,我们必须说最初是一个感叹字'兮',然后在前面加实字,由加一字……递增至大概最多不过十字……感叹字是情绪的发泄,实字是情绪的形容、分析与解释。前者是冲动的,后者是理智的。由冲动的发泄情绪,到理智的形容、分析、解释情绪,歌者是由主观转入了客观的地位……感叹字必须发生在实字之前,如此的明显,后人乃称歌中最主要的感叹字'兮'为语助,语尾,真是车子放在马前面了。"(闻一多:《神话与诗》,上海人民出版社2005年版,第149页)吕叔湘说,"感叹词就是独立的语气词,我们感情激动时,感叹之声先脱口而出,以后才继以说明的语句。后面所说的语句或为上文所说的感叹句,或为其他句式,但后者用在此处必然带有浓郁的情感。"(吕叔湘《中国文法要略》,辽宁教育出版社2002年版,第317页)刘丹青表扬了这个观点,但对吕先生断定叹词只能出现在实义句之前持有异议,"实际上叹词在句子的前、中、后都可以出现。"(刘丹青《叹词的本质——代句词》,《世界汉语教学》2011年第2期)吕、刘的观点可为闻氏的观点加持。

上的相似性都不存在。后者原本就是花腔语气所到之处留下的孽障,作为被花腔语气型塑的次生口吻而存在。它打一出生,其音容就具有搞笑和滑稽的神态,呼应于反讽时代发霉、变酸、骨质疏松甚或月经不调的精神气质。假如发出"哎"这个音的人(此处指范继槐)①,对某种境遇(此处指葛任没有死于日本军人枪弹之下这件事)确实怀有惋惜之情,其惋惜也充其量处于摹本的状态。自打"哎"被花腔语气型塑出来的那一刻开始,就已经被高度地反讽化,宛如好玩的西方人在狂欢节期间举行的"弥撒结束时,神父学三声驴叫,以代替往常的祝福,学三声驴叫,代替'阿门'"②。但无论是和驴叫恰相等同的"哎",还是和驴叫般的"阿门"相类似的同一个音声,都没有能力理解《应物兄》里的"啊"。后者乃是针对某种具体境遇的直觉反应,既饱含感同身受的同情和悲悯,又具有无比强烈的"现场性和瞬间性"③,细品之下,极具震撼性和感染力,也是对爱无能这个生存困境所做的坚决反对,更是对斯德哥尔摩综合征提出的抗议。作为"随时间而来的智慧"的某种特殊造型,感同身受式的悲悯和同情乃是自我修行的产物,有幸滋养和浸润于汉语中那个不

---

① 一般认为,感叹语气的声音体现为两大类,一为赞叹式、惊讶性的"啊",一为惋惜性兼哀悼性的"唉"(郭攀:《叹词、语气词共现所标示的混分性情绪结构及其基本类型》,《语言研究》2014年第3期)。此处的"哎"等同于"唉"。

② [苏联]巴赫金:《弗朗索瓦·拉伯雷的创作与中世纪和文艺复兴时期的民间文化》,李兆林等译,河北教育出版社1998年版,第91页。

③ 刘丹青:《叹词的本质——代句词》,《世界汉语教学》2011年第2期。

可能得到变更的部分——《应物兄》以一个简单的"啊",但更是以"啊"暗示的整体气质,暗示《应物兄》对视觉化汉语的反思达到了新的阶段。

惠栋的看法很精辟:"《易》道深矣,一言以蔽之曰:时中。"①所谓"时中",就是准确地切中时间,但尤其是切中时间的最成熟处:既不早也不晚的那个唯一的时刻,也就是瓜熟蒂落的某个瞬间,有如电光石火一般。但假如把至"深"的《易》"道"理解为"生生",亦即"生生之谓易"②,可能更准确,更有可能为"时中"提供真实、准确,并且可靠的落脚之处:只有处于"时中"那个电光石火、刻不容缓般的瞬间,数千年来被儒士经生们反复称道的"生生"才会发生,才能处于最佳、最正确,也最为饱满的状态③。"唯天下至诚,为能尽其性;能尽其性,则能尽人之性;能尽人之性,则能尽物之性;能尽物之性,则可以赞天地之化育;可以赞天地之化育,则可以与天地参矣。"④诚的对象不仅是无所遗漏的天下万物,更是万物之生生。而万物自有其层级效应:"水火有气而无生,草木有生而无知,禽兽有知而无义,人有气有生有知,亦且有义,故最为天下贵。"⑤准此,诚最重要的对象,只能是人;但更是人的生命,因为人不仅具有不言自明的先在性,而且人的本分和义务,端在于成就天地万物。因此,

---

① 《易汉学·易尚时中说》。
② 《周易·系辞上》。
③ 杨立华:《一本与生生》,生活·读书·新知三联书店2018年版,第10页。
④ 《礼记·中庸》。
⑤ 《荀子·王制》。

"有气"而"无生"的水火并非真的"无生";人之"至诚"早已将更深层、更基础性的"生",内置于水火初看上去的"无生"之中——在味觉化汉语看来,没有更深层、更基础性的"生",水火的存在原本就是一件不可思议的事情。不用说,以诚为底色的沧桑语气首先是对生命的感叹;而生命中可以用于感叹、再三感叹的灾难,正出源于对"时中"的破坏:要么早了一点点(还谈不上过早),要么晚了一点点(还称不上过晚)。在马丁·海德格尔那里,破坏"时中"谓之为"过早"或"过晚",这两者都称得上德语诗歌的主要来源——虽然海氏依照逻各斯的传统,绝口不提感叹①。对古老的汉语而言,冒犯"时中"导致的后果不仅需要征用沧桑语气,也值得施之以**悲悯口吻**②。沧桑语气以心情上的感同身受而非袖手旁观为方式,诉说况味十足的人生境遇,更倾向于自身;悲悯口吻则同样以诚为基底,以满是同情的态

---

① 海德格尔很明确地写道:"对众神我们太迟,/对存在我们太早,/存在之诗刚刚开篇。/它是人。"([德]海德格尔:《诗人思者》,余虹译,《海德格尔诗学文集》,成穷等译,华中师范大学出版社1992年版,第2页)

② 米兰·昆德拉认为:在拉丁文派生出来的语言里,"同情"一词都是由一个意为"共同"的前缀(com)和一个意为"苦难"的词根(passio)结合而成(亦即共-苦)。而在其他语言中,比如捷克文、波兰文和瑞典文中,这个词是由一个相类似的前缀和一个意为"感情"的词根结合而成(亦即同-感)。共-苦的意思是:我们不能看到别人受难而无动于衷。另一个近似的词是"可怜",意味着对受难者的一种恩赐态度,这就是为什么共-苦总是引起怀疑([捷克]米兰·昆德拉:《生命中不能承受之轻》,韩少功等译,作家出版社1994年版,第19—20页)。悲悯语气更接近于昆德拉认同的同-感,意思是不仅仅能和苦难的人生活在一起,还要去体会他的任何情感——快乐、焦急、幸福、痛苦。这正是汉语里悲悯口吻乐于接管的功能。

度,诉说千奇百怪而至为可哀的"民生之多艰"(屈原:《离骚》),更倾向于他者,正所谓"恻隐之心,仁之端也。"① 为此,《应物兄》很有会心地写道:

> 这边正说着话,华学明突然躺到了地板上。原来是一只蜜蜂飞了过来。华学明虽然神经受到了刺激,反应有点迟钝,但此刻他的表现却极为敏捷。他的手指从标本盒沾了一下,然后轻轻一弹,就将那只蜜蜂击中了。那只蜜蜂顿时落到了小颜前面的桌子上,并且已经身首分离。
>
> ……
>
> 被斩首的蜜蜂,突然扑向了自己的头。
>
> 它扑得太猛了,身体跑到了前面,脑袋却从它的腿间溜了出去。失望不能够写在它的脸上,但能够表现在它的形体动作上。只见它的身体俯仰不息,似乎是在捶胸顿足。然后,它定了定神,慢慢地扭身,徐徐走向自己的头,伸出前腿,搂住了那个头。其动作之温柔,之缠绵,令人心有戚戚焉。应物兄觉得自己的后脖颈有些冷。就在这时,那蜜蜂怀抱着自己的头摇摇晃晃地起飞了,越过室外的花朵、蝴蝶、草丛,不见了。

至少从表面上看,这段话冷静、细致,似乎更多地得自于汉语的视觉化,也更迹近于李洱早期作品中惯用的笃定语气,颇具说明书的风采与神韵。但稍加分辨,则很容易发现:描写上的细

---

① 《孟子·公孙丑上》。

致确实非常接近——也仅仅是接近——笃定语气,毕竟《应物兄》使用的,仍然是高度视觉化的汉语,李洱式反讽语气不可能被消除殆尽;所谓冷静,却只有表面上的功夫,更多的是假象,或可以被称之为假象的东西。掩藏在假象和表面功夫之下的,则是拼命压抑,却到底没能被彻底压抑住的同情,是对那只蜜蜂的悲悯,声音不高而低沉,却自有令人眼睛湿润的力量,也自有存留于喉头和唇齿间的细微的颤音。虽然顾随很肯定地说,汉语中没有俄语里的 Ля(俄文字母,即颤音-引者注),因此语音平实,音容持中①。但《应物兄》里的这段话可以作证:悲悯需要的那种语气上的微微颤动和抖动,不仅平实、持中,还可以被悲悯语气制造的氛围制造出来,无须仰 Ля 之鼻息,因为悲悯语气的基底依然为诚,是对有违"时中"而诱导出的诸多不幸局面的深深同情。

不用说,沧桑语气(或曰口吻)和悲悯口吻(或曰语气)是对感叹的具体化;正是它们,让作为语气(而非作为动作)的感叹,有了具体的落脚处,蜕掉了那层薄薄的抽象之皮。假如说,悲悯口吻和沧桑语气竟然暗含着羞涩之态、腼腆之感,或许并非耸人听闻之事,也并非空穴来风之词。事实上,感叹语气的腼腆和羞涩,就像反讽主体天生患有斯德哥尔摩综合征那般,纯属宿命的范畴,更称得上正常之举。就连素以刚健著称的儒家在倡导"天行健,君子以自强不息"②的同时,也在极力倡导有所守、有

---

① 顾随:《中国古典诗词感发》,前揭,第60页。
② 《周易·乾·象》。

所不为,在大肆推崇"知耻近乎勇"①。这正如孟子所说的"羞恶之心,义之端也"②;也恰如朱熹强调的"人有耻,则能有所不为"③,虽然现实生活中的朱熹本人做得实在不咋样④。"筑城以卫君,造郭以居民。"⑤从一开始,味觉化汉语就是一种城、郭分明般,有所说有所不说的语言;"战战兢兢,如临深渊,如履薄冰"⑥不仅是做人的准则,也是味觉化汉语遵守的戒律:"非礼勿言"⑦的前提,乃是语言自身必须讲礼,以及必须讲礼的语言自身⑧。讲礼不多不少,刚好意味着羞涩,诚所谓"知止而后有定"⑨。和"时中"指向时间最成熟的时刻极为相似,"知止"指向事物自身状态最饱满的那一瞬,超过或不及这一瞬,势必走向事物之理想状态的反面——那刚好是反讽时代的真面相。知止不仅是羞涩、腼腆的内涵,甚至干脆就是腼腆、羞涩的同义词。

---

① 《礼记·中庸》。
② 《孟子·公孙丑上》。
③ 《朱子语录》卷十三。
④ 朱熹不仅"诱引尼姑二人以为宠妾,每之官则与偕行",而且"冢妇不夫而自孕"(〔南宋〕叶绍翁:《四朝见闻录》丁集"庆元党"条)。朱熹对此供认不讳,向皇帝谢罪说:臣乃"草茅贱士,章句腐儒,唯知伪学之传,岂识明时之用"(〔南宋〕朱熹:《朱文公文集》卷八五)。
⑤ 〔唐〕徐坚《初学记》卷二十四引《吴越春秋》佚文。
⑥ 《诗经·小旻》。
⑦ 《论语·颜渊》。
⑧ 但讲礼的语言并不意味着不生气,生气却必须以对方违礼为前提。正因为"君炕阳而暴虐,臣畏刑而柑口",才有"怨谤之气发于歌谣,故有诗妖"(《汉书·五行志》中之上)。如没有君臣的上述问题,"诗妖"就是僭越和冒犯。
⑨ 《大学》。

正是在此基础上,张耒才说:"文以意为车,意以理为马;理胜意乃胜,气盛文如驾。理惟当即止,妄说即虚假。"①实际上,汉语自带的羞涩和腼腆,也就是"妄说"的反面,早就存乎于素王和至圣先师的先见之明:"书不尽言,言不尽意。"②既然"言"被认为、也被理解为没有能力尽"意",味觉化汉语就必须明白自己的边界到底居于何处(亦即"知止")。因此,葛亮才在描写一位处于极端痛苦之中的老人时,只用了一句话:"他昂起头。一滴清凛的泪,生生地流了回去。"③《应物兄》也在描写痛苦之中的应物兄教授时说:"他得让泪腺休克。"王夫之之所以指责李卓吾,就是因为"李贽以佞舌惑天下"④。所谓"佞舌",不过是对语言界限的冒犯。李贽对此并非没有自知之明:"身履是事,口便说是事,作生意者但说生意,力田作者但说力田。凿凿有味,真有德之言,令人听之忘厌矣⑤。"这更能说明汉语的羞涩感为何,以及何为羞涩的汉语。虽然古今中外所有人的愿望,向来寄存于"想要(vouloir)、懂得(savoir)和能够(pouvoir)"之中⑥,但"能够"从一开始,就预先为"想要"和"懂得"给出了明确的边界(亦即知止之处),只因为"能够"同时意味着其反面:不能够。知止意味着沧桑语气尽可以深沉、苍老和沉重,却不得夸张和自

---

① 〔北宋〕张耒:《柯山集》卷九。
② 《周易·系词上》。
③ 葛亮:《北鸢》,前揭,第262页。
④ 〔明〕王夫之:《薑斋诗话》外编卷二。
⑤ 〔明〕李贽:《焚书》卷一。
⑥ 〔法〕尤塞夫·库尔泰:《叙述与话语符号学》,怀宇译,天津社会科学院出版社2001年版,第69页。

恋;也意味着悲悯口吻尽可以带有颤音,甚至允许偶尔不请自到的高音量,比如"呜呼!何时眼前突兀见此屋,吾庐独破受冻死亦足!"(杜甫:《茅屋为秋风所破歌》)①,但更多的时候,却必须恰如其分,不得过度放大被悲悯者背负的苦难②。

有意思的是:在李洱迄今为止的所有作品中,有羞涩感(或曰有羞涩能力)的主人公都极为稀缺,极为罕见。也许葛任(《花腔》)、文德能和文德斯兄弟、芸娘乃至于应物兄(《应物兄》)等不多的几个人,算得上仅有的例外。在小说之外的某处,李洱很动情地说过:"有童心的人,才会有羞涩。这样的人内心善良,不愿违背自己的意愿。不假言,不修饰,看到别人违愿,也会感到羞涩。这样一个人,充满着对细微差别的感知和兴趣,并有着苦涩的柔情。对这样的人来说,'我'就是'他','他'就是'我',和世界息息相通。学识、阅历和情怀,使得他对这个世界的体验,永远像是男女的初恋,但又比那种初恋深邃。"③济州大学的现象学女教授,应物兄极为敬重的芸娘,就是这样的羞涩者。旅居海外,人称陆塞尔(因为姓陆的崇拜胡塞尔)的那个人,是芸娘的狂热追求者。此人在文德能的客厅里,热情洋溢地发表过一通有关现代西方哲学的演讲。《应物兄》很有会心地写道:"陆塞尔又再次说到了情感。他说情感在哲学上没有意

---

① 在《茅屋为秋风所破歌》中,杜甫音量高亢的"'呜呼'走上了它有史以来最正确、最富有同情心的道路。在漫长的中国历史上,它几乎就是一个创世原音"(敬文东:《牲人盈天下》,前揭,第342页)。
② [法]弗朗索瓦·于连:《迂回与进入》,杜小真译,生活·读书·新知三联书店1998年版,第10—45页。
③ 李洱:《问答录》,前揭,第231—232页。

义,哲学家应该排除情感。黑格尔说,肉是氮氢碳,虽然我们吃的是肉,不是氮氢碳,但现在的哲学研究应该回到氮氢碳。他说,他希望把他的这个想法,传递给在场的每一个人,并通过在场的朋友传递给所有研究哲学的人。"紧接着,《应物兄》毫不含糊地写道:"芸娘用手遮住了前额。她为他感到羞愧。"芸娘是《应物兄》浓墨重彩刻写的人物;她就是李洱所说的那种"看到别人违愿,也会感到羞涩"的人,正完好地对应于、呼应于具有羞涩感的汉语。对于味觉化的汉语,陆塞尔当然荒唐,不免于"佞舌"的好标本;但对于视觉化的汉语,其人其言,毕竟是再正常不过的事情①。

文德能英年早逝后,朋友们出于对他的纪念,整理出版了他生前的笔记。作为这批笔记的整理者之一,应物兄读到了文德能对羞涩的深刻反思:

> 尼采为何重提羞愧?因为现代哲学已经不知羞愧。羞愧的哲学,宛如和风细雨,它拥吻着未抽出新叶的枯枝。无数的人,只听到尼采说"上帝死了",并从这里为自己的虚无找到理由。但或许应该记住,羞愧的尼采在新年的钟声敲响之际,曾经写下了对自己的忠告:今天,我也想说出,自

---

① 现实中也有陆塞尔这样的人。据张闳回忆,"1993年冬天,华东师大召开了全国文艺理论学会年会,各路神仙来了一二百位。我作为学生,在会务组工作,间或听了一些小组讨论……会上,张汝伦称,我在国外的时候,国外的朋友对国内的学术界很不满,完全没有规范,叫我回来好好整顿一下。"(张闳:《丽娃河上的文化幽灵》,周言、康凌编:《海上中文系》,广西师范大学出版社2013年版,第122—150页)

己的愿望和哪个思想,会在今年首先从我的心田流过,并成为我未来全部生命的根基、保障和甜美!我想学到更多,想把事物身上的必然看作美丽,我会成为一个把事物变美的人。

是自带羞涩感的沧桑语气和悲悯口吻的同时并在,才型塑了一个与悲悯口吻和沧桑语气同时诞生的愿望。这个愿望既素朴、本分,又高迈和决绝:"我会成为一个把事物变美的人。"这话虽然出自没多少羞涩感的尼采,却在汉译中,被充分赋味(Make it tasty),极具味觉化汉语自身的味道,以至于被拥有羞涩能力的文德能一见倾心,直至成为文德能的愿望①。尤为碰巧的是,这等样态和性质的愿望,既为味觉化汉语所支持,也是味觉化语言深埋心底的愿望②;成己以成物既是这个愿望最原初的版本,也可视作这个愿望的原初造型。而愿望不仅是诗,还应当和必须"是诗中之诗,是永恒之诗,也是关于永恒之愿望的永恒之诗"③。很容易想象,一切美好的心愿,都注定存乎于虚拟语气④,因为虚拟语气目的,就在于对乌托邦的专心型塑⑤。

---

① 关于一个观念在翻译过程中以怎样的面貌现身于目标语言,目标语言在怎样型塑这个观念,可参阅[德]瓦尔特·本雅明:《本雅明文选》,陈永国等编,中国社会科学出版社 1999 年版,第 279—290 页。
② 敬文东:《皈依天下》,天地出版社 2017 年版,第 49—50 页。
③ 敬文东:《随"贝格尔号"出游》,前揭,第 265 页。
④ 敬文东:《随"贝格尔号"出游》,河南大学出版社 2010 年版,第 265 页。
⑤ [英]鲁思·列斯塔斯:《乌托邦之概念》,李广益等译,中国政法大学出版社 2018 年版,第 12—52 页。

而依伊格尔顿之见,虚拟语气本身就是一种意识形态①。真是遗憾得紧:在反讽时代,"我会成为一个把事物变美的人"竟然是如此不合时宜,以至于它本身就充满了羞涩感和腼腆感,羞于被公开说出。这是因为反讽时代原本就是一个审丑的时代②,美反倒是羞于被提及的事情③。阿兰·罗德威(A. Rodeway)说得好:"后现代派是青春的,同时又是颓废的;它才华横溢,同时又是邪恶的;它专注于分析,同时又具有浪漫色彩;它既是 déja vu,同时又是 á la mode。这就是说,它是自相矛盾的。"④文德能在"自相矛盾"的危险时刻,倾向于把涂涂抹抹的笔记秘不示人,到底有没有这方面的考虑呢?这个问题也许永无答案,连作为作者(而非叙事人)的李洱也不得而知;他即使碰巧知道并提供答案,其答案也决不能被采信。但这些被整理出来的笔记却足以表明:作为反讽主体的文德能既不无羞涩地"站在地狱的屋顶上,凝望花朵",也把他对反讽时代的同情和悲悯表露了出来,顺带还部分性地取消了爱无能这个不死的癌症(亦即爱之癌),这个个体生存上面对的绝对的困境(而非弗洛伊德所谓的"圣经式的困境")。但事情也仅止于此,文德能没有"越"汉语

---

① [英]特雷·伊格尔顿:《二十世纪西方文论》,伍晓明译,陕西师范大学出版社 1986 年版,第 23—24 页。
② [美]苏珊·桑塔格:《反对阐释》,程巍译,上海译文出版社 2003 年版,第 60 页。
③ 刘东:《西方的丑学》,北京大学出版社 2007 年版,第 141—184 页。
④ [英]阿兰·罗德威:《展望后现代主义》,汤永宽译,戴维·洛奇编:《二十世纪文学评论》(下册),前揭,第 515—516 页。

的羞涩感为自己设定的"雷池一步"。对于英年早逝的文德能——而非"聚啸书房"热衷于分析一切事物的费边等人——来说,这或许正暗含着对零距离应物原则的礼赞:不但要遵照《中庸》的号召,尽到成己以成物的义务,还得更进一步地成物之美。但这首先得建基于对汉语的羞涩感的精心维护:成物之美既是味觉化汉语渴望中的最高境界,也是这种语言为自己设定的界限①。文德能没有犯下得罪界限的错误;羞涩的文德能不会做出这等事体——这是悲悯口吻和沧桑语气型塑的局面,可喜可贺,却又不免令人心境黯然。

早在《花腔》中,就已经有一个小角色说过这样的话:"羞涩可是一种秘密,是个体存在的秘密之花,是对自我的细心呵护。"依照巴赫金十分务实的看法,"自我与其说是一种形而上学的抽象,倒不如说是生命的基本事实。"②可在李洱的所有作品当中,害羞的主人公,也就是作为生命之"基本事实"的自我,为何如此稀缺和罕见? 这很可能是因为汉语在高度视觉化后,已经成为一种反讽性的语言,一种缺乏羞涩感的语言,一种远离感叹语气(比如悲悯口吻、沧桑语气)的语言:一种不知羞耻为何物的语言。这种性质的语言为现实世界型塑了反讽时代和反讽主体;而反讽主体和反讽时代一道,跟不知羞耻的语言一样,

---

① 必须注意的是,成己以成物本身就是善,而在先秦的汉语思想中,善和美是同一个意思(参阅李泽厚、刘纲纪主编:《中国美学史》第一卷,中国社会科学出版社1984年版,第101—107页),因此,成己以成物本身就是成物之善、成物之美。
② [美]卡特琳娜·克拉克、迈克尔·霍奎斯特:《米哈伊尔·巴赫金》,前揭,第92页。

不知羞耻为何物。既然在现实生活中,反讽主体总是走向自身意图的反面;既然 A 与 -A 总是倾向于同时并在、同时成真;因此,知耻本身,才是真正之耻。《应物兄》里那位从研究鲁迅改宗孔子的吴镇教授,那位自称"新手"的儒学家,就异常深刻地理解这个道理,洞悉其间的奥秘;作为反讽时代真正的"时中"者,此人像女符号学家一样,有资格出任李氏作品的另一个隐喻:知耻者,耻也。在反讽时代,唯有无耻,才能让反讽主体更容易、更有希望获取成功;而唯有成功,才让反讽主义者在反讽时代更有可能免于耻辱,因为反讽时代不仅是强人时代①,更是失败者得不到起码同情,并且一定会惨遭嘲笑或"耻"笑的时代②——作为一个成功人士,一个强人,"新手"吴镇就以其无耻,颇为圆满地达到了他的目的。双渐有一次很严肃地对应物兄说:"人类为什么会犯错?只有两个原因,一个是无知,一个是无耻。好心办坏事,是无知。明知道不对,还要那么干,就是无耻。当然还有既无知又无耻的。在桃都山上广种杜鹃花,就是既无知,又无耻。"《应物兄》有一个颇为次要的主人公,唤作卡尔文,是个美国黑人,曾留学济州大学,是应物兄的学生。此人在自杀前写道:"应物兄还是比较忠厚的,请我吃过鸳鸯火锅。但是……大先生(亦即鲁迅-引者注)说过,忠厚是无用的

---

① 依钟鸣的看法,强人时代就是繁荣的时代,就是计算的时代,需要以无耻做基础(参阅钟鸣:《旁观者》,海南出版社 1998 年版,第 262—263 页)。

② 参阅敬文东:《我们的睡眠,我们的失败……》,《青年文学》2010 年第 7 期。

别名。"这是反讽时代的又一个真面相:知耻者耻也乃爱之癌的孪生兄弟;儒门大家称道的忠厚没有任何用处。这倒不是说汉语被视觉化后必得如此、只能如此;而是说:高度视觉化的汉语确实更有可能如此,以至于最终果然如此。有人很睿智地认为,语言腐败乃是最基础性的腐败,是腐败中的腐败①。放眼反讽时代,便不难看清:百年来,高度视觉化的汉语已经变作一种自吹自擂,也致力于自吹自擂的语言;一种轻佻和浮夸,也致力于浮夸和轻佻的语言②。它被有脑而无心的"口力劳动者",以及既无脑又无心的"啸聚书房"者,大肆征用;它在大大小小的政客、商人和各种性质的强奸犯们的嘴巴中,运转自如。但高度视觉化的汉语自有其特点,用《悬铃木枝条上的爱情》③中那位叙事人——"我"——的话来说,就是:"我的身体和我的语气之间,还横着一个小小的王国。可说它小吧,一只鸟似乎也并不能轻易飞出它的疆域。"作为当代中国的诗歌隐士,或者当代中国

---

① 参阅:《语言腐败导致体制的不可预见性》,中国经济网 http://www.ce.cn/cysc/newmain/yc/jsxw/201204/25/t20120425_21154029.shtml, 2019年1月12日11:27时访问。
② 有意思的是,"京油子"向来被当作态度轻佻的汉语使用者的绰号,十九世纪末期的一个美国传教士直接将之形象地称作"the oily-mouthed"([美]安娜·西沃德·普鲁伊特:《往日琐事:一位美国女传教士的中国记忆》,程麻译,山东画报出版社2010年版,第148页)。但嘴巴抹了油的"京油子"仅仅是贫嘴而已;贫嘴反倒能给多灾多难者提供乐子,并非对汉语的败坏(参阅 Mrs J. G. Cormack: *Everyday Customs in China*, Cambridge: Harvard University Press, pp.53-54)。
③ 《悬铃木枝条上的爱情》是李洱的短篇小说,发表于《山花》1998年第3期。

诗歌"隐在谱系"之中的重要人物①,杨政对此自有精辟之言:"语言本身也正在砂化,变得枯涩、轻浮,难以承载思想,只起遮蔽作用,且无法自我净化,大多数时间它们被用来制造废话、误解和谎言。我发现很多时候,人们的分歧是由语言而非思想所致。"②

---

① 参阅敬文东:《作为诗学问题与主题的表达之难》,《当代作家评论》2016年第5期。
② 杨政:《苍蝇》,海豚出版社2016年版,第1页。

重塑感叹语气

当《应物兄》礼赞过黄河，也提到"应物兄突然想哭"之后，紧接着，说到了已近垂暮之年的物理学家双林院士，双渐的父亲。黄河边上突然想哭的应物兄，也与此同时，想起了他的导师兼岳父乔木先生和双林院士之间的争执。其实，这两个有几十年交往的老朋友，对很多事情的看法并不相同。比如说，"乔木先生对韶光易逝的感慨，双林院士向来不以为然。显然，对一个物理学家来说，有关过去、现在和将来的普通观念，其实是陈腐的。时间的每时每刻，都包含着过去和未来。现在只是一个瞬间，未来会在其中回溯到过去。在这种观念中，你感受到的不是伤感，而是谦逊。当双林院士面对着这浩荡的大河的时候，他是不会沉浸在个人的哀痛之中的。"这段话固然精彩，却因为同样精彩的段落比比皆是，很容易被读者一带而过。但它很可能真的埋藏着一个令人暗暗吃惊的秘密：《应物兄》一直在致力于反思语言（汉语）；反思汉语（语言）或许称得上《应物兄》真正的主题,或者潜在的、具有支撑性的主题。

《应物兄》的第一主人公面对黄河之所以想哭,是因为这个人彼时彼刻更多地被味觉化汉语所挟持。尽管他早已沦陷于视觉化汉语制造的反讽时代,但汉语中不可被撼动的那个部分——比如至诚而非巧言令色——仍然在暗暗浸润和滋养着他;作为一个儒学家,他必得时刻回忆原始儒家曾经使用的那种语言。虽然味觉化汉语时时刻刻都乐于强调"时中"、倾心于羞涩,但它时时刻刻面对的,却刚好是因冒犯"时中"而来的坏局面,因放肆而成就的多灾多难。双林院士之所以倾向于谦逊,不伤感,更不会哭泣,是因为彼时彼刻,他作为一位非常有名的科学家,更多地被视觉化汉语所裹挟、所滋养,更愿意崇尚远距离的应物原则(想想整日里包围他的那些既简洁又短小的物理学公式)。因此,他打心眼地希望自己能像康德那样,敬畏天上的宇宙星辰和内心的道德律令①。

也许,仅凭应物兄想哭和双林院士倾向于谦逊,还无法坐实《应物兄》以反思汉语(语言)作为自身主题这个重要的结论;但另一个意味深长又"泯然众人矣"的小说片段,却差不多将这个问题的面纱给摘除了。应物兄和芸娘,也就是那位即将因重病,却拒绝手术而从容辞世的女教授,有过一次对话:

"芸娘,我对现象学的概念已经很陌生了。"

---

① 对双林院士这个人物形象的详尽分析,尤其是对他身上的可贵品质的探讨,可参阅王鸿生:《〈应物兄〉:临界叙述及风及门及物事心事之关系》,《收获·长篇专号》2018年冬卷。

"虚己应物,恕而后行,说的就是面对事实本身。面对事实本身的时候,你的看、听、回忆、判断、希望、选择,就是现象学的要义。你有什么好陌生的?现象学的'自知'与王阳明的'良知',就有极大的通约性,你有什么好陌生的?"

"芸娘,我从来没有这样想过。"

应物兄的口吻低婉、恳切,颇为饱满的沧桑中透着一小股暖意,像微弱的星光,但更像刚刚熄灭的炭火,有一种渐渐暗淡下去的温度,对芸娘似有依赖、依恋之情。芸娘呢?她好像在用高度视觉化的汉语,讨论远距离的应物方式(属于视觉化的逻各斯)和零距离的应物原则(属于味觉化的汉语),应当具有某种一致性。这是一个初看上去大胆无比,细究之下,却无懈可击的结论。像是要呼应大胆无比和无懈可击,芸娘的语气偏高,语速偏快,和应物兄满是沧桑、低沉的口吻,形成了颇为打眼的对比;但芸娘,这位自知不久于人间,却懂得"处常得终,当何忧哉"①之理,因此态度从容的女教授,在表面上的质问里却暗含着深深的悲悯,直至悲悯转化为对应物兄的期望与信任。无独有偶,卧病在床的何为教授,一位年高德劭的老太太,著名的柏拉图研究专家,对前来探病的应物兄说:"我翻了你的书,看你提到了王阳明的善恶观。王阳明是反对程朱理学的。他开坛授徒,讲的什么?要我看,他讲的就是柏拉图。"老太太语气笃定,有说明书的神韵,却不是李洱式反讽语气的分支或分有者;在这种语气

---

① 《列子·天瑞》。

里,柏拉图和王阳明的关系,也不是 A 与 -A 的关系,就像现象学的"自知"与王阳明的"良知"并无不同。听闻何为老人的高论后,应物兄没有说,只在想:"王阳明不会知道柏拉图,就像耶稣不会知道孔子。这是两股道上跑的车。但是,人类的知识,在某一个关键的驿站总会相逢,就像一切诚念终将相遇。"很容易分辨,应物兄似乎是在陈述某种确凿不疑的事实,但又不是说明书一般的笃定语气——它还没有那么坚硬;而存乎于这等言语之中的,却是悲悯和沧桑的混合体,几近于祈祷,有类于文德能接管的那个羞涩的心愿,那个只敢藏起来的愿望:"我会成为一个把事物变美的人。"爱洛依丝(Heloise)致信她的前情郎——神学家阿伯拉尔(Abelard)——说:"当极端的悲伤让我们不得安宁,当灵魂失去理智、口舌失去言语的能力时,还有什么时刻会比这种时候更适合祈祷呢?"[1]实在没有必要怀疑,那个"关键的驿站",就是"什么时刻"都比不了的"这种时候"。但也同样没有必要怀疑,"两股道上跑的车"源于不同的语言模式,出自不同的应物原则,以及内含于这套语言模式的逻辑图示。有了汉语的视觉化(或视觉化的汉语),中国人才有能力从柏拉图的层面,理解柏拉图的智慧和灵感;才能从耶稣的角度,把握耶稣的仁慈、悲悯、至善、至真和至美。而通过双林院士、芸娘、何为和应物兄,《应物兄》暗示的很有可能是:这"白话文运动"以来过度视觉化的汉语,这为中国型塑了反讽时代和反讽主体的汉

---

[1] [法]蒙克利夫编:《圣殿下的私语:阿伯拉尔与爱洛依丝书信集》,岳丽娟译,广西师范大学出版社 2001 年版,第 21 页。

语,有必要得到改造,必须要得到改造,只因为这种语言型塑的世界,已经荒诞、疯狂和悖谬到了渐失人味的程度。九十万字的《应物兄》可以作证:这种语言完全有可能得到改造。改造的路数,唯有真正的回归;而唯有真正的回归,才是改造的路数。所谓回归,就是从视觉化汉语导致的反讽语气(李洱式反讽语气亦即笃定语气和花腔语气等只是反讽语气的特殊形式),大幅度撤退到感叹语气(亦即悲悯口吻和沧桑语气);变自吹自擂、轻佻和浮夸为羞涩。而回归的希望和可能性,正包含在"终将相遇"这四个既顶天立地,又充满悲悯意味的汉字之中。

旅居美国的儒学大师程济世说:

> 漂泊已久,叶落归根的想法是有的,剔骨还父,剔肉还母,本是人伦之常……

> 我不乐观。凡是在二十世纪生活过,尤其是在二十世纪中国生活过的人,如果他是个乐观的人,那么他肯定是个白痴。但我也不悲观,一个研究儒学的人,尤其是在二十一世纪研究儒学的人,如果他是个悲观的人,那么他肯定是个傻瓜……

程济世的话,尤其是他的话里饱含的情感,正是**被重塑的感叹语气**(亦即语气再次转向或曰回归后)型塑出来的。没有如此这般被重塑的感叹语气,程济世说的话、他说话时的神态,以及他话中的况味,都是不可思议之事——它们铁定不属于笃定语气和花腔语气。但"终将相遇",并不意味着两手空空地回到从前;相反,它意味着从"见山是山",中经"见山不是山",再一次回归到"见山是山"。它是带着作为厚重礼物的视觉化,重返故土;而初看上去,反倒像是从未离开过一般,宛如宋炜对乡村的爱护和怜惜:"其实我从来不曾离开,我一直都是乡下人,乡村啊……"(宋炜:《还乡记》之一)要知道:说这个话的人不过是心向乡村,却一直生活在城里,过的是"人生有涯而美色无边"的颓废日子(宋炜:《万物之诗》)。也许,这就是儒学大师、旅居美国的程济世先生,特别想说的话:"我们今天所说的中国人,不是春秋战国时期的中国人,也不是儒家意义上的传统的中国人。孔子此时站在你面前,你也认不出他。传统一直在变化,每个变化都是一次断裂,都是一次暂时的终结。传统的变化、断裂,如同诗歌的换韵。任何一首长诗,都需要不断换韵,两句一换,四句一换,六句一换。换韵就是暂时断裂,然后重新开始。换韵之后,它还会再次转成原韵,回到它的连续性,然后再次换韵,并最终形成历史的韵律。正是因为不停地换韵、换韵、换韵,诗歌才有了错落有致的风韵。每个中国人,都处于这种断裂和连续的历史韵律之中。"体量庞大的《应物兄》可以作证:有了回归和换韵,有了再度发生的语气转向,被重塑的感叹语气必将使汉语再一次老马识途,必将让汉语小说获取新的容颜——

  阿多诺说,没有任何抒情诗
  可以面对这个物化的世界
  阵阵好风吹过,我还是
  感到了一种顽强的诗意。

(赵野:《如何》)

"物化的世界"中的"物",刚好相异、相反于海德格尔所谓"最为顽强地躲避思想"的那种"毫不显眼的物"①,它不折不扣,正是对"时中"的冒犯,或背叛。"物化的世界"意味着反讽时代,也意味着作为反讽时代之臣民的反讽主义者,还意味着斯德哥尔摩综合征。它们都配不上阿多诺(Theodor Adorno)心目中质地纯正、品性高贵的抒情诗。所谓"好风",从隐喻的角度看过去,无非是对味觉化汉语的尽力回归而获致的语言样态,但又决不会忘恩负义于视觉化给予的馈赠和滋养。经历过难以被言说的"心境的蜕变"之后,作者李洱而非李洱刻意创造的叙事人,早已洞明了赵野暗示的那个事实:无论是小说写作的问题,还是现实生活中存在的问题,都得放到语言的层面上,方可得到理解,直至最终得到解决,或至少获取解决的希望和机会。语言哲学的常识是:改变语言就是改变世界②;"想象一种语言就意味着想象一种生活形式(a form of life)"③。很容易设想,李洱式反讽语气只能出源于地地道道的视觉化汉语。它在笃定语气的阶段,型塑了《花腔》以前的所有作品。这些作品显得硬朗、坚挺、疾速,线条结实、身板干瘦,甚至不乏因为迎合反讽语气而来的幽默感;每一个词语都神情高度专注、斗志昂扬、意志坚定,决不拖泥带水,具有毫不妥协的战斗精神。把事情说清楚和充

---

① [德]海德格尔:《林中路》,孙周兴译,上海译文出版社 2008 年版,第 14 页。
② 耿占春:《改变语言与改变世界》,社会科学文献出版社 2000 年版,第 38—69 页。
③ [奥]维特根斯坦:《哲学研究》,汤潮等译,生活·读书·新知三联书店 1992 年版,第 15 页。

当把事情说清楚的英雄,是说明书一般的笃定语气的第一原则、第一使命和归宿,因此,颇有祛魅(Disenchantment)的倾向;它把视觉化汉语的求真伦理,这个过继而来的养子,宠爱到了极致,因此,描写的比重远多于人物对话所占有的份额。李洱式笃定语气显然同意阿多诺的论断:它拒绝抒情。因为反讽时代原本就不是抒情的时代。有鉴于此,艾略特才斗胆放言:所谓现代主义诗歌,不过是对经验的转换而已;"诗歌是一种集中,是这种集中所产生的新东西。诗歌把一大群经验集中起来"——艾氏始终避免提到"抒情"二字①。也正是有鉴于此,西川才诗曰:"重新变成一个抒情的人,我投降。所谓远方就是使人失灵的地方。"(西川:《南疆笔记》)笃定语气即使有抒情的冲动,就像老年人偶尔有了难得的性渴望,其高潮,也顶多不过是三对夫妇彼此间生命不息,通奸不止。中篇小说《抒情时代》②很冷静地道明了其间的关节;而诸如袁枚、赵元任一类现实生活中曾经大名鼎鼎、如雷贯耳的名字,却成了小说中既猥琐又萎缩的通奸者们的雅号。《抒情时代》表明:在爱无能或爱之癌的时代,在受制于斯德哥尔摩综合征的那些个阴暗日子里,即便货真价实的袁枚、赵元任等人活在当下,也很可能就是这副熊样。而在小说之外的某个地方,李洱对此给出了十分明确的答案:"有一天,为理想也为稻粱谋的诗人邰筐,爬上国贸大厦的顶端眺望落日。他看到夕阳像金色的大鸟,正向远处的群山栖落。接着他看到

---

① [美]艾略特:《艾略特文学论文集》,李赋宁译,百花洲文艺出版社1994年版,第10页。
② 李洱的《抒情时代》发表于《小说界》1995年第4期。

了什么？他看到挤公共汽车的王羲之，看到了在药材批发市场忙碌的孙思邈……"①苏珊·桑塔格谈论萨特（Jean-Paul Sartre）的言论用在这里，至少（或者也许）从比喻的角度看，会相当贴切："'萨德侯爵梦想着以他的精液来浇灭埃特纳火山上的火，'萨特说，'热内颇有尊严感的疯狂比这走得更远：他替宇宙手淫。'"苏珊·桑塔格就此有十分精湛、精彩的评论："替宇宙手淫，这或许是一切哲学、一切抽象思想关切的东西：此乃一种强烈的、不那么大众化的快感，得一而再、再而三地重温。"②《抒情时代》里的赵元任、袁枚们却更倾向于干瘪；他们的精液，只配滋润与他们苟合之人的乏味的性器，却完全没有必要为怀孕而大费周章地竖蜻蜓——依赵毅衡之见，在中国传统文化中，色情和淫乱的"主导意识，是反生殖的"③。

李洱式反讽语气经过再度语气转向而来的，是花腔语气这个新阶段；它是笃定语气的升级版或加强版，型塑了中国现代小说史上罕有的杰作——《花腔》。这部作品因花腔语气的自为运作而每一个词语要么身体前倾，要么后仰，其臀部要么左摆，要么右摇，都在极尽夸张、幽默、滑稽之能事；它在全面透支了视觉化汉语的求真伦理之后，义无反顾地走向了求真伦理的反面，像极了那个女符号学家。作为作者的李洱而非李洱有意创造的叙事人，对这等"剿匪不成，反被匪剿"的尴尬

---

① 李洱：《问答录》，前揭，第418页。
② ［美］苏珊·桑塔格：《反对阐释》，前揭，第106页。
③ 赵毅衡：《意不尽言——文学的形式-文化论》，南京大学出版社2009年版，第122页。

境地有着十分明确的认识:《花腔》中"经过那么多人的讲述,我们最后看到的真相,可能就是那些材料,那些眉飞色舞的讲述,那些腔调"①。《花腔》问世之后十七年才迟迟推出的《应物兄》,则是因为语气又一次转向而型塑出来的杰作。新的语气转向不再是李洱式反讽语气的加强版,也不再是对视觉化汉语的升级、更新和换代——一如花腔语气之于笃定语气那般;而是在视觉化汉语的坚实基础上,有意识地重塑感叹语气,将诚与真结为一体,却无法从诚中剥离出真;将滔滔不绝(而非巧言令色或"佞舌")和羞涩感混合在一起,却不能将羞涩感从滔滔不绝处萃取出来②,它因此有施魅或复魅(enchantment)的倾向。外来的礼物被传家宝所化用,传家宝则被外来的礼物所圆融,这让被重塑的感叹语气拥有一种极为特殊的能力:它使《应物兄》里的每一个语词,都在挺拔之中,微微低垂着头颅,眼睛平视而又潮湿,目光柔和、温暖、刚毅而执着;使每一句话语,都像极了君子人格那般温润如玉,带有绕梁的余音,又有停留在喉头上和唇齿间的哽咽,听不见,却能够被

---

① 李洱:《问答录》,前揭,第 55 页。
② 自有新文学以来而非仅仅在当今中国,真正有反省能力的作家和诗人少之又少,以至于少到了极致。就语气型塑作品这个极为渺小却影响至为深远的角度来说,小说家李洱和诗人西川恰成比照。前者是在正、反、合的意义上进行的回归,而不是将出发时的语气推往极端,以至于最终难以为继,走向彻底失败的泥淖。李洱因此不仅挽救了自己的创作,而且在暗中进行了一场小说写作上的革命。西川的失败正在此处,他心目中的所谓反省,直接等同于一条道走到黑。他误把反省极为简单地当作了升级和换代(参阅敬文东:《从超验语气到与诗无关》,《中国现代文学研究丛刊》2018 年第 10 期)。

感知、可以被感知;使每一个长短不齐的段落,都能纤毫毕现地型塑物、事、情、人。它圆润、有光泽,反对因纯粹求真伦理带来的硬,又因诚和羞涩感的存在与软绝缘,其表情像绸缎,有如"风乍起"后被"吹皱"那"池春水"(冯延巳:《谒金门》)。对话的比重因此很高,礼貌地冲淡了描写的比重;而其精确性则是普遍的、总体的,体现于以诚和真为伦理的汉语制造的整体氛围,不单单落实于语词这个更为基本、更为基础的级别①,也不仅仅体现在语词和语词的关系当中——像索绪尔(Ferdinand de Saussure)主张和提倡的那样。

李洱的小说智慧正体现在这里:一个小说家不仅要提供独特的小说样本,还得对小说在小说本身的层面上"有所思",亦即让小说从其根子处获取意义,就像物理学家反复追问某个物理学公式到底具有何等物理学层面的意义——没有物理学意义的物理学公式既是不可思议的,也是无效的,当然更是不存在的。对李洱来说,对小说的"有所思",也许正存乎于对汉语(语言)的"有所思";小说是语言的艺术,对语言的反思,确实更有可能成为根本性的问题。回首并不算漫长的中国现代小说史,很容易看清一个事实:绝大多数小说作品仅仅是对视觉化汉语

---

① 柏桦这样说张枣:"我常常见他为这个或那个汉字词语沉醉入迷,他甚至说要亲手称一下这个或那个(写入某首诗的)字的重量,以确定一首诗中字与字之间搭配后产生的轻重缓急之精确度。"(柏桦:《张枣》,宋琳、柏桦编《亲爱的张枣》,中信出版社2015年版,第18页)从词语的层面界定精确也许对诗歌写作很重要,但对于叙事性的文体却远远不够,后者需要整体的、氛围上的精确。

或粗疏或精妙的利用①,就像中国人吃饭必须用筷子那般出乎本能。《应物兄》可能有很多个从表面上极易被观察到的主题,但潜藏在这些主题之下,又能支撑这些主题的那个最基本的主题,乃是对汉语进行的深入反思。《应物兄》极很有可能是自新文学运动以来,对这个主题所能做出的最高贡献,所能获取的最高成就。这意味着,《应物兄》已经将自己提升到了**元小说**(metanovel)②的层面:一种关于小说的小说,一种反思小说的小说,一部向外凝视却以向内观照自身为前提的小说。

---

① 汪曾祺可能是少有的例外。自其创作伊始,汪曾祺的小说语言就有意识地尽可能恢复汉语的味觉化,尽管他不可能说出味觉化汉语这个概念(参阅汪曾祺:《汪曾祺人生漫笔》,同心出版社2005年版,第300—320页),这极有可能是汪氏的小说很受欢迎的原因之一。另一个具有代表性的人物是当下很受欢迎的小说家葛亮。其《北鸢》等作品表明,葛亮采用的方案是尽可能向《红楼梦》《金瓶梅》的语言方式靠拢。他可能也是有感于视觉化汉语在自身的维度上走得太远,因此有必要纠偏。如果情况果然如此,那葛亮采取的方案和李洱的方案比起来反倒显得更为极端。

② 有学者认为从词源学上辨析过:"在希腊语中,meta('元')既指'在……之外或之后'(类似拉丁语中的 post),又指地点或性质的改变(与拉丁语中的 trans 相关),即运输和(或)超越,如 metaphor(隐喻)一语的词根所见。"([美]爱德华·索亚:《第三空间:去往洛杉矶和其他真实和想象地方的旅程》,陆扬等译,上海教育出版社2005版,第41页)但此处仍恪守 meta 在当下的含义:"关于什么的什么……"特此说明。

腹　语

《应物兄》长达九十万字。在它开篇大约两千字左右的地方①，出现了这样两句话——

"就这么说，行吗？"他问自己。

"怎么不行？你就这么说。"他听见自己说道。

这里的"他"是应物兄，"你"当然还是应物兄，宛如鲁迅家的后园墙外那两株树，像商量好了一样，竟然都是枣树。"这些话，他虽然没有说出来，但他听见自己在说（或在这么说）……""他听见自己说……"等等，诸如此类的句子，密密麻麻，散见于《应物兄》，直至成为整部《应物兄》里最常见的句式之一②。实

---

① 据李洱介绍，《应物兄》的原稿体量更为庞大，一度达到两百万字，他是从两百万字中淘出目前九十万字的定稿（李洱：《〈应物兄〉后记》，《收获·长篇专号》2018年冬卷）。

② 另一个最常见的句式是："我们的应物兄……"，本文接下来会对此有详细论述。

际上,这一类句子跟"他听见自己说道……"完全等值(equivalent),其长相和腰身相差最多不过五毫米;而从形态学的角度看过去,它们只可能属于同一个种。这是应物兄教授为有效应对物、事、情、人,精心隐藏于其腹心地带的说话方式,有一种应氏牌的"时中"效果,既不多(或不早),也不少(或不晚)——对此,被重塑的感叹语气起到了至关重要的创生作用。虽然这等句式在《应物兄》中出现的次数多到不胜枚举的地步,但其核心,却也仅在于"他听见自己在说……",或者"他听见自己说道……"。这种说话方式在实在无以名之之下,满可以名之为**腹语**。顾名思义,腹语有似于四川俗语里所谓的"肚皮官司",无声,却极为倔强。它有时只说给应物兄听,应物兄只需在心里点点头,或者摆摆手;有时在说给应物兄听的那一刻,还让应物兄自认为在心里(或者在肚皮里)回答了别人的问题,完成了和对方的交流,因而无须额外多费喉舌——沉默,却并不意味着无语。但时不时也会有变通的形式出现:"'你的意思是,这两者缺一不可?'这是谁问的?是我吗?反正我听到这么一声问。"在这里,"我"当然还是应物兄;此时,这个"我"却将本该无声而又内在的腹语,给有声并且外在化了。但也正好是如此这般的变通形式,能够证明腹语有时候居然可以达到无意识的程度,侵入本能的层面。而作为以反思汉语为潜在主题的元小说,《应物兄》当然知道自己在做什么;否则,它大约不会这么早,就将底牌暗示给那些有心的读者。费尔南·布罗代尔(Fernand Braudel)双手一摊:"拒绝某个人意味着已经认识他。"①那认识

---

① [法]费尔南·布罗代尔:《论历史》,刘北城译,北京大学出版社2008年版,第28页。

某种语气,又到底意味着什么呢?

德高望重的乔木先生,应物兄教授的博士导师兼岳父,曾经教导应物兄道:"俄语的'语言'和'舌头'是同一个词。管住了舌头,就管住了语言。舌头都管不住,割了喂狗算了。"数千年来,对于汉语和说汉语的中国人,舌头一直是暗中存在的大问题,是隐疾。费边,也就是"聚啸书房"的那位分析哲学家兼精神分析学家,亦即《午后的诗学》中那位令人发笑的主人公,"双爱版本"的发明人,热衷于多嘴多舌却不仅常常言不及义,有时还更上层楼那般,达致语义空转的境地①:"从他嘴里蹦出来的话,往往是对自己日常生活的精神分析";一旦有性冲动一样的分析冲动出现,用于精神分析的那些"词语立即从舌面上跳了出来,蹦上了桌面"。在乔木先生眼里,刚刚取得学位的应物博士年轻气盛,想法众多;他因此揶揄应物不该像费边那般"人云亦云吧,表情还很丰富",而且"接话太快",像是没过过脑子一样。乔木先生对"人云亦云"的汉语看法,很是巧合于卡尔·曼海姆(Karl Mannheim)的德语观点:"个人说话时使用的语言不是他自己的语言,而是他的同时代者和为他做好了铺垫的前辈们的语言。试图通过观察单一的个人而推导出一种语言是不正确的。"②但观察单子式个体的言说方式,却可以知道,究竟什么才有资格被称为陈词滥调。而以苏珊·桑塔格之见,"尤内斯

---

① 关于语义空转的内涵和特点,可参阅敬文东:《具象能拯救知识危机吗?——重评韩少功的〈暗示〉》,《当代作家评论》2014年第5期。
② [德]卡尔·曼海姆:《意识形态与乌托邦》,姚仁权译,中国社会科学出版社2009年版,第2页。

库对陈词滥调的发现,意味着他拒绝把语言当作一种交流或自我表达的工具,而是把它当作可替换之个人在某种形式的恍惚状态中所分泌的一种奇异的物质。"①因此,至少从纯洁语言、不伤害语言的角度看,或从语言能否焕发新颜和怎样才能焕发新颜的层面观察,无论在中国还是在西方,管住舌头都是大有必要的事情。熊伟,海德格尔的中国徒弟,对"我""在""思""说"有一个简短有力的辨析:

"我"究竟在不在?

在的。不在,"我"还思?

"我"究竟思未思?

思的。不思,"我"还在?

"我"在,"我"思。"我"思,"我"在。

并不是:我思,"故"我在。

是:我在,我思,"故"我说。②

听从乔木先生的教导后,应物开始了较为漫长的刻苦修炼,但他主要还是在熊氏所谓"思"和"说"的层面上做文章,下功夫。不过,情况并非一开始就显得很友好:"伴随着只有他自己才能够听见的滔滔不绝,在以后的几天时间里,他又对这个现象进行了长驱直入的思考:只有说出来,只有感受到语言在舌面上的跳动,在唇齿之间出入,他才能够知道它的意思,他才能够在

---

① [美]苏珊·桑塔格:《反对阐释》,前揭,第128页。
② 熊伟:《自由的真谛——熊伟文选》,中央编译出版社1997年版,第24页。

这句话和那句话之间建立起语义和逻辑上的关系。"看起来,反思汉语的《应物兄》确实非常了解汉语的习性:它以味觉(亦即舌头)为中心,组建自己的应"急"和应"激"系统。但《应物兄》同样很清楚的是:对于正在修炼中的应物来说,他目前达致的境界距离乔木先生对他的要求,还差得很远;对舌头的依赖和迷恋,表明他仍然是个普通的"舌头控",必须依靠舌头才能思考,正所谓"舌者,音声之机也"①。但患有"舌头控"的应物几经努力,还是很快掌握了"控""舌头"的手段和本领,以至于"他的自言自语只有他自己能听到。你就是把耳朵贴到他的嘴巴上,也别想听见一个字。谁都别想听到,包括他肚皮里的蛔虫,有时甚至包括他自己"。再往后,未来的儒学家,应物兄教授"还进一步发现,周围的人,那些原来把他当作刺头的人,慢慢地认为他不仅慎言,而且慎思。但只有他自己知道,他一句话也没有少说"。为什么即使把语言或舌头压制到腹腔里,或打发于无形,也不会少说哪怕一句呢?《应物兄》的主人公,"语言低烧症"患者,济州大学的董松龄副校长给出了答案:在一个运转疯狂的反讽时代,每个人需要"处理的关系,太多了,太杂了"。这种辛苦修炼而来的状态,让"我们的应物兄"不免暗自高兴,甚至暗自得意起来:他"慢慢弄明白了,自己好像无师自通地找到了一个妥协的办法:我可以把一句话说出来,但又不让别人知道;舌头痛快了,脑子也飞快地转起来了;说话思考两不误。有话就说,边想边说,不亦乐乎?"以至于他常常处于这样的言说状态:"还

---

① 《内经·灵枢·忧恚无言》。

有一句话,在他的舌面上蹦跶了半天,他犹豫着要不要放它出来。"或者处于这种离奇的状态:"'滚'这个词其实已经连滚带爬到达了他的舌面,但又被他咽了回去。"这简直就像床上老手那般收放自如,对分寸的拿捏既不多,也不少,几至于"时中"——应氏特有的那种"时中"。很显然,这是丰裕,而非匮乏或稀缺,因为"犹豫着要不要放它出来"和"又被他咽了回去"意味着有选择,有选择总是意味着机会良多。但对于应物兄来说,腹语所能达致的较高境界和较高水平在这里:

"你怎么会有这种感觉?"他问自己。

"他一定是被'为湿最高花'这个意象感动了。"他用第三人称方式说。

很快,他就回到了现实中……

腹语意味着丰裕,意味着在言说的方式上拥有不止一个选项。这为应物兄从研究文学(这需要滔滔不绝)转为研究儒学(这需要"讷于言而敏于行"[1]),奠定了基础。有众多的事实支持这个结论:应物刚掌握腹语,那些认识他的人就"认为他不仅慎言,而且慎思"。而"博学之,审问之,慎思之,明辨之,笃行之"[2],正是儒门信条,它对语言充满了谨慎的质疑。但先于"奠定了基础"的,则是早早埋下了命运层面上的草蛇灰线。所谓命运,就是事先无从得知其答案的意思,虽盲目,却必然,正有一番毫无道理的大道理在。对此,乔木先生似乎很有先见之明。

---

[1] 《论语·里仁》。
[2] 《礼记·中庸》。

他在教导应物兄管住舌头的同时,也为后者指明了学习的榜样,榜样很有深意地来自孔门儒家:"孔夫子最讨厌哪些人?讨厌的就是那些话多的人。孔子最喜欢哪些人?半天放不出一个屁来的闷葫芦。颜回就是个闷葫芦……日发千言,不损自伤。"苏东坡说得似乎更为"直撇"①:"子路之勇,子贡之辩,冉有之智,此三者,皆天下之所谓难能而可贵者也。然三子者,每不为夫子之所悦。颜渊默然不见其所能,若无以异于众人者,而夫子亟称之。"②应物兄用第二人称方式发问自己,又用第三人称方式回答自己——这等情形或许意味着:《应物兄》很可能在向读者暗示,它的头号主人公从一个极为隐秘的渠道,机缘巧合或命中注定那般,碰巧进入了"吾日三省吾身"③的境地——儒家在修身上的初阶入门,也正有一番毫无道理的大道理在。而当乔木先生把女儿乔姗姗许配给应物兄时,后者再次以疑似"吾日三省吾身"的态度,来了一番颇为扎实的自我反省:他"不由自主地用第三人称发问:'是他吗?这是真的吗?'然后是第二人称:'你何德何能,竟得先生如此器重?'然后才是第一人称:'这说明我还是很优秀的嘛。'"基督教的忏悔机制是外向的,它最终指向至高无上的神,所以忏悔是有声的,有听众的,比如必须保守秘密的神父;"吾日三省吾身"是内向的,它只能求助于道德主体的自身之诚,因而它是无声的,如果有听众,也只能是无声的反省者。应物兄的腹语拥有三种人称,这不但把反省的内向

---

① 蜀语,干脆、直接的意思。
② 〔北宋〕苏轼:《荀卿论》。
③ 《论语·学而》。

机制给摆明了,还为适应反讽时代而将反省复杂化了,因为味觉化汉语支持的"吾日三省吾身"只有一种人称——我(吾)。

乔木先生的名言:"长大的标志是憋得住尿,成熟的标志是憋得住话。""憋得住尿"只涉及生理,止步于动物的水平;"憋得住话"除了生理之外,还相关于对汉语自身伦理的尊重。从其起始处,古老的感叹语气(亦即沧桑语气和悲悯口吻)就知道自己的限度何在(亦即"知止"),它提倡"不着一字,尽得风流"①。因此,"知止"乃是感叹语气从娘胎处获取的羞涩感;羞涩感导致的结果之一,就是管住舌头,必须管住舌头,这危险的"音声之机"②。和西方人对逻各斯抱持充分信任的态度和心理大异其趣,在中国古典思想的各家各派中,语言常常是被质疑的对象。道家从言不尽意的角度,有意识地主张"筌者所以在鱼,得鱼而忘筌;蹄者所以在兔,得兔而忘蹄;言者所以在意,得意而忘言"③。佛家也有言:"世界,非世界,是名世界。如来,非如来,

---

① 〔唐〕司空图:《诗品·含蓄》。
② 古云:"皇皇惟敬,口生口,口戕口。"(〔西汉〕戴德:《大戴礼记·武王践阼》)这把食之口和言之口之间的关系说绝了;在中国历史上,言之口往往会成为食之口的掘墓者。这也是汉语必须考虑的现实境遇。《应物兄》里有一个角色,名叫孟昭华,是应物兄的博士生,写下的一首打油诗,既可以为"口戕口"做注,也能证明《应物兄》深知"口戕口"的真意:"朕学两声驴鸣,须当呼啸来听。避祸于世何难?只需收敛驴性。……年寿有时而尽,全赖乖乖听令。莫等断喉尽肉,伤了君臣感情。众卿若不相信,请听黔之驴鸣。"
③ 《庄子·外物》。黄帝快意巡游时丢失了"玄珠",乃令"离朱"(视觉)、"吃诟"(言语)寻找而未果,最后是"象罔"(非意向性)完成了任务(参阅《庄子·天地》)。这个故事依然是对语言和视觉的不信任。关于视觉,苏轼说得十分凶狠:"五官之为害,惟目为甚。"(〔北宋〕苏轼:《雪堂记录》)

是名如来。"①儒家则另有思路。子曰："刚、毅、木、讷,近仁。"②子再曰："古者言之不出,耻躬之不逮也。"③仁依靠的,是跟诚连为一体的实践,它委身于诚;从一开始,与诚相依偎的实践就不是轻而易举的说、轻巧的说,更不是巧言令色——行不逮言是可耻的④。但也并非意味着什么都不说;即使是颜回那种"半天放不出一个屁来的闷葫芦",也会在必须要说的关键时刻,关键性地说上那么几句因此,历史上才有颜子对鲁定公曰:"昔者帝舜巧于使民……"⑤无须佛学东渐,或西来,"不打诳语"就已经成为味觉化汉语遵从的戒律——"不打诳语"既是"知止"的根本内涵,也是对"知止"的准确注释。吉尔伯特·赖尔(G. Ryle)貌似睿智地认为,"外在的种种有意识的行为并不是研究心灵活

---

① 《金刚经》。
② 《论语·子路》。
③ 《论语·里仁》。
④ 这里有一个很有趣的问题:语言不值得信任;但语言又得描述事物、陈述世界。不值得信任的语言描述的事物和陈述的世界又怎么值得信任呢? 这就是胡塞尔提出的那个问题:"认识如何能够确信自己与自在之物一致,如何能够'切中'这些事物?"(胡塞尔:《现象学观念》,前揭,第7页)汉语思想提供的解决方案是一分为三:言、象、意:"象不是道本身,而是道之见(现)。象也还不是器,尽管是成器的灵感……道、象、器三者间,呈现为这样的梯形关系:道无象无形,但可以悬象或垂象;象有象无形,但可以示形;器无象有形,但形中寓象寓道。"(参阅庞朴:庞朴:《一分为三》,海天出版社1995年版,第227—231页)这正是王弼想说的:"夫象者出意者也,言者明象者也。尽意莫若象,尽象莫若言。言生于象,故可寻言以观象。象生于意,故可寻象以观意。意以象尽,象以言著。故言者所以明象,得象而忘言;象者所以存意,得意而忘象。"(王弼:《周易略例·明象》)汉语思想相信,有了一分为三的思维方法,有象从中作伐,汉语还是可以把握世界的。
⑤ 《孔子家语·颜回第十八》。

动的线索,它们就是心的活动。"因此,赖氏极力举荐了一个方案:诸如"在心里"这样的词语,应该永久性地被废除①。这刚好跟塞拉斯坚定不移地将心境认作语言事件完全相反②。和孔夫子的睿智、沉稳相比,赖尔实在是幼稚有加。任何语言都天然具有说谎的能力,言、行分际因此是完全可以想象甚至必然的事情;彻底清除心理主义的语言观(也包括清除心理主义的现象学),归根到底,只能是一种莫名其妙的语言观,一种无心的语言观,它像被商纣王掏去心脏的比干一样必死无疑——这种语言观根本没有应物的任何能力。在中国古典智慧中,适度的谨言(而非禁言)恰如孔夫子倡导的那样,是合理的,是被味觉化汉语所支持的,腹语的存在因此自有其道理③。尽管腹语并非仅仅意味着谨言(它的内涵远远超过了谨言和禁言),但谨言者无疑更容易被信任、被尊重。比如,曾经把应物兄"当作刺头的人",也因腹语的存在,转而尊重和信任作为前"刺头"的应物兄。

除此之外,感叹语气因羞涩感而诱发出的语言(language;langue)自身的禁忌,亦即语言自身的纪律,也乐于支持言说

---

① [英]吉尔伯特·赖尔:《心的概念》,徐大建等译,上海译文出版社1988年版,第55页。
② 参阅 Wilfrid Sellars: *Empiricism and the Philosophy of Mind*, Harvard University Press,1997,p.63。
③ 罗兰·巴特说得很好:"沉默是一种告退的方法,然而值得注意的是,作为告辞,也就意味着这种批评的失败。"([法]罗兰·巴特:《批评与真实》,前揭,第30页)因此,禁言就更是错误的;禁言也和汉语的羞涩无关,它只能被看作汉语自身的失败。

(speech;parole)上的纪律和禁忌。作为李洱早期最杰出的作品之一,《遗忘》和它的叙事人(亦即博士生冯蒙)都清楚地知道:"避讳辞格已经广泛地融入了日常生活。南方多个省份讳'舌'——折(shé,折本),人们就反其意而用之,四川有些地方把猪舌头称为'猪招财',湖北有些地方干脆称之为'赚头'。由于所有的避讳都跟'舌头'(发音所需要的最重要的器官)有关,我们不妨把避讳这个辞格形容为舌头的自我管辖。"不用说,"舌头的自我管辖"是一种含有好几分神秘感的经验性禁忌,这正是"一语成谶"当中那个"谶"所暗示、所包含的东西;像许多别的人间礼仪那样,"舌头的自我管辖"经过长时间的心理积淀,令人诧异但也合情合理地从经验上升为先验①,直至反过来再度加固了感叹语气的羞涩感,也为腹语被《应物兄》所型塑,提供了更多的道理、更多的合法性,当然,更多的方便。

  刘慈欣有一个科幻短篇小说名曰《朝闻道》,内中虚构了一个真理祭坛。地球人所有百思不得其解的超级难题,比如费尔玛和哥德巴赫两个猜想的最后证明,比如恐龙灭绝的真相,主持祭坛的外星人都能够轻松自如地提供唯一正确的答案。对于外星人来说,所有人间的智力难题都不成其为问题。但被告知唯一正确答案的地球人,比如数学家,比如古生物学家,在狂喜中,只能将答案品味十分钟,然后必须死去:这是外星人为那些渴求

---

① 李泽厚认为,经验性的礼仪上升为先验性的礼仪在儒门历史上很常见;除此之外,李泽厚还暗示,这在人类思维中也很常见,并非中国或儒门所独有(参阅李泽厚:《历史本体论》,生活·读书·新知三联书店2002年版,第44—49页)。

答案者开出的条件。全地球许多最顶尖的科学家不顾家人的哀求,甚至不顾本国元首的恳请,纷纷在快乐中被化为灰烬。想获知这些问题的答案,是他们一生最主要的目的;考虑到他们愿意为答案而死去,那知道答案就直接上升为他们活着的唯一价值。就在祭坛主持者即将大获全胜的时刻,坐着电动轮椅的史蒂芬·霍金出现了。他提出的问题是:"宇宙的目的是什么?"祭坛主持者只好恭请史蒂芬·霍金走人,因为他也不知道宇宙的目的到底存乎何处。维特根斯坦说得再清楚不过:"即使一切可能的科学问题都能解答,我们的生命问题还是仍然没有触及。"①很容易想见,自态度过于决绝的"白话文运动"以来,实际上一共有两套汉语同时并在(这样的"并在"状态跟反讽无关,只跟语言的功能和用途有染):一套以真为伦理,它指向快乐的十分钟,指向双林院士因求真伦理而产生的谦逊感,它是李洱式笃定语气的根源,它型塑了反讽时代和反讽主体的加强版(亦即双重的反分主体),它让反讽主义者纷纷坠入斯德哥尔摩综合征那阴森、可怕的窠臼,它是对"时中"的冒犯。求真不惜以快乐地走向灰烬为代价:这是在极端情形下,出现的逻各斯版本的"朝闻道,夕死可矣",在西方历史上并不鲜见,比如,因捍卫日心说而上了火刑架成为烤鹅的布鲁诺(Giordano Bruno)。另一套汉语以诚为伦理。它指向意义和价值的领域,指向各种性状、型号和性质的修行行为,指向史蒂芬·霍金的疑问,指向

---

① [奥]维特根斯坦:《逻辑哲学论》,郭英译,商务印书馆1985年版,第97页。

程济世的智慧和芸娘的悲悯。宇宙的目的到底何在,是所有层次的悲悯中最高的悲悯,也是所有形式的智慧中最高的智慧,只因为它既是人的最高尺度,也是人的最后尺度①。但"白话文运动"之后,以诚为伦理的汉语长期处于弱势地位;发生在两套汉语之间的首次交锋,则出现于1920年代的"科玄之争"②。那时,"白话文运动"尚在进行之中,正处于青春期独有的逆反时期,知识界对科学的迷信正呈如火如荼的燎原之势。结局似乎不言自明:求诚的汉语以完败告终,至少求真的汉语相信自己取得了全面的胜利③。两种汉语泾渭分明地划江而治到底意味着什么,《应物兄》力所能及地给出

---

① 张岱年先生糅合董仲舒的"人之为人本于天"(〔西汉〕董仲舒:《春秋繁露·为人者天》)、世之大者"起于天至于人而毕"(〔西汉〕董仲舒:《春秋繁露·天地阴阳》)等观念,提出了"天人本至论"(参阅《张岱年学术论著自选集》,首都师范大学出版社1993年版,第265—266页)。这个提法也许可以证明"宇宙的意义何在"为何有那么高的问题意识。

② 但这并不表明两种语言没有通约性。但这个问题不准备在正文中叙述,以免影响行文的流畅,以免冲淡主题。事实上,求真的逻各斯可以将道德—伦理数字化。米歇尔·翁弗雷(Michel Onfray)转述过夏尔·傅立叶(Charles Fourier)在《爱的新世界》里的一个观点,"《爱的新世界》呈现哲学家的所有设想:拉拉杂杂地论述各种绿帽子,分出七十六种之多(有总疑心老婆偷人的,也有老婆长期偷人而自己蒙在鼓里的,有软骨头到处求人放过老婆的,也有被老婆欺负的窝囊废逢人便说自己无辜的,有拿了老婆钱财就任凭老婆在外面招蜂惹蝶的,也有一心想娶富家女最终却倒贴钱的)。"(〔法〕米歇尔·翁弗雷:《哲学家的肚子》,林泉喜译,华东师范大学出版社2017年版,第78—79页)同样地,求诚的汉语可以将表征精确化的数字用于伦理—道德:"遇美色流连顾盼:一过;无故作淫邪之想:一过;淫梦一次:一过;淫梦而不自刻责,反追忆摹拟:五过;有意与妇人接手,心里淫淫者:十过。"(《十戒功过格》)

③ 事后对"科玄之争"有很多后视性的反思,可参阅李泽厚《中国现代思想史论》,东方出版社1987年版,第50—65页;参阅黄玉顺:《"科玄之争"再评价》,《中国哲学史》1999年第1期。

了答案①。

　　身在美国的程济世对故乡济州的蟋蟀(名曰济哥)念兹在兹;但据传因污染等问题济哥已经绝迹。济州大学生物学教授华学明带领一个小团队,居然用死去的济哥的卵细胞,复活了济哥的大鸣唱。其传奇程度之高,有如好莱坞科幻大片《侏罗纪公园》里用恐龙化石中残存的恐龙的 DNA,复活了恐龙。济州大学校长葛道宏由此认定:济哥的羽化,是中国传统文化与现代科学的结晶体,也是生物学研究领域里的重大突破;要是华学明教授哪天获得诺贝尔奖,大家无须吃惊。在得知野生济哥并没有真的绝迹后,华学明忍受不了刺激,终于疯了。《应物兄》在这里暗示的是:如果以诚为伦理的汉语和以真为伦理的汉语处于绝缘状态,极有可能导致诸多不良后果,发疯应该位列其间;华学明因为陷入语言伦理的死胡同,宁愿要他复制、复活的济哥,也不愿待见野生的、天然的蟋蟀。罗曼·雅各布逊(Roman Jakobson)曾经有过一个极为大胆的推测:"相似性出现障碍的结果是隐喻无法实现,毗连性出现障碍则使换喻无法进行。"无论是换喻无法进行,还是隐喻无法实现,都将导致舌头的阳痿状

---

① 《论语·为政》有云:"子曰:诗三百,一言以蔽之曰,思无邪。""思无邪"出自《诗经·篇》。程树德《论语集释》引《项氏家说》曰:"思,语辞也。"《论语集释》在"别解"条下引"郑氏《述要》"中的讨论后认为:"思无邪"中的"邪"当释义为"虚"。因此孔子所谓的"思无邪"并非"诗三百"皆不涉邪辟,准确的意思是"诗三百篇,无论孝子、忠臣、怨男、愁女皆出于至情流溢,直写衷曲,毫无伪托虚徐之意"。《诗经》各篇都是由衷之言,是其真实情志的流露(参阅杨立华:《获麟绝笔以后》,《读书》2004 年第 8 期)。很显然,此处的所谓真实情志不是视觉化汉语的"真实",只能是味觉化汉语的"诚"。

态:失语症①。很容易分辨:发疯较之于失语如果不说更加可怕,起码称得上同样可怕,虽然导致它们的原因各不相同。因此,作为小说成品的《应物兄》堪称成就非凡:得到重新塑造的感叹语气有能力将两套汉语成功地纳于自身;在被重塑的感叹语气那里,这两套语言不但不划江而治,不但不相互冲突,反倒彼此成全、互相造就,恰成掎角之势,有如著名的常山之蛇。所谓被重新塑造的感叹语气,就是有意弱化了指向快乐十分钟的汉语,强化了指向智慧的沧桑语气、悲悯口吻和羞涩感,让强硬的笃定语气尽可能多地软了下来(但不是消失,也不可能消失)②。从叙事学的角度观察,应物兄以及他辛苦修炼而来的腹语,刚好是,也只能是被重塑的感叹语气型塑的结果:被重塑的感叹语气所到之处,应物兄和他的腹语就像没人看得见其生长的

---

① 〔俄〕雅各布逊:《隐喻和换喻的两极》,张祖建译,伍蠡甫、胡经之主编:《西方文艺理论名著选编》,北京大学出版社1987年版,第429页。
② 其实,早在1931年,瞿秋白就意欲发动一场清除"五四"白话的文言、欧化倾向的"第三次文学革命",亦即"文腔革命"(参阅瞿秋白:《瞿秋白文集》文学编第3卷,人民文学出版社1989年版,第148页)。"第三次文学革命"的核心,就是要弱化汉语中的视觉中心主义。1990年初,徐坤有一部中篇小说,叫《白话》(首发于《中国作家》1993年第1期),讲的是一群学院和科研院所人高度受制于视觉化汉语而离现实生活太远,急需要向人民群众学习日常用语,算得上瞿秋白的同道。韩少功则在《暗示》中为那些因受制于高度视觉化汉语的病态者提供了一个医疗方案名曰"非语言心理治疗"(nonverbal psychotherapy):用雕塑、戏剧、化妆、音乐等曾经被"书呆子"们有意漏掉的具象,唤回一个普通人的正常感觉,打破他们心智上的危机,清除他们内心中寄存着的语言上的偏执性紊乱(韩少功:《暗示》,人民文学出版社2002年版,第330页),韩少功在此也算得上瞿秋白的另一种一样上的同道。

草木那般,没有人看得见其诞生。但应物兄和他的腹语诞生后形成的腰身与容貌,那火山喷发之后的定型状态,却能被所有合格的读者尽收眼底。

《应物兄》开篇的第一句话是:

"应物兄问:'想好了吗?来还是不来?'"

紧接着是这样的描写:"没有人回答他,传入他耳朵的只是一阵淅淅沥沥的水声。……旁边别说没有人了,连个活物都没有。"在此,《应物兄》的第一主人公要么是以无声而内在的腹语,在跟他想象之中的人对话;要么就是将腹语外在化和声音化了。但无论是哪种情况,作为一部以反思汉语为潜在主题的小说,《应物兄》从其起始处就在暗示:被重塑的感叹语气型塑了应物兄及其随身携带的腹语;腹语则是应物兄在反讽时代最重要的应物方式。腹语意味着:在发话人和受话人之间,没有任何阻隔;它倾向于只有现在,或只倾向于现在,恰如"时间不再是有待跨越的断裂,它实际上支撑着时间的进程,而'现在'则根植于这一进程之中"①。腹语的唯一时间形式是"现在","现在"却并非一个单子式的瞬间,它是过程,有点类似于柏格森(Henri Bergson)所谓的绵延(duration)②;仰仗它,"我们的应物兄"在反讽时代才得以稍有尊严地存活。实际上,《应物兄》对

---

① 张隆溪:《道与逻各斯——东西方文学阐释学》,冯川译,江苏教育出版社2006年版,第214页。
② [法]柏格森:《时间与自由意志》,吴士栋译,商务印书馆1997年版,第73页。

"现在"有非常李洱式的解释。在程济世和年龄小他很多的谭淳即将发生一夜情之前的几个小时里,两人有过一个简短的对话:

> 谭淳说:"喝茶的人喜欢谈过去,喝酒的人喜欢谈未来。"
> 程先生问:"那你喜欢谈过去,还是谈未来?"
> 谭淳说:"我喝咖啡。喝咖啡的人只谈现在。"

而所谓应物,王鸿生先生的理解很正确:"主要还是应人。"①准确地说,是在"现在"构成的场域内应人;或者,是"应"此时此刻之"现在"当中的那个"人"、那些"人"。对此,应物兄又很自觉,也很深刻地认知。有一次在美国,他听闻程济世先生提到赫拉克利特的时候,突然想起了赫氏的一句名言:一个人的性格就是他的命运。接下来,他的腹语颇有些"吾日三省吾身"的气度,但这一次,他使用的人称代词是"我"("吾"):"我的性格很好,但命不好。因为觉得这有些怨天尤人的意思,所以他又悄悄地把这句话改了一下:我的性格不好,但命好。因为我遇到了程先生。然后他问自己:性格好命不好,和性格不好命好,哪个好?"带着这种自知中尚有疑问、疑问中也有自知的腹语,应物兄开始了他真正的人生之旅。

在味觉化的汉语思想里,饮食男女不仅大如天,被认为还能够影响天的运转——或许,这跟成己以成物有既隐秘又神秘的

---

① 王鸿生:《〈应物兄〉:临界叙述及风及门及物事心事之关系》,《收获·长篇专号》2018年冬卷。

联系。宋人罗泌引董仲舒:大旱之年,当局得"令吏妻各往视其夫到起雨而止"①。陷孔子大义于"灾异论"②的董仲舒本人说得更直接:为救民于大旱和炎热,朝廷有必要"令吏民夫妇皆偶处。凡求雨之大礼,丈夫欲臧,女子欲和而乐神"③——男女交配的意义和重要性被提到了空前的高度。且看董仲舒在其反讽时代的同道,"我们的应物兄",如何跟他的婚姻打交道。前应小五的太太乔姗姗是其导师乔木先生的独生女儿;姗姗最初爱上的,是应物兄研究生时期的好友郏象愚(亦即后来的敬修己),甚至放弃学业跟郏象愚私奔过一阵,却终因郏象愚的断背之好,于愤懑中重归家门,并在父亲的授意下,和应物兄成婚。婚后,乔姗姗整日里故意找碴和丈夫大吵大闹。当已经懂事的女儿问应物兄:"她经常气你,故意气你。我知道的。但你仍然没有离开她。"作为父亲,应物兄只好为孩子给出了有声化的回答,而非腹语:"如果你妈妈离开我,嫁给了别人,而另一个男人就会受苦。与其这样,还不如我受苦。这个道理,还真不好讲。如果那个男人受了苦,不一定能忍得住,那么,什么事情都可能发生。"接下来,便是无声化的腹语:"说出这番话,你感到委屈吗?他在心里问自己。"很容易理解,"他在心里问自己"是"他听见自己在说"的变形版本,或变通形式。以"现在"为唯一时间形式的腹语型塑于被重塑的感叹语气,因此,作为一种次生语气,或二级口吻,腹语中暗含的悲悯和沧桑就既是真实的,也是

---

① 〔南宋〕罗泌:《路史·余论》引董仲舒《请雨表》。
② 参阅苏渊雷:《钵水斋外集》卷一。
③ 〔西汉〕董仲舒:《春秋繁露·请雨止雨篇》。

真诚的,应物兄因而不会为那番话感到任何委屈,反倒"让他觉得很自豪","让他觉得很庆幸"。

归根到底,腹语是应物兄通过相交于众多的反讽主体,而跟整个反讽时代打交道的主要方式。生物学家华学明的前妻找到应物兄,希望应物兄能帮忙从华学明那里,给这个女人争取到一大笔补偿费。有意思的是,这个女人忘记了一个极为重要的法律事实:她和华学明离婚后,又结了一次婚。作为热衷于公益事业的著名律师,这个女人竟然假装搞不清楚自己是否有资格向离异多年的前前夫索赔。应物兄在自家的客厅里,看着眼前这个女人,听见自己在说:

> 但是现在,你以倒骑驴的姿势,坐在我的客厅里。你自己出丑,又巴不得别人出丑。你怎么变成了这个样子?他用眼睛的余光看着她,就像望着一代人。哦,我悲哀地望着一代人。这代人,经过化妆,经过整容,看上去更年轻了,但目光黯淡,不知羞耻,对善恶无动于衷①。

一百多年前,谢阁兰(Victor Segalen)致信他的法国同胞:

---

① 但通读《应物兄》可得知,即使是被叙事人鄙视的角色(比如此处提到的这个女人),叙事人都手下留情,没有斩尽杀绝。很多年前,李洱貌似为这种情况给出了解说:"所有写丑恶的作家,思想都有丑恶的部分。因为人写黑暗的时候,是以自己内心的黑暗为依据的,自己黑暗不到那一步,你就写不到那一步。"(李洱:《问答录》,上海文艺出版社2013年版,第38页)但这个解释太表面化;真正的原因,是叙事人使用的语气决定了丑恶会被写到何种程度。《应物兄》出源于被重塑的感叹语气,里面的每个人物因此都得到了悲悯,不会坏得太露骨,卑鄙得全然令人不齿。

"只要礼貌,在中国旅行是安全的。"①——至少不会受欺骗。但千万不要忘记,谢氏这样说的时候,视觉化汉语最多处于春情萌动的阶段,连受精、着床都说不上,更何况胎动和出生。但同样不可忘记的是:反讽时代的实质乃是 A 与 -A 同时并在;奔向自身意图的人,却总是以达致意图的反面为终结。这个坚硬并且荒寒的实质能够导致的结果至少有二:爱无能;知耻者耻也。而自"白话文运动"以来,这种局面就暴风骤雨一样愈演愈烈,就横扫一切害人虫那般风鹏正举,至今不知其尽头何在、终点何处;被重塑的感叹语气顶多处于理想的状态,处于不胜其害的反讽主体们的渴望之中,或者,仅仅落实于纸面的《应物兄》——它内中的大悲大悯,正出源于被重塑的感叹语气独有的型塑能力;而被重塑的感叹语气和大悲大悯的《应物兄》,正处于互为因果、互为母子的关系当中。面对不知羞耻为何物的反讽主义者,面对不知善恶为何物的反讽时代,即便是为了减少生存上的麻烦,"我们的应物兄"除了施之以腹语,还能怎样将他的观点和态度有声化和外在化呢?鲁迅早就讲过:说这个孩子要死是必然之事,说这个孩子富贵是在说谎。但说谎的得好报,说必然的遭打②。腹语卧底于反讽时代所有用于交流的话语形式组成的话语市场(Discourse Market)③,它因此必须同时是舌头和耳膜:它用舌头说给应物兄听;它的耳膜

---

① [法]谢阁兰:《谢阁兰中国书简》,邹琰译,上海书店 2006 年版,第 8 页。
② 鲁迅:《野草·立论》。
③ 敬文东:《虽"贝格尔号"出游》,前揭,第 189—190 页。

听见有那么多人在说,在毫无意义地聒噪。它把应物兄很好地隐藏了起来,但又在大多数时刻,让应物兄态度鲜明地表达了自己的观点,忠于孔门倡导的正心和诚意,偶尔出现的意外,反倒证明诚意和正心是其一贯的行为。应物兄归根结底是幸运的:因为腹语得之于、源出于被重塑的感叹语气,诚与真乃它共同的内核,这让应物兄虽然不免于世故和精明,却可以幸免于成为一个彻底的反讽主义者(他诚然是反讽主义者)。腹语有真诚,有真实,也有悲悯和沧桑,更有味觉化汉语那始终不变的部分遗传给它的羞涩感。意味深长的是,《应物兄》以腹语始,也以腹语终。这样的文本事实,这种珍贵的内证,不仅能证明《应物兄》自始至终知道自己的主题和目标是什么,也把以腹语应答万物的方式推到了尽头。开车有些恍惚的应物兄突然间,遭遇了一场车祸——

> 起初,他没有一点疼痛感。他现在是以半倒立的姿势躺在那里,头朝向大地,脚踩向天空。他的脑子曾经出现过短暂的迷糊,并渐渐感到脑袋发涨。他意识到那是血在涌向头部。他听见一个人说:"我还活着。"
>
> 那声音非常遥远,好像是从天上飘过来的,只是勉强抵达了他的耳膜。
>
> 他再次问道:"你是应物兄吗?"
>
> 这次,他清晰地听到了回答:"他是应物兄。"

杨维桢云:"儒先生所谓内观,盖圣人示人自检之几也,故其教法施诸弟子者,往往发是几,是之返照,返照之后有以自悟,其所学谓之内观之教。"①无论是"内观",还是"内观之教",都着意于对良心的发现,所谓"良心发见之最先者,苟能充之四海皆春"②。而无论是"内观之教",还是"内观",都是儒家所谓的"吾日三省吾身",其内容是:"为人谋而不忠乎?与朋友交而不信乎?传不习乎?"③三个问号的主语,都是被隐藏起来的单数之"我",其指向在内,不在外,正所谓"反身而诚"④,"反求诸己"⑤。它是完全世俗化的,满是烟火气和尘土的腥味,对应于味觉化汉语的肉体性和世俗特征,没有分分毫毫的形上色彩。西方人对自我的反思,亦即查尔斯·泰勒所谓"对'人'之为人(human agent)的持续思考"⑥,很可能更多地体现在保罗·高更(Paul Gauguin)那个著名的画题里:"我们从哪里来?我们是谁?我们向何处去?"(Where Do We Come From? What Are We? Where Are We Going?)⑦三个问号的主语,都是摆在明面上的复数之"我们",其指向在外,不在内,具有浓厚的形上色彩,几乎没有烟火气,却具有浓厚的反讽特性——理性至上的逻各斯,终究无法获知逻各斯的使用者们自带的命运密码,只能任之处于非理性的焦渴之中,毛姆的《月亮与六便士》便以高更为原型,

---

① 〔元〕杨维桢:《东维子集》卷十四。
② 〔元〕吴澄:《草庐吴文正公全集》卷四。
③ 《论语·学而》。
④ 《孟子·尽心上》。
⑤ 《孟子·离娄上》。
⑥ 参阅王德威:《现代抒情传统四论》,2016年版,第2页。
⑦ 毛姆的著名小说《月亮与六便士》(傅惟慈译,上海译文出版社2006年版)以高更为原型但超出了高更的生平,却将这个画题很好地演义了一番。

道明了这种极度的焦渴。"他是应物兄"既是应物兄留在人世间的最后一句腹语,也是《应物兄》的结束语。应物兄最后的腹语,仍然一以贯之地以第二人称方式发问自己,以第三人称方式作答自己,独独缺少"我"或"我们"。这既与儒家个体性的自我反省不同,也跟西方无神论的集体性自我反思迥异。但腹语并非真的无"我",它只是将"我"隐藏起来了;腹语将应物兄分作了两半:其中的一半"我"(你)说与另一半"我"(他)听;一半"我"(他)在观察另一半"我"(你)。因此,腹语的言说模式是:"我"问你问题;他向"我"回答"我"问你的那个问题。从理论上讲,这种言说模式有能力非形而上地讨论充满烟火气的人间事物,直至"吾日三省吾身"那般,反省自身的德行,亦即杨维桢称颂的"内观"。为此,被重塑的感叹语气早已型塑出了极其完好的具体例证。

在很被动地和电台播音员朗月偷情时,应物兄看到朗月的居住处挂有一幅书法作品,上有李商隐的诗句:"春日在天涯,天涯日又斜。莺啼如有泪,为湿最高花。"在乔木先生的客厅里,导师兼岳父向应物兄提到了这首诗,应物兄顿时恍惚起来:

"你怎么会有这种感觉?"他问自己。

"他一定是被'为湿最高花'这个意象感动了。"他用第三人称方式说。

很快,他就回到了现实中。先是回到朗月的书架前,然后回到了岳父面前。在岳父面前,想着另一个女人?他羞愧得抬不起头。当时他是蹲在乔木先生面前。但为了表示自己正聆听教诲,他还必须抬着头……

如此说来,将"我"隐藏起来的腹语以及腹语的言说模式,有能力随身携带儒家的基本风范。除此之外,腹语及其言说模式也可以在冷静中,形上性地探究自己的身份、去向和来路——应物兄最后那句一问一答的腹语,已经道明了这个问题。因此,腹语似乎也可以认领逻各斯的味道,接管视觉化汉语早已接管的应物原则。正是被重塑的感叹语气型塑出来的腹语,这次生语气,这二级口吻,将反讽时代上的反讽主体之身份与儒士经生之身份统一了起来。对此,《应物兄》和它的头号主人公都非常清楚。因此,应物兄才对他暗中爱慕的陆空谷说:"每一个对时代做出思考的人,都会与孔子相遇。"所以,他才深有感触地对陆空谷说:"每一个对时代做出严肃思考的人,都不得不与那种无家可归之感抗衡。"所谓的"无家可归之感",有理由被看作对保罗·高更那个画题的高度浓缩。李怀霜评价吴趼人说:"救世之情竭,而后厌世之念生。"① 这话对先热后冷的吴趼人也许很公道,但对真正的儒士经生却不是实情②,所谓"吾曹不出,如苍生何"③。最起码,"我们的应物兄"不愿意接管这等无情的局面,这等荒寒、孤绝的心境。道家之所以屡被后人诟病,原因

---

① 李怀霜:《吴趼人传》。
② 即使是倡导无的老子偶尔也有积极的时候,虽然他的心肠依然是冷的:"是以圣人曰:'受国之诟,是谓社稷王;受国不祥,是为天下王。'"(《老子》第七十八章)意为只有代国家受难的人,才有资格成为首领。而自非反讽时代的孔子起,到反讽时代的程济世、应物兄,都得是著书立说,载之文字,传于后世之人,不得有"厌世之念"。
③ 这是梁漱溟先生的名言,参阅梁漱溟、艾恺:《吾曹不出,如苍生何:梁漱溟晚年口述》,外语教学与研究出版社、人民出版社 2010 年版。

之一,就在其冷血和自私①,鲁迅说过:"人往往憎和尚,憎尼姑,憎回教徒,憎耶教徒,而不憎道士。懂得此理者,懂得中国大半。"②腹语至少能够表明:儒家坚信的基本教义,那些令人温暖的信条,并未因反讽时代的愈演愈烈全然失效,它还存乎于汉语中不可被撼动的那个部分,就像应物兄的腹语曾经祝愿的那样,"人类的知识,在某一个关键的驿站总会相逢,就像一切诚念终将相遇。"

芸娘素为应物兄所敬重;如果从纯粹语气的角度看过去,这位看淡生死的现象学女教授颇有点叶芝咏诵过的那种风度,而那种风度正镌刻在叶芝的墓碑上:"投出冷眼/看生,看死/骑士,策马向前!"(Cast a cold eye,/on life, on death/horseman, pass by!)芸娘去世后,虽然腹语所拥有的那些珍贵品格只是昙花一现,却实实在在地攀上了顶峰——

> 陆空谷转告了芸娘的遗言:"若有来生,来来生,我们还会相逢。"
>
> 哦,芸娘,有一天我会到你那儿去,你却再也不能到我这儿来了。

一句"会到你那儿去",一句"不能到我这儿来",道尽了被重塑的感叹语气自身的精髓:表达主观意愿的"我会"和表

---

① 比如,张舜徽就认为老子"不外一个装字"(张舜徽:《周秦道论发微》,中华书局1982年版,第2页),朱熹干脆说老子的心肠"最毒"(《朱子语类》卷一三七)。
② 鲁迅:《而已集·小杂感》。

达客观现实的"不能",既是真,也是诚;正因为它真,其诚乃有令农历六月飘雪以解酷暑的能力。正因为它诚,其真更显得毋庸置疑。这应当是被重塑的感叹语气所能成就的最高果位,是腹语的巅峰时刻,也是应物兄"虚己应物,恕而后行"①的最高体现。但这一切,居然尽在一个体形瘦小、音容优雅的"哦"中。有道是,"仄起者其声峭急,平起者其声和缓。"②"哦"在发音上,确实当得起"其声和缓"的四字考语,但此时的腹语却是全然消音的,以至于"无听之以耳,而听之以心"③。这当然更是腹语此时此刻,所能做出的最正确的选择,所能拥有的最佳风度。它既是应物兄自己跟自己的对话,但也同时在想象中,说给阴阳相隔的芸娘听——它再一次地同时是舌头和耳膜。《应物兄》还在另一处不无感伤地写道:"哦,死去的人是认真的,活着的人已经各奔东西。"而"死人比活人更关心现实。应物兄听见自己说"——虽然没有"哦"存于其间,但这句话的叹息力度,并不亚于有"哦"存在的其他那些话。"死人比活人更关心现实"乃是反讽时代的实情,绝对残酷,绝对让人伤感④。但也正因为如此,芸

---

① 〔唐〕房玄龄等:《晋书·外戚传·王濛》。
② 〔清〕冒春荣:《葚园诗说》卷一。
③ 《庄子·人间世》。
④ 因此,诺斯罗普·弗莱才意味深长地说:"追求美比追求真和善是危险得多的无聊之举,因为它对'自我'的诱惑更加强烈。跟真和善一样,美在一定意义上也是一种可以指望从伟大艺术中发现的品格,但是挖空心思去追求美,只能削弱创作的精力。"(〔加〕诺斯罗普·弗莱:《批评的解剖》,前揭,第163页)

娘死后出现的腹语,才显得弥足珍贵。

叙事人在此使用的,是被重塑的感叹语气;至少从表面上看,正是这种语气,才让体量庞大的《应物兄》满是厚重的抒情性——抒情性正在"哦"中。因为在尽力向母语回归,才使《应物兄》看上去很自然地接续了汉语文学古老的抒情传统。但陈世骧先生首倡的"抒情传统说"①,如仅仅停留于"抒情传统"四个字,则显得过于抽象,以至于有故意抬杠者认为根本不存在这个东西②。在这里,实在有必要首先将"抒情传统说",落实和建基于**以哀悲为叹**这个更为基本的汉语事实。作为感叹的极端样态,也作为人必须应物时有累于物的极致化,"哭泣者,灵性之现象也,有一分灵性即有一分哭泣,而际遇之顺逆与焉"③。但"让人倍觉不安的是,灵性似乎永远不成问题(真资格的疯癫患者除外);而对于从古及今的中国人,'际遇之逆'在数量、质量以及深度与广度上,都远超'际遇之顺'。'际遇之逆'由此代替'鸟兽草木',成为诗之兴的主体部件,成为触发人心,让人心达致兴发状态的主力部队。这种亘古不变的现实境况,与并非白板一块的心理场域反复撕扯、磨合与谈判;其累积加叠,终于造就了一个文明古国以哀悲为叹的美学原则。"④以哀悲为叹是味觉化汉语在语气上的精髓所在,它是惨痛的外部环境——亦即

---

① 参阅陈世骧:《中国文学的抒情传统:陈世骧古典文学论集》,生活·读书·新知三联书店2015年版,第3—9页。
② 参阅龚鹏程:《中国文学史》,东方出版社2015年版,第167页。
③ 〔清〕刘鹗:《〈老残游记〉自叙》。
④ 敬文东:《感叹诗学》,前揭,第42页。

"际遇之逆"①——强行赠送给汉语的悲催礼物,却没有礼物通常具有的回返性②。很容易观察到:因为以哀悲为叹出源于外部环境,所以,它具有极大的偶然性;从逻辑上说,这种偶然性不可能被排除殆尽。虽然以哀悲为叹可以——事实上已经——成为感叹语气的精髓之所在,却并不出源于汉语自身的本质规定性,因此,它不具有任何必然性。从逻辑上讲,味觉化汉语并不一定得以哀悲为叹充任自己的音容。"周师陷江陵,梁帝知事不济,入东阁竹殿,命舍人高善宝焚古今图书十四万卷,欲自投火与之俱灭……并以宝剑斫柱令折,叹曰:'文武之道,今夜穷矣。'"③假如没有"周师陷江陵"这件偶然之事,就不会有梁帝之叹;而假设没有"周师陷江陵"这件偶然之事,虽然在事实上不能成立,逻辑上却不会有任何问题④。

在《应物兄》里,以"哦"为核心组建起来的句式,既品相繁多又比比皆是:

> 哦,我倒是被这段话吸引了,被它感动了。在很多个夜晚,我似乎也有这样的感受,但我的感觉远远没有这么精

---

① 有人统计过,在中国历史上,发生过大小战争 6192 次,天灾 5258 次(参阅星球研究所:《这就是200亿中国人的家园》,凤凰网 http://news.ifeng.com/a/20171226/54520751_0.shtml,2019 年 2 月 9 日 16:49 访问),其惨烈可想而知。
② [法]马塞尔·莫斯:《礼物:古式社会中交换的形式与理由》,汲喆译,上海人民出版社 2002 年版,第 27—30 页。
③ 《太平御览》卷六一引丘悦《三国典略》。
④ [英]卡尔·波普尔:《历史决定论的贫困》,杜汝楫等译,上海人民出版社 2009 年版,第 20—49 页。

微。文德斯借用纸和笔,说的是词与物的关系,哦不,说的词、物、人三者之间的关系。所有对文字有责任感的人,都会纠缠于这个关系,一生一世,永不停息……

哦,莺啼如有泪,为湿最高花。这句诗涌出喉咙,跳上舌面。他感觉到它弹了起来,贴住了上颚。它还要上升,于是它暂时落了下来,把舌面作为一个跳板,纵身一跃,穿过上颚,穿过脑子里的那些复杂而且混沌的物质,落到了它的最高处,也就是他的头顶。它还要上升,于是它浮了起来,在他的头顶盘旋……

眼前出现一片拆迁工地。……瓦砾上还矗着电线杆,电线也还扯着。还有几株大树。那是柿子树还是皂荚树?一些鸟儿从瓦砾上起飞,落到了电线上。那是燕子吗?……据说雨燕识旧主。小燕子今年在檐头出生,明年还会再来,叼草衔泥,筑巢捉虫,生儿育女,生生不息。这里拆成了这个样子,明年它们还会再来吗?应物兄顿时把自己变成了一只雨燕。……哦,雨燕,别被吓着!等你们明年再来,一切都会好的……

作为以"哦"为核心组建起来的**另一种形态的腹语**,这二级语气,这次生口吻,只能来自被重塑的感叹语气,出自视觉化和味觉化的相杂陈,源自诚与真的相交融。因此,以哀悲为叹并不能自动地——更不能无条件地——成为"哦"的内在品格;细品被重塑的感叹语气精心制造出来的"哦",便不难发现,"哦"之中有诚恳,有真实,也有悲悯和沧桑:"哦"很巧妙地通过被重塑的感叹语气,直接跟汉语自身的本质规定性接通了暗号,从汉语思想的内部获得了养分,而不是取自众多以至于无穷的"际遇之逆",因此,自有其必然性——或许,这就是以反思汉语为潜在主题的《应物兄》有意隐藏起来的秘密。事实上,在味觉化的汉语思想里,在古典中国,唯有以天下至诚之心,方可成己,成己一直被视作成物的前提和准备;成物则被认作成己的目标和完成①。被赋予成物之重任的人,一定是成年人,决非少年;这是味觉化汉语打一开始,就满是沧桑语气的原因之一——"客子光阴诗卷里,杏花消息雨声中。"(陈与义:《怀天经智老因访之》)真可谓处处沧桑,这跟应物兄的腹语"哦,莺啼如有泪,为湿最高花……",该是多么神似②。而与此同时,那些被赋予成物之重任的成年人,一定是仁爱之人,因为天下万物尽出于己,唯有满心的怜爱,才是唯一正确的情感选择。因此,我们的夫子才主张"仁者爱人"③。孟子才说:"无恻隐之心,非人也;""恻隐之心,仁之端也"④。张载说得尤为动情,更有一种震撼人心、沁人心脾的力量:"民,吾同胞;物,吾与也。"⑤或许,这就是味觉

---

① 《礼记·中庸》。
② 正因为沧桑语气出自味觉化汉语的本质规定性,黄宗羲临终前四天给孙女婿万承勋的信中,才能以这种语言规定的口吻写道:"总之,年纪到此,可死;自反平生虽无善状,亦无恶状,可死;可于先人未了,亦稍稍无憾,可死;一生著述未必尽传,自料亦不下古之名家,可死。如此四可死,死真无苦矣。"(〔明〕黄宗羲:《黄宗羲全集》第二十一册,浙江古籍出版社2012年版,第683页)
③ 《论语·颜渊》:"樊迟问仁。子曰:'爱人。'"
④ 《孟子·公孙丑上》。
⑤ 〔北宋〕张载:《西铭》。何炳棣从《西铭》第二段"大君者吾父母宗子;其大臣,宗子之家相也"推断出一个结论:"《西铭》所构绘的宇宙本体论不可能是基于博爱和泛平等的理念,无疑是宗法模式的"(何炳棣:《何炳棣中国思想制度史论》,前揭,第391页)。此说当然有理,但即便如此,依然不影响民胞物与中包含着的大仁大爱。

化汉语打一开始,就自带悲悯口吻的理由之一——"眼枯即见骨,天地终无情!"(杜甫:《新安吏》)正可谓时时悲悯,这跟应物兄的腹语中的"哦,雨燕,别被吓着……""哦,我悲哀地望着一代人……",又该是多么的神似。因此,味觉化汉语思想的如下主张,就显得毫无凝滞之态、毫无牵强之色:"性自命出,命自天降。道始于情,情生于性。始者近情,终者尽性。"①这深埋地下两千多年后,才被重新挖出的二十四字格言,道尽了味觉化汉语应对万物时的一往情深。而此时此刻,它正部分性地活在被重塑的感叹语气里,活在被这种语气型塑出来的另一种形态的腹语中,这种形态的腹语以"哦"为中心;它正满怀悲悯地,打量着这个冰冷的反讽时代。

"哦"不仅从诚的角度,同汉语自身的本质规定性接上了头,还因其与真有染,获取了传情达意上的准确性。但这种准确和李洱式笃定语气带来的准确,不存在多少相似之处。后者是在纯粹求真的维度和层面上,刻画人物、事件,因此,它行文硬朗、犀利、尖锐、疾速,浑身精瘦到接近于骨架,具有说一不二、坚如磐石的心态,却非常自觉地排斥抒情性,和反讽时代很般配,纯属天作之合。"哦"也跟花腔语气刻意求真,却最终迷失于求真的途中或者迷宫当中,大不相同。"哦"中之真,始终与诚生死相依,因此,它不但是有温度的真,还必须是零度以上的真,乐于跟浓得化不开的情感捆绑在一起并最终化开了情感,虽没有花腔语气型塑出来的那种迷人的幽默感,却具有浓厚的抒情特

---

① 《郭店楚简·性自命出》。

性。但这种抒情方式却跟以哀悲为叹为核心的抒情方式,具有很大的区别。它从其存在伊始,就克服了后者"如春蚕作茧,愈缚愈紧"那般"往而不返"、深不可拔的自哀自怜①。它沧桑中有悲悯,悲悯中有沧桑。但更值得重视的是:在悲悯和沧桑的混杂中,还有坚忍、执着和倔强,对幸福和美好持以"知其不可而为之"②的坚定信念,正合波德莱尔之言:"有多少种追求幸福的习惯方式,就有多少种美。"③与以哀悲为叹的抒情方式大相径庭,这种性质的抒情建基于汉语自身的本质规定性,出自于汉语那不可改变的部分,导源于对生命本身的至诚之心,正合"时中"的要求。因此,作为腹语的另一种形式,围绕"哦"组建起来的句式深沉却不哀婉,阳刚、雄浑,却故意抹去了棱角,有玉的温润和包浆感,也有足够的能力和定力排除自恋式的抒情,它因此不同于郁达夫或时而肤浅或时而暴戾的自哀自怨;它的诚中之真和真中之诚,使它对反讽时代并非仅有批判和否定的态度,面对品格下作、低劣的反讽主体,却能施之以悲悯之心,亦即"哦,我悲哀地望着一代人……",它因此不同于鲁迅"哀其不幸怒其不争"④式的不怒自威;它因其至诚之心而心性中正,有应氏特有的那种"时中"感,所以不可能发出路翎那般濒临精神崩溃的变态、暴戾之声;它因声量不高,而不同于《红岩》《暴风骤雨》《创业史》《青春之歌》《红旗谱》《保卫延安》《艳阳天》的高声部

---

① 缪钺:《古典文学论丛》,浙江大学出版社2009年版,第80页。
② 《论语·宪问》。
③ [法]波德莱尔:《波德莱尔美学论文选》,前揭,第218页。
④ 鲁迅:《坟·摩罗诗力说》。

和大嗓门①,以及它们那种史诗式的密集性抒情②;它因从娘胎处自带的羞涩感,而不可能出现莫言那般爆炸式的语言狂欢……③

李泽厚有一个著名的观点:中国现代性的标志性因素,乃是革命和启蒙,以及二者之间构成的奇异关系④。在此之外,王德威极富眼力地加添了抒情这个新元素。在王氏那里,革命、启蒙和抒情,成为型塑中国现代性的三驾马车⑤,却没有将汉语的视觉化当作三驾马车的根基之所在。正是这一点,让王氏不可能真正理解抒情在反讽时代的位置、用途和性质。以"哦"为中心组建起来的句式,以及这种句式自带的抒情性意味着:反讽时代的应物兄,深陷于视觉化汉语的前应小五,根本不配拥有文德斯曾经赠予他的终极语汇——"应物而无累于物。"事实上,当他为"应物"变作"应物兄"这件事向出版商季宗慈大光其火时,后者认为反倒是"应物兄"这个名字好。为此,季氏还给出了理由:"以物为兄,说的是敬畏万物;康德说过,愈思考愈觉神奇,内心愈充满敬畏。"应物当然知道,这是季宗慈在为自己的过错寻找借口;但他冷静下来便会发现:这个名字预示的前景,跟他

---

① 大嗓门抒情是因为自以为掌握了真理,关于这个问题,可参阅敬文东:《指引与注视》,前揭,第38—57页。
② 关于这些作品的史诗特性,以及何为史诗特性,可参阅敬文东:《何为小说?小说何为?》,《文艺争鸣》2018年第6期。
③ 张雪飞:《个体生命视角下的莫言小说研究》,中国社会科学出版社2018年版,第194页。
④ 李泽厚:《中国现代思想史论》,前揭,第7—49页。
⑤ 王德威:《现代抒情传统四论》,前揭,第1—17页。

使用的两种形式的腹语倒是非常吻合,就像命运,但更像命运预先埋下的草蛇灰线。还是程济世先生对这个名号的解读更有分量:"物,万物也。牛为大物,天地之数起于牵牛,故从牛。以物为兄,敬畏万物,好!……心存敬畏,感知万物,方有内心之庄严。"《应物兄》以这等笔法,想要暗示的是:只有重返母语,重返母语自身的本质规定性(而非外部现实馈赠给母语的以哀悲为叹),才更有可能尽量靠近零距离的应物原则以便亲近万物,也才更有可能缓解反讽时代的荒寒,才能为反讽主义者组成的硕大群体输入热量。但这样的应物方式注定不会是圣人式的,应物兄教授因此必得有累于物。欧阳文忠公说得很中肯:"无常以应物为功,有常以执道味本。"①但也正好是有累于物或者"为功",可以证明应物兄是个有情之人,不愿意独自从反讽时代抽身而出,不忍心听任反讽时代一步步烂下去。他既不愿意像吴趼人那样"救世之情竭,而后厌世之念生",也不愿意如清人朱锡绶那般,自私性地"谈禅不是好佛,只以空我天怀;谈元(玄)不是羡老,只以贞我内养"②。很显然,腹语的第一种形式将应物兄的反讽主体之身份和儒士经生之身份统一起来;第二种形式则让这个集两种身份于一体的人,还有能力爱(或曰悲悯)这个残缺、寒冷、阴霾的世界,因为它被他理解为出源于他。有情的中国诗人因此咏诵道:

> ……伤害依然存在。而仅仅一阵微风
> 让我们重返梦中,那一刻

---

① 〔北宋〕欧阳修:《道无常名说》。
② 〔清〕朱锡绶:《幽梦续影》。

我几乎原谅了这世界所有的不堪……

（池凌云:《我几乎原谅了这世界所有的不堪》）

……我一直
爱着。这是唯一的安慰。
我死的时候,我说:"给我笔,"
大地就沐浴在灿烂的光里。

（西渡:《杜甫》）

对"我们的应物兄"来说,"情之所钟,正在我辈,"①才是唯一正确的态度;"司马青衫,吾不能学太上之忘情也,"②才是必须随时携带的座右铭。"繁采寡情,味之必厌。"③正是借用两种形式的腹语,《应物兄》才有能力将反讽时代强制性地打造为一个有情的世界④;正是有情的时代(世界)被强制性地打造出来,才让《应物兄》在拥戴自己的潜在主题那方面,又上了一个更高的台阶。也许,有很多因素可以被认作《应物兄》成功的缘由,但它对母语及其本质规定性的重新体认、反思、回归和垂爱,尤其是垂爱,却更可能是所有因素中最基本的因素,也是隐藏得最深的因素。

---

① 〔南北朝〕刘义庆:《诗说新语·伤逝》。
② 林觉民:《与妻书》。
③ 〔南北朝〕刘勰:《文心雕龙·情采》。
④ "有情的世界"作为概念出自王德威(王德威:《抒情传统与中国现代性》,生活·读书·新知三联书店2010年版,第3—17页);其哲学根基,应该出自李泽厚的情本体说(李泽厚:《实用理性与乐感文化》,生活·读书·新知三联书店2005年版,第98—115页)。

语气与叙事

伽达默尔(Hans-Georg Gadamer)从哲学阐释学的角度断言:不是历史隶属于我们,而是我们隶属于历史;早在我们通过反思理解自己之前,已经在我们生活的家庭、社会成见和国家中理解着自己了①。作为海德格尔最著名的学生,伽达默尔在做如此断言的时候,心里头想到的一定是:那仅仅是因为"我们"当中,没人有能力超越语言编织的罗网;有何种性质的语言,就一定会有何种性状的理解方式,无论是对自我的理解,还是对万物、历史、时空或宇宙的理解。依爱德华·霍尔之见,对于母语而非第二语言,每个人都将以习得(acquisition)而非学习(learning)的方式,加以掌握②。较之于学习,习得更能体现人和母语在血缘上的相通性,在遗传密码上的相关性。以此为基础,人与

---

① [德]伽达默尔:《真理与方法》,洪汉鼎译,上海译文出版社2004年版,第357页。
② [美]爱德华·霍尔:《无声的语言》,前揭,第33页。

母语的关系大概只可能是:首先,他(或她)必将受制于这种语言,是这种语言的快乐的人质、囚徒和利用者;其次,他(或她)也会反思、反刍母语,在受制于母语的同时,有限度地重塑母语,为母语增加表现力和想象力。后者是极少数的幸运者才能做到的事情,才能达致的境界。有理由认为:作为作者(赵毅衡称之为"抄录者")而非叙事人,早期的李洱更有可能专心出任、也甘心成为视觉化汉语的人质和利用者;彼时的他,尚不具备重塑母语的能力,也没有迹象表明他有这方面的企图和需求——唯有需求,才够得上真正的动力。而从逻辑的角度看过去,作为人质的李洱在创生出专属于他自己的叙事人的同时,也必将反讽语气加诸这些受造的叙事人。对于视觉化汉语的小说写作而言,对于李洱暗自发动的小说革命来说,伴随着反讽语气、叙事人、反讽主义者和反讽时代的同时诞生而诞生的,只能是叙事行为本身;但这不是一般性的同时诞生:叙事行为须得内在于反讽时代、反讽主体、叙事人和反讽语气,它被后四者同时纳于自身。

尚不具备重塑母语的能力意味着:李洱将受制于较为纯粹的视觉化汉语;作为叙事人的加油站,李洱因受制于视觉化汉语的求真伦理,首先得将说明书一般的笃定语气赋予叙事人,让叙事人和笃定语气在同一个瞬间,彼此将对方既主动又被动地纳于自身——这是视觉化汉语的最低要求、底线和门槛,不得被冒犯;当然,一个诚实的写作者一般不会犯下这等低级错误。笃定语气因此显得性格耿介、干脆、执拗,长相严肃,早已摆出了一副不依不饶的架势,在不少时刻,还表现得有些猴急:它对目标跃跃欲试,对目的地抱有迫不及待和时不我待的心理。如此长相的笃定语气意味着:小说必须将笃定语气意欲型塑的事情——而非现实世界上给定的事情——说清楚;小说必须充当将这些事情说清楚的英雄。这个任务如此急迫,以至于有必要倡导叙事的疾速和疾速的叙事①。和伏尔泰心目中优雅的弧线比起来,疾速更倾心于无须拐弯抹角的直线,有如直肠子,有如木刻。这个任务如此刻不容缓,以至于有必要强调叙事的硬朗、脊梁笔挺和粗线条,再一次有如木刻,有如直肠子。叙事获取的硬朗和疾速等特征,或性状,正出源于笃定语气繁盛、茂密的生殖能力。为此目的计,李洱在其早期创作中,有意让叙事人伙同笃定语气同时选择了这样的叙事模式:我向你/你们讲述他/他们的故事:

> 他说的没错,在四月九号这一天的早晨,杨红确实梦见了陈栓保。几天之后,当我把这一点告诉马恩的时候,他说:"这没什么好奇怪的,因为那天晚上我也做了这样的

---

① 王宇佳主要以《花腔》和《石榴树上结樱桃》为例,颇为有趣地认为,在李洱的小说中,"在声音层面上,主人公被语言控制,失去自主力。在动作层面,动作性描写减少,以及人的动作和行为的价值逐渐消失,似乎都标志着'自由个人主义'的泯灭。读者对于动作的期待,恰恰与文本的实际状态形成反差,进而造成了李洱在文本叙述上的慢速度。"(王宇佳:《一个慢慢讲故事的人——论李洱小说叙述的慢速度》,中央民族大学硕士学位论文,2014年3月)王宇佳的观察虽然很有道理,但反过来,正因为"读者对于动作的期待"和"文本的实际状态"有很大的反差,反倒可以认为李洱的小说的叙述是疾速的——疾速到"动作性描写"大规模地"减少",以至于到了"动作和行为的价值逐渐消失"的程度。

梦。我梦见陈栓保扶着山腰的那棵核桃树,摇摇晃晃地又站了起来,没有别的办法,我只好又把他打死了一次……"

(李洱:《现场》①)

有必要将婉的住址讲一下,虽然这和本篇小说没多大关系。婉住在农业路十号一幢被人称为墟的楼里。曾经有一场大火在这幢楼上生存了一天两夜,大火起因不明,我不能瞎说。据市消防队张明队长的推测,可能是由于遭雷击起火。但有机会目睹那场熏得五十米开外的人脸上起泡的农业路十号其他楼里的人们讲,那也是冬天,离春天还有一段距离,当然谈不上春雷,也谈不上雷击。张明曾对我讲过这幢叫作墟的楼顶上并没有安置必要的避雷设备,我记得他还让我看过墟在大火之前的照片,十二层高的楼,爬山虎一直爬到十一层的位置,绿色的爬山虎真叫人喜欢……

(李洱:《婉的故事》②)

话音未落,他把临时从店里抓来的那块抹桌布轻轻一抖,一只鸽子就在他的手背上咕咕咕叫了起来,在众人拍手叫好之时,那只鸽子突然飞到了他的帽子上,在那里开始了它的工作。随后,他光溜溜的脑袋突然长出了一条辫子。天宝后来对我说,他的那根辫子确实是无价之宝,因为"它像鸡巴一样能硬能软",而当它硬起来的时候,它能像狗尾巴那样慢慢地翘起来。这是他的绝招。在 1919 年的北京

---

① 《现场》是李洱的中篇小说,首发于《收获》1998 年第 1 期。
② 《婉的故事》是李洱的短篇小说,首发于《作家》1995 年第 4 期。

城,会玩这个把戏的只有他天宝一个人……

(李洱:《1919年的魔术师》)①

"在四月九号这一天的早晨""十二层高的楼,爬山虎一直爬到十一层的位置""在1919年的北京城,会玩这个把戏的只有他天宝一个人"……云云,不惜以枯燥的数字化为方式,把笃定语气以真为伦理的品质暴露无遗②;"但有机会目睹那场熏得五十米开外的人脸上起泡的农业路十号其他楼里的人们讲……"云云,却非常优秀、很是直观地说明了一个问题:叙事人为讨好、巴结求真伦理,不惜语句凹凸不平,不惜让句子冒犯读者的肺活量、扰乱读者的呼吸节律。将近八十年前,郭绍虞就说过:"欧化而不破坏母舌的流利,欧化而不使读者感觉到是否中国的背景,那也是成功。"③很容易观察到,语句的凹凸不平不仅冒犯了呼吸节律和肺活量,还让舌头打结,令词语和舌头处于磕磕碰碰的不和谐状态,就更别说自觉地视舌头为核心了——语句的分析性能被发挥到极致,汉语的视觉化得到了凸显,活像说明书。而"当我把这一点告诉马恩的时候……""张明曾对我讲过……""天宝后来对我说……"云云,则把笃定语气型塑的叙事模式(亦即"我向你/你们讲述他/他们的故事")给具体化

---

① 《1919年的魔术师》是李洱的短篇小说,首发于《东海》2000年第3期。
② 数字化可谓逻各斯求真伦理的极致化,也是现代社会的根本和精髓之所在([法]利奥塔尔:《后现代状况》,车槿山译,生活·读书·新知三联书店1997年版,第32—47页;参阅敬文东:《指引与注视》,前揭,第176—207页)。
③ 郭绍虞:《新诗的前途》,燕京大学《燕园集》出版委员会:《燕园集》,1940年5月,第32页。

了:无论是"我"把何种事情告诉了马恩,还是张明或天宝对"我"讲了何种事态,都将意味着:"我"是在向作为读者的你(或你们),尽可能客观地讲述他(或他们)的故事。"我"十分冷静地指着他(或他们)的腰身,向你(或你们)报告他(或他们)正在做的事情;但如果说成"我"在向你(或你们)共时性地报告他(或他们)正在做的、与"我"和笃定语气同时诞生的事情,就更加准确,更符合小说写作的真相——至少符合李洱的小说写作之真相,忠实于李洱暗中发动的小说革命。处于这种叙事模式中的叙事人(亦即"我"),能够轻而易举地把他(或他们)和你(或你们)拉倒一块,就像现场直播,但更像面对面,有如相亲,以至于构成了很好的对话关系,具有超一流的在场性和现场感。笃定语气型塑的这种叙事模式拥有极快的速度;"极快的速度"所认领或接管的含义,就隐藏于作为比喻的"面对面";而"极快的速度"本身,就意味着硬朗和严肃:它只渴望快速地奔向目的地,因而目不斜视、心无旁骛。最终,使小说形体干瘦,几近骨头,有一种萧瑟、疏朗之美,有如书法中著名的瘦金体,或北方冬天的柳树枝条。

沙夫茨伯里(H. Shaftesbury)说:"作者以第一人称写作的好处就在于,他想把自己写成什么人就写成什么人,或想把自己写成什么样子就写成什么样子。他……可以让自己在每个场合都迎合读者的想象;就像如今所时兴的那样,他不断地宠爱并哄骗着自己的读者。"[1]至少对李洱早期的小说创作来说(后期创作

---

[1] [英]斯迈利编:《哲学对话:柏拉图、休谟和维特根斯坦》,张志平译,漓江出版社2013年版,第69页。

更不待言),沙氏之言不仅显得过于轻薄,还很有些自轻自贱的味道,虽然他很可能是有意或故意这么说的。笃定语气在型塑合乎自身意愿的叙事模式时,首先需要认真考虑的,根本不是读者,更不会想方设法去"迎合""宠爱"和"哄骗"他们,就像青楼女子取悦于买春者那样。它首先需要考虑的,只能是笃定语气自身的伦理需求:如何以尽可能客观的态度,将你(或你们)和他(或他们)拉在一起。按照齐泽克的高见,"伦理处理的是我和我自己的一致性,我忠实于我自己的欲望。"[①]而从叙事学的角度观察,沙夫茨伯里眼中的那个第一人称,也许原本就是一个十分体面,也非常隐秘的误会。关于这个问题,相信不会有人比赵毅衡有更清醒的认识、更自觉的意识:"'第一人称小说'之所以得名,是因为叙述者自称'我'。但是第三人称小说中的并没有自称'他',如果必须称呼自己,还是得自称'我'。中国传统小说的叙述者自称'说书的''说话的',只是第一人称的变体。第三人称小说对人物称'他',但是第一人称小说中对叙述者之外的人物也以一样称'他'。因此,把小说分成'第一人称''第三人称'显然是不尽恰当的,第三人称叙述只不过是叙述者尽量避免称呼自己的叙述而已。"[②]如此说来,也许所有的小说叙事人本质上都是第一人称。假如事情的真相不过如此,这里满可以获取一个较为冒失,却并不荒谬的推论:作为一种叙事模式,我向你/你们讲述他/他们的故事,就应当具有很宽泛的普"适"

---

① [斯洛文尼亚]斯拉沃热·齐泽克:《弗洛伊德—拉康》,何伊译,张一兵主编《社会批判理论纪事》第三辑,江苏人民出版社2009年版,第8页。
② 赵毅衡:《当说者被说的时候》,前揭,第6页。

性,很广阔的普"世"性,诸如《三国演义》《金瓶梅》《红楼梦》《狂人日记》《子夜》《饥饿的郭素娥》《红旗谱》《创业史》《透明的红萝卜》《春尽江南》……似乎都得落入,也不得不落入这样的窠臼。但即便如此,在李洱的早期创作那里,却仍然有其特殊性;特殊性的根源,还得再次落实于李洱式反讽语气独有的脾性:它只可能,也只愿意和叙事人彼此同时造就,同时诞生,同时并在。

"源"(生活)与"流"(书本)的关系问题,曾被过度强调和强化;一般情况下,作家被认为不拥有真正的生活,也没有被真正的生活所掌握、所把控——真正的生活被认为是有条件的,并非轻易被获取。所谓真正的生活,就是与人民、与革命、与社会主义建设密切相关的事情的总和;与此没有关系的其他一切事体,皆不得纳入生活的范畴,顶多是供批判使用的道具,是另类的生活,会遭到鄙弃①。对此,进入共和国的冯至有过很诚恳的忏悔:"我最早写诗,不过是抒写些个人的一些感触,后来范围比较扩大了,也不过写些个人主观上对于某些事物的看法;这个'个人'非常狭隘,看法多半是错误的,和广大人民的命运更是联系不起来。"②

因此,作家被认为唯有深入生活、体验生活,才有可能获取写作的理由,尤其是获取写作的合法性。文学写作的资格,需要来自革命话语的反复界定;唯有崇高语气,才有资格代替革命话语向意欲写作的人颁发写作执照。作为中国现代小说的创始人

---

① 李洁非:《典型文案》,人民文学出版社2010年版,第293—318页。
② 冯至:《漫谈新诗努力的方向》,《文艺报》1958年第8期。

和奠基者,鲁迅关于小说的言辞虽然很家常,却几乎是以最好的方式,暴露了中国现代小说自诞生伊始就具备的真面相。鲁迅说:我的小说"所写的事迹,大抵有一点见过或听到过的缘由,但决不全用这事实,只是采取一端,加以改造,或生发开去,到足以几乎完全发表我的意思为止。人物的模特儿也一样,没有专用过一个人,往往嘴在浙江,脸在北京,衣服在山西,是一个拼凑起来的脚色"①。因此,叙事人、叙事语气以及小说的其他诸多要素,须得长幼有序,须得"父义,母慈,兄友,弟恭,子孝"②,它们不可能同时诞生,更不可能被平等相待。即使在现代主义的被掌控者看来,情况也似乎只得如此,也只能如此。伍尔夫(Virginia Woolf)说:"'小说的恰当素材'并不存在;一切都是小说的恰当素材,一切感情、一切思想、头脑和精神的一切属性都听候调遣,一切感官知觉也无不合用。倘若我们能想象小说艺术有了生命,活在我们中间,她一定会叫我们对她尊重喜爱,也对她狠冲猛打,因为这样就可以恢复她的青春,确保她的威权。"③詹姆斯·伍德愿意为文学的现实主义辩护。他认为,广义的现实主义不仅仅逼真,或很像生活,而是具有生活性(lifeness):"页面上的生活,被最高的艺术带往不同可能的生活。"④

---

① 鲁迅:《鲁迅全集》第4卷,人民文学出版社1981年版,第513页。
② 〔西汉〕司马迁:《史记·五帝本纪》。
③ [英]维吉尼亚·伍尔夫:《现代小说》,赵少伟译,戴维·洛奇编:《二十世纪文学评论》(上册),葛林等译,上海译文出版社1987年版,第166页。
④ [英]詹姆斯·伍德:《小说机杼》,黄远帆译,河南大学出版社2015年版,第179页。

就是在这个极为关键的隘口,李洱早期的工作——后期的工作更是也更得如此——当得起"革命性的"这个四字考语:他修改或曰扭转了这一局面,他从战略而非纯粹具体的战术层面,为小说写作更换了血液和骨髓。导源于笃定语气的叙事模式,有能力主动将作为读者的你(或你们)和作为小说人物的他(或他们)拉在一起互相会面。这种情况极为深刻地意味着:不仅笃定语气、叙事人、反讽主义者和反讽时代同时诞生①,而且,它们和共时性地目睹了它们之诞生的读者,也必定同时诞生。李洱对此有很自觉的认识:"每句话都表达一种被审视过的生活,而非像生活本身那样。"②在另一处,李洱还非常清楚地说起过:他在小说一直在致力于"告诉人们:不能够这样。原来的小说告诉人们:生活应该就是这个样子。如果以前的小说类似于神谕的话,它告诉人们'往哪里走',而当代小说告诉人们'不应该这样走'"③。李洱的"当代小说"之所以有能力告诉人们(亦即读者)"不能够这样"(亦即不能够不走向自身意图的反面,不能破坏反讽时代的律令:$A = -A$),是因为在李洱那里,读者是被笃定语气型塑的叙事模式创造出来的,就像叙事模式同时创造了小说中的一切;柳青的"神谕"式小说之所以有能力告诉人们(亦即读者)"往哪里去"(亦即历史的必然性),是因为在柳青那里,读者是后置性的,并且被要求端坐在书桌前,接受柳青的小说给予的教诲——但柳青的小说原本就是抢先一步被教诲的

---

① 关于这个问题,本文在"反讽语气"一节有详细论述,此处不赘。
② 李洱:《问答录》,前揭,第41页。
③ 李洱:《问答录》,前揭,第135—136页。

结果①。

因此,笃定语气型塑的叙事模式打一开始,就不但不可能为宏大叙事(Grand Narrative)披肝沥胆,骨子里,反倒是有意识地排斥这种理想化的叙事。一般而言,宏大叙事总是倾向于"将所有的人类历史视为一部历史,它在连贯的意义上,将过去和将来统一起来",D. 罗斯(Dorothy Ross)因此而有言,宏大叙事"是一种神话结构,一种政治结构,一种历史的希望或恐惧的投影,这使得一种可争论的世界观权威化。"②耿占春的精辟洞见,或许能够带来足够强劲的启发性。耿氏从较为纯粹的逻各斯的立场出发,干净利落地厘清、辨析和剥离了三种叙事方式:史诗叙事、经典小说叙事和现代小说叙事;三种叙事分别对应的空间形式是:行动的世界、性格的世界、感受的世界;三个世界分别对应的时间形式是:圆形时间(可以循环往复)、线性时间(不可以循环往复)、碎片化时间(或曰现在)③。不难分辨,笃定语气精心型塑的叙事模式,只可能属于现代小说叙事的范畴;它对应的,只能是感受的世界,是碎片化的时间(或曰现在)。我向你/你们讲述他/他们的故事特别想要讲述的,不仅是他(或他们)的感受,而且感受必须以细节来体现;但这种叙事模式里被型塑的

---

① 文学的教育功能一直是文艺理论教程中的核心部分,最著名的或许是以群先生主编的《文学概论》一书,几乎通行中国大陆所有的中文系,有着极大的影响。

② Dorothy Ross, *Grand Narrative in American Historical Writing: From Romance to Uncertainty*, The American Historical Review, 100 (1995), p. 651, Note 2.

③ 耿占春:《叙事美学》,郑州大学出版社2002年版,第37页以下。

细节,却决不是一般的细节。和李洱暗自发动的小说革命相适应,笃定语气最乐于型塑的,乃是单子化的细节(Details of Monozygorization)、孤独的细节。即使在同一篇小说作品(比如《堕胎》)中,细节与细节之间,也顶多具有表面上的联系;它们像反讽主义者彼此间互为孤岛关系那般,相互间在断裂中联系,在联系中断裂——它们以互相厌弃的方式联结在一起,恰如俗语所谓的"不是冤家不聚头"。I. A. 瑞恰慈(Ivor Armstrong Richards)说得很乐观:"一个词语的效果随着把它置于其中的其他词语而变化。单独看来十分含糊的词语,置于适合的语境之中就变得明确了。"[1]在笃定语气打造出来的普遍氛围里,将一个单子式的细节放进其他细节的前后、左右或上下,其效果并不像词的效果变得明确那般,必然变得更为清晰,并不必然具备逻辑上的必然性。由此,宏大叙事成为遥不可及的目标,因为宏大叙事至少需要细节与细节互相支持、声援,甚至彼此加持;它们即使不能成为兄弟、父子、母女或夫妻,至少也得是朋友。在李洱而不是任何别的中国作家那里,笃定语气从一开始,就拥有创世层面上的必然性:它的创世行为是必然的;或者:创世必然是它不可推卸的责任,但尤其是不得推辞的义务。单子化的细节意味着:细节间的关系是临时性的,它们被叙事模式组合(或曰黏合)在一起,理由无他,不过是笃定语气拥有的创世必然性使然。事情的奇妙和悖谬之处刚好在于:在创世必然性导致的

---

[1] [英]艾·阿·瑞恰慈:《文学批评原理:20世纪欧美文论丛书》,杨自伍译,百花洲文艺出版社2010年版,第166页。

局面的自身之内发生的任何事情,都不仅不具备必然性,甚至极端到只有偶然性。否则,就很难理解,至真至善至美的上帝必然性地创造了蛇(上帝拥有创世的必然性),却不能保证蛇必然不勾引夏娃,或者,必然会勾引夏娃——这两种各占百分之五十的可能性,都在上帝的能力之外。上帝只对创世本身负责,就像笃定语气只负责创生细节,却没有能力赋予细节间以必然性的关系。细节间的临时性关系既让感受变得不可捉摸,也让所有的细节不由自主地恍惚起来。这在《遗忘》中被体现得淋漓尽致。从表面上看,叙事人冯蒙(亦即"我")一边极为清晰地旁征博引,一边有条不紊地制造了大量的细节;围绕他组建起来的细节群初看上去,似乎都是必然的,至少是合理的,但在细查之下,几乎每个细节都一脸茫然(时下的时髦说法,被称作"一脸蒙×"),都不由自主地觉得自己被制造出来,是一件很无辜、很无奈的事情,因为没有任何人或者机构征求过它们的意见。事情的奇妙正在这里:对李洱来说,也许感受的不可捉摸和细节的恍惚,更能呈现 A 与 -A 同时并在、同时为真的反讽常态——酒醉之人,更容易犯下和对象扑空的错误,或者更容易跟自己的影子较劲。梁鸿的观察也许值得信赖:在李洱的小说中,"解构与建构,陈述与思辨,肯定与否定是同时发生的,呈现出一种非常特殊的反讽修辞学。每当费边兴致勃勃地引用西方大师话语的时候,他自身的行动和行为马上就进行了自我否定。"① 但笃定语

---

① 梁鸿:《"日常生活"的诗学命名与建构》,《渤海大学学报》2008 年第 3 期。

气型塑的叙事模式在型塑细节的恍惚和感受的不可捉摸时,仍然是笃定的:它从未分毫忘记效忠笃定语气的求真伦理;恍惚并不影响叙事的疾速和坚定。

我向你/你们讲述他/他们的故事对应的,不仅是碎片化的时间(Time of fragmentation),更是单子化的时间(Monozygorization time)。单子化的时间极为清晰地意味着:时间像量子一样,在一份一份非连续地运行(或消逝):"我"在连续性地向连续性的你(或你们),讲述不连续性的他(或他们)所做的不连续性的事情。所谓不连续性的事情,就是单子化的细节、孤独的细节。之所以说"我"是连续性的,乃是因为"我"担负的叙事任务不能被阻塞、被中断,否则,就是在为小说深掘墓地;而之所以说你(或你们)是连续性的,那是因为你(或你们)虽然被叙事模式同时创造出来,却到底身陷于现实世界,有机会和能力连续性地和不具连续性的他(或他们)面对面;而且,唯有你(或你们)是连续性的,才有可能和他(或他们)面对面。在笃定语气型塑的叙事模式中,所有被型塑的人物,都可以被分成不连续的一份份;他们的行为是断裂的,前一个行为和后一个行为之间,没有必然的逻辑关联,两者之间更倾向于偶然性,也更倾心于偶然性,就像蛇既可以勾引也可以不勾引夏娃。要勾引,还是不勾引,全看它一闪而过的,到底是何种成色的念头。没有任何人有足够的能力解释清楚:费定[①]为什么要带叙事人"我",去一个神

---

① 费定是李洱的短篇小说《饶舌的哑巴》中的主角,这个小说首发于《大家》1995 年第 4 期。

秘的餐厅,吃一顿古怪的饭,想见又不愿见因此终于没有见到一个陌生的女人——只需要一个相反的闪念,那个女人就会被见到;甚至无法解释作为一名大学教师,费定为什么居然会找"我"这个邮递员做朋友——同样只需要一个相反的闪念,费定就肯定不会找上"我"。"我"的疑问,以及"我"此时特别想讲述给读者(亦即你或者你们)的疑问是:"记忆之中,我似乎没有和那个人打过交道,但他怎么知道我是小李呢?我感到纳闷。可是,自从听到他的声音,我对他就没有恐惧情绪了。说来奇怪,我想不起他的声音有什么特色,但是我知道他不像一个会伤害人的家伙。"即使有人对这个疑问勉力给出解释,也必将是不饱和的;之所以不能做出饱和性的解释,是因为在这种叙事模式里,连续性早已丧失殆尽。同样的情况也发生在吴之刚、冯蒙等很多人尤其是冯蒙身上。此人经历过多次的死去和转世,存活人世间数千年之久,但是很可惜,在笃定语气型塑的叙事模式里,冯蒙不过是一份份不连贯、也一份份彼此间互不相关的冯蒙而已。连续性的丧失(或曰时间的单子化)既导致了反讽主义者(亦即他或他们)的傀儡身份,或木偶表情,令他们深陷于斯德哥尔摩综合征,还深度性地有违"时中",也让被型塑的事情彻底丧失了连续性。因此,被型塑的事情满可以被区隔为第一份、第二份、第三份……直至第 N 份。而在所有丧失连续性的事情里,爱的不连续也许最为醒目。这就是爱无能(或曰爱之癌)在叙事学上的终极根源——早在笃定语气型塑它满意、称心的叙事模式时,爱之癌(或曰爱无能)就已经同时被制造了出来。这一切,都在疾速、硬朗、脊梁笔挺的叙事中,得以实现;并被读者以在场的、面对面的方式,同时看到。

作为一个视写作为修行之人,李洱似乎遭遇过不止一次"心境的蜕变"①;"心境的蜕变"直接导致了语气转向,因为语气跟"心境的蜕变"一样,本身就是一个语言事件(language events)。卡维尔(Stanley Cavell)认为:幻想一种不受语言污染、打扰的现实,只是一种"先验幻象"(transcendental illusion),因为一切可以被认识的事情,总是语言之中的事情②。作为第一次语气转向的结果,花腔语气成为李洱式反讽语气的加强版,或者升级版,具有更为强劲的型塑双重反讽主体的能力。所谓花腔语气,如前所述,就是作为声音的笃定语气相加于作为音容的巧言令色。较之于说明书一般的笃定语气,花腔语气在构成上要复杂得多;它型塑的叙事模式,当然也就比笃定语气创生的叙事模式复杂一些。按照花腔语气内部的分层效应,它型塑的叙事模式似乎可以分为两种,第一种是:**我向他讲述他的故事**。这种叙事模式中的叙事人"我"照例是单数,分别是白圣韬、赵耀庆(亦即肇耀庆或阿庆)、范继槐;"我向他讲述他的故事"中的第一个"他"分别是:听众范继槐、调查组成员和白凌小姐;第二

---

① 和太多的作家不一样,有理由认为李洱对自己、对自己作品的看法是力驱客观的,他的言论值得信赖。此处说他不止一次遭遇"心境的蜕变",有他言论为证:"至少在我看来,作家的同情心并没有丝毫减弱,作家对崇高事物的向往也没有丝毫减弱,他只是多了一份怀疑,多了一份清醒,多一份力量对悖谬经验的体认,小说因此不再仅仅是情感的倾诉,不再仅仅是叫喊。"(李洱:《问答录》,前揭,第241页)

② 参阅 Stanley Cavell,"*The Availability of Wittgensitein's Later Philosophy,*" Philosophy Review,Vol71(1962),p.86。

个"他"只有一人:葛任。三个叙事人"我"纷纷征调自己的记忆,向其听众讲述他们自以为知道、自以为很了解的革命者葛任和怀疑主义者葛任,尤其是围绕葛任组建起来的诸多事情。瑞恰慈说得很肯定:"我们行为方面系统性的、经过组织的特性就产生于过去经验的这些潜移默化;他们介入进来,这就说明我们有能力去吸取经验教训。它是活的生命组织所特有的一种方法,过去的一切通过它来影响着我们现在的行为,也许仿佛是跨越了一道时间的鸿沟。"①詹姆斯·伍德也有言:所谓记忆,不过是"脑子的看守"②。瑞氏和伍氏所言,在逻各斯的治下可能是实情,却和"中"(亦即巧言令色)"西"(亦即求真伦理)"合璧"的花腔语气互不兼容,因为回忆也是一个语言事件,"可以自由地造出反事实的情况,"③更何况还有德行不良的巧言令色参与其间呢。在这种叙事模式里,三个叙事人"我"活像患上了口腔痢疾,在话语的流布和奔泻间,纷纷号称自己向听众"他"讲述的关于葛任(第二个"他")的所有事情,全是真的,所谓"有甚说甚"(白圣韬)、"向毛主席保证"(阿庆)以及"OK,彼此彼此"(范继槐)。这三句话(或三个短语),把花腔语气型塑的第一种叙事模式,给非常完好地具体化和肉身化了:无论是白圣韬讲、范继槐听(时间:1943年3月;地点:由白陂至香港途中),还是阿庆(或赵耀庆)讲、调查组成员听(时间1970年5月3号;地点:信阳莘庄劳改农场),或范继槐

---

① [英]艾·阿·瑞恰慈:《文学批评原理》,前揭,第97页。
② [英]詹姆斯·伍德:《小说机杼》,前揭,第105页。
③ 梅广:《释"修辞立其诚"》。

讲、白凌听(时间:2000年6月28号至29号;地点:从京城到白陂市途中),都围绕第二个"他"——葛任——以组建自身的回忆,一个可以自由地造出反事实情况(Counterfactual circumstances)的语言事件。和笃定语气型塑的叙事模式有所不同,三个叙事人,亦即和花腔语气迎面相撞的三个"我",全都在封闭的空间中,背对读者;"我"只面对"我"的听众(亦即叙事模式中的第一个"他"),不对读者负有任何责任。在这种表情的叙事模式里,作者李洱也许对他的读者有其心心念念的期待视野,正所谓隐含读者,也就是被彼得·拉比诺维兹(P. J. Rabinowitz)热情倡导和命名的"作者的读者"[1];而在三个叙事人的心目中,却根本没有读者的任何位置。因此,在这种叙事模式里,读者不会和叙事人、叙事语气、反讽主义者、反讽时代以及内在于它们的叙事本身同时诞生。读者不是被第一种叙事模式创造出来的,更不具有时间上的同时性;读者必须纯粹以《花腔》的欣赏者身份,局外人身份,去面对叙事人、叙事模式,以及小说的其他诸多要素。

如果《花腔》仅有第一种叙事模式,独具会心的读者就有足够的理由质疑:《花腔》是否会重新回到素材在前、创作在后,亦即必须"深入生活、体验生活"的小说时代;是否要重新退至小说主要起教育作用的年月。毕竟回到那样的时代、那样的场域,小说创作似乎要显得更容易一些。几十年前,吴兴华就颇为抒

---

[1] 参阅 P. J. Rabinowitz, *Before Reading: Narrative Conventions and the Politics of Interpretation*, Ohio State University Press, 1987, p. 17。

情地道出了其间的秘密:

> 啊,可悲的人类的语言——在我提起笔之前,我脑中辉耀着明星一样的字句,那样清亮,那样美丽,那样近;似乎只要我将它们转载到纸张上来就成功了一件轻而易举的工作。而现在呢! 我徒然运斤斫削着言辞和意象,结果不能复产出理想的十分之一;因为我不过是一个做梦的人,日夜游荡在缓变的梦里,而不能指示给他人我奇异的梦。就在我提笔的时候,又有一个生疏的梦攫住我,我的笔似乎是在受另一个力量的意旨的引导①。

好在花腔语气还型塑了第二种叙事模式:**我向你(或你们)讲述他们的故事**。这种叙事模式中的叙事人"我",乃是《花腔》中为白圣韬、赵耀庆(亦即阿庆或肇耀庆)、范继槐查漏补缺之"我",那个作为"拾遗"的"我";单数或复数的第二人称,指的是奉命处于虚拟状态,却随时准备和叙事人一同诞生的读者;"他们"则是作为叙述人的白圣韬、阿庆和范继槐。所谓他们的故事,不仅仅是指第一种叙事模式里那三个"我"的故事,还包括三个"我"讲述的关于葛任的故事,但尤其是讲述故事的方式。在这种叙事模式里,"我""高度"受制于被"高度"视觉化的汉语,求真是唯一的伦理,也是唯一的目的;因此,"我"很愿意认同福柯(Michel Foucault),这位既受制于逻各斯又高度怀疑逻各斯的法国人的看法:"对历史说来,文

---

① 吴兴华:《吴兴华全集》第 2 卷,广西师范大学出版社 2017 年版,第 27—28 页。

献不再是这样一种无生气的材料,即:历史试图通过重建前人的所作所言,重建过去所发生而如今仅留下印迹的事情;历史力图在文献自身的构成中确定某些单位、某些整体、某些序列和某些关联。应当使历史脱离它那种长期自鸣得意的形象,历史正以此证明自己是一门人类学:历史是上千年的和集体的记忆的明证,这种记忆依赖于物质的文献以重新获得对自己的过去事情的新鲜感。"①恰如福柯暗示或揭示的那样,花腔语气型塑的第一种叙事模式自有其高远理想:在叙事模式高速运转起来之后,能在相关的时刻,获取关于历史的某些或者某类真相,以至于"重新获得对自己的过去事情的新鲜感"。所以,白圣韬才敢宣称自己的讲述是"有甚说甚",阿庆则自称"哄你是狗",范继槐当然更为信誓旦旦,他说:"我说的都是实话,大实话,"并且是"出于对历史负责的精神",还号称要把"这段历史留给后人"。而第四叙事人,亦即第二种叙事模式中那个"拾遗"之"我",却揭穿了前三个人的讲述中几乎所有的谎言;"我"不但向你(或你们)指点着他们的谎言,尤其是谎言被炮制出来的方式,还把他们和你(或你们)拉到一起,让你(或你们)在第一时间内,见证他们的故事,以及葛任在他们的故事里跌宕起伏的命运。花腔语气型塑的第一种叙事模式中没有任何位置和地位的读者,在第二种叙事模式里得到了补偿;《花腔》也由此捍卫了李洱暗中开启的小说革命:叙事

---

① [法]米歇尔·福柯:《知识考古学》,谢强等译,生活·读书·新知三联书店2003年版,第6页。

人、叙事语气、反讽主义者、反讽时代和读者以及叙事过程同时诞生。

《花腔》语气型塑的两种叙事模式,都号称寻找或者弄清葛任之死的真相。不用说,寻找真相不仅需要时间上的连续性,更需要感受上的连续性;没有感受上和时间上的连续性,真相,尤其是真相的获取过程以及对真相的心理渴求,就是不可思议的东西。在两种叙事模式里,被叙述的时间都很长,起自晚清,迄于二十一世纪初,跨度超过了一百年。无论是从叙事目的的角度看,还是从所叙时间之长的层面观察,《花腔》似乎都有足够的理由建立宏大叙事,何况在很多评论者眼里,《花腔》原本就可以被视为新历史主义小说的登峰造极之作[①]。因此,《花腔》即使没有机会像 D. 罗斯所说的那样"将过去和将来统一起来",最起码有能力将过去和现在相杂糅,毕竟"过去和将来"必将取道于"现在"——如果当真有真相,以及真相当真可以被获取的话。通过花腔语气型塑的第二种叙事模式,第四叙事人,亦即作为"拾遗"之"我",指着白圣韬等人(亦即他们)精彩绝伦的表演,向被同时创造出来的读者(亦即你或者你们)说:"'真实'就像是洋葱的核,一层层剥下去,你什么也找不到。"李洱也曾在小说叙事空间之外的某处说过:"如果考虑到,小说的那三个人,差不多是枪逼着,或者是在利益和美女的诱惑下,去讲述故事的,那么,他们所讲的故事与当初的那个真相,距离就更远

---

① 张清华:《中国当代先锋文学思潮论》,中国人民大学出版社 2014 年版,第 178 页。

了。"①李洱的言说顶多可以被视作表层的解释,是叙事行为完成之后,才该获取和才可以获取的那种结论。要知道,叙事行为,和所谓的"差不多是枪逼着,或者是在利益和美女的诱惑下,去讲述故事的"这种情况,同时发生;事后才能被看到的东西,在事情发生时,事情的主体一准没有机会看到,因此决不可能看到,就像巴赫金嘲讽的那样,没有任何人能够或可以看见自己的眼睛。两种叙事模式型塑故事情节的过程,就是剥洋葱那般,寻找事情真相的过程;长长的、错综复杂的叙事行为结束之后,洋葱剥完了,却没有真相,就像从来没有本质。此间情形,更应该归因于埋藏在花腔语气自身内部的矛盾性。

很容易观察到,在第一种叙事模式中起核心作用的,是作为音容的巧言令色(而非笃定语气)。正是它,让三个叙事人自以为句句真话,却忽略了其间的恍惚性,甚至忽略了枪、利益和美女。因此,言说在极为理性的层面上,反倒彻底沦作下意识的行为,甚至下意识本身。巧言令色有如第一种叙事模式的潜意识,就像"与……并存"是反讽时代的潜意识;当第一种叙事模式启动自己时,也就同时将三个叙事人置于它的潜意识的统治之下。因此,白圣韬等人须得不自觉地、下意识地口吐莲花,以至于每一个词语要么身体前倾,要么后仰,其臀部要么左摆,要么右摇,其脑袋要么上挺,要么紧缩……都在极尽夸张、幽默、滑稽之能事。在第二种叙事模式中发挥核心作用的,是作为声音的笃定语气,求真是其潜意识。巧言令色和笃定语气因此天然冲突,互

---

① 李洱:《问答录》,前揭,第55页。

相矛盾,并由此成为花腔语气自身内部的潜意识。如果没有第二种叙事模式,第一种叙事模式中的口吐莲花者所讲述的任何事情,就既不能被证实,也无法被证伪。虽然有道是"孤证不立",但孤证归根到底也是"证",比无"证"还是要优越得多。不幸的是,第二种叙事模式只能否定第一种叙事模式中的几乎所用讲述,却仍然无法肯定性地获取葛任之死的丝毫真相。两种叙事模式相互帮助,在获取真相的失败过程中,促成了《花腔》的大获全胜①。

因此,在《花腔》那里,宏大叙事终归虚妄;诚如程德培之卓见,《花腔》是一部"打碎传统而又阻断模仿之路"的作品②,但它或许首先是对1980年以来,中国先锋小说传统的彻底终结③。和笃定语气型塑的叙事模式(亦即"我向你/你们讲述他/

---

① 两种叙事模式共同导致的小说的形体在中国现代小说史上迄今为止也是独一无二的。为不影响行文的流畅,此处仅将黄平对此的总结,加到注释里:"小说主体由此分为两大序列:序列一是三段口述史料所组成的小说第一、二、三部分,分别是1943年3月白圣韬对范继槐的叙述、1970年5月3日赵耀庆对调查组的交代、2000年6月28—29日范继槐对白圣韬孙女白凌的回忆;序列二,在序列一的每一节口述后面,附着'我'找到的相关'史料',主要的有(以出场时间为序)黄炎《百年梦回》、安东尼·斯威特《混乱时代的绝色》、费朗《无尽的谈话》、于成泽《医学百家》专栏、毕尔与埃利斯《东方盛典》、刘钦荣《茶人》、徐玉升《钱塘梦寻》等材料。序列一,即三段历史见证者的口述,在小说中以@标记;序列二,即相关的史料,在小说中&标记。"(黄平:《先锋文学的终结与最后的人——重读〈花腔〉》,《南方文坛》2015年第6期)
② 程德培:《洋葱的祸福史》,《收获·长篇专号》2018年冬卷。
③ 黄平:《先锋文学的终结与最后的人——重读〈花腔〉》,《南方文坛》2015年第6期。

他们的故事")导致的单子化细节、单子化时间相比,花腔语气型塑的两种叙事模式反倒远没有那么极端。理由看起来令人吃惊地简单:说明书般的笃定语气对叙事模式拥有创世的必然性,但叙事模式型塑出来的一切小说要素之间的关系,却更倾向于偶然性。花腔语气型塑的两种叙事模式在相互牵制和彼此冲突中,反倒让两者都不敢太任性、太放纵自己。虽然两种叙事模式型塑的细节并不必然具有必然性,但因为求真和巧言令色相互制衡,反倒在免于必然具有的必然性的同时,也免于必然具有的偶然性。如果只有巧言令色,巧言令色者一定会陶醉于、迷失于、不自知于巧言令色;一旦有求真伦理同时存在,即使巧言令色者不感到羞涩(白圣韬等人当然来不及有这等想法),巧言令色本身也会觉得不好意思——毕竟巧言令色和无耻或者"知耻者耻也"还有本质的不同。因此,和冯蒙可以被量子般分成一份份不连续的影子相比,虽然葛任终究也是影子,但他好歹还是行走的影子——具有连续性的影子。第四叙事人早已知会被他同时创造出来的读者:行走的影子"出自《麦克白》的第五幕第五场:人生恰如行走的影子,映在帷幕上的笨拙的伶人。登场片刻,就在无声无息中退下。它又如同痴人说梦,充满着喧哗和骚动",因此反倒具有不可辩驳的连续性。虽然葛任也是失去行动能力的木偶或傀儡,但他不会像冯蒙那样,是被分成一份份的傀儡和木偶。说明书一样的笃定语气型塑的叙事模式导致的叙事行为倾向于事情的不连续性,在所有不连续的事情中,爱的不连续性最为严重,冯蒙所认领的爱无能的状态委实导源于此;《花腔》语气型塑的两种叙事模式在相互牵制和冲突中,顶多让葛任处于反讽状态:他笼罩在巨大的爱的罗网之中(四个叙事人都纷纷宣称爱他),最终,却不免于丧失了爱。葛任没有寄存于爱无能的状态,他只是没有能力——更主要是没有机会——获取爱;反倒是那些号称施爱与他的人,处于爱无能的泥淖、爱之癌的状态。《花腔》语气掺入了成色浓厚的革命话语;而革命话语更倾心于音量浑厚的崇高语气。花腔语气在崇高语气的帮助下,原本打算超越 M.舍勒痛斥的那种"两人间的私爱"①,以成就一种更为高远、更能与历史和宏大叙事相关联的爱。但革命话语自身的内部规定性不但令葛任"私爱"不成,还必须承担因被爱而被毁灭的命运②——就这样,施爱与葛任的所有人,都很是不幸地沦陷于爱之癌。《花腔》语气及其型塑的叙事模式给出的启示是:葛任的确是一具行走的影子;但他的被毁灭,却不能被假装当作没有重量、没有体积的影子被毁灭了。除了黑夜,没人有能力毁灭影子。赫西俄德给出了其间的缘由:"黑夜属于快乐的神灵。"③

发生在李洱小说写作生涯之中的第二次语气转向,是以游子带着宝物(亦即视觉化汉语)喜滋滋还乡为方式,回归母语;其结果,就是被重塑的感叹语气。存乎于被重塑的感叹语气之内的,是视觉与味觉的和平共处、肌肤相接;是零距离应物原则和远距离应物原则的相互示好、耳鬓厮磨;是李洱式反讽语气和

---

① [德]M.舍勒:《爱的秩序》,林克等译,生活·读书·新知三联书店 1995 年版,第 15 页。
② 关于这个问题,本文在"作为语气的花腔"一节有详细论述,此处不赘。
③ [古希腊]赫西俄德:《工作与时日·神谱》,前揭,第 22 页。

沧桑语气、悲悯口吻处于最恰当比例的上佳时刻,有类于传说中的黄金分割。因此,被重塑的感叹语气既能把事情说清楚,进而成为把事情说清楚的英雄(这来自李洱式反讽语气);又能在求真的同时,顺理成章地构造一个有情的场域,以至于出现了较为厚重的抒情气质(这来自沧桑语气和悲悯口吻,甚至汉语自身的羞涩感)。抒情气质则让反讽的意味得到了很好的稀释,甚或得到了恰到好处地抑制(但又决不会自动消失)。说明书般的笃定语气、花腔语气以其创世的必然性,也因其自我宣称的对真相的渴求,更倾向于、倾心于直接型塑自己中意、可心和乐于宠幸的叙事模式。但被重塑的感叹语气却另有理路:它需要中介。无须追问被重塑的感叹语气为何需要中介,只需承认中介早已存乎于《应物兄》这个很容易被观察到的文本事实①。所谓中介,正落实于《应物兄》中密匝匝出没的两个句式:他听见自己在说……;我们的应物兄……。关于第一个句式的叙事学意义,程德培先生堪称眼疾手快、慧眼独具——

  应物兄的这一特殊本领,不仅是一种为人处世的方法,也为叙述带来了便捷通道,让第三人称叙事的全知功能有所收敛,也为进入应物兄的内省活动大开方便之门。旁白、

---

① 这样做的依据,可以出自于哲学家赵汀阳著名的无立场原则。立场充满了主观性,无立场则要悬置任何主观性,转而强调事实和客观,事实是不可能主观的,只有看待事实的眼光会主观,这正是悬置立场的原因;悬置立场就是为了在事实的层面看待事实,从事实出发,去描述和评价事实(赵汀阳:《思维迷宫》,中国人民大学出版社2010年版,第84—86页)。

内心想法、不便说出来的意见、不宜发表的评论、无法登台的对话,甚至冷嘲热讽都走上了前台。真的应验了"克己复礼"的作为,这也是一种"说不可说"的修辞①。

作为两种形式的腹语中比较显眼的形态,"他听见自己在说……"被程氏所辨识,似乎比较容易得到理解,因为它实在太显眼了;作为两种形式的腹语中不那么显眼的形态,"哦……"被程先生忽略,也很容易得到理解,因为它实在不怎么打眼,它似乎只是一声叹息而已。但"哦……"被忽略,确实称得上后果严重,因为第二种腹语正好是《应物兄》的抒情气质的主要来源——如果不说唯一来源的话②。作为被重塑的感叹语气型塑的次生口吻,两种腹语紧接着型塑的叙事模式是:**我对我自己说(偶尔也可以在想象中对他/他们说)……**。存乎于这种叙事模式中的"我"和"我自己",都是应物兄,再一次像鲁迅家的后院墙外那两株枣树。很显然,用普通叙事学的术语——限知视角(Limited point of view)——去指称这种叙事模式,应该是恰当的、合身的,亦即程德培先生慧眼识珠那般指出的"让第三人称叙事的全知功能有所收敛"。和被重塑的感叹语气通过两种腹

---

① 程德培:《洋葱的祸福史》,《收获·长篇专号》2018年冬卷。
② 值得注意的是,如前所述,"哦"所表征的沧桑、悲悯甚或语言自身的羞涩,都导源于汉语自身的本质规定性。这样说必须得有一个可靠的前提:汉语本身因其以诚为伦理,本身就是沧桑、悲悯和羞涩的。因此,即使《应物兄》通篇不出现"哦",也并不表明抒情性竟然不存在,因为它使用的是被重塑的感叹语气。虽然"哦"只是被隐藏起来了而已,但通篇都是"哦"的精神。对这个问题的详细分析,请参阅敬文东:《感叹诗学》,前揭,第62—64页。

语间接型塑的叙事模式比起来,说明书般的笃定语气和花腔语气直接型塑的叙事模式,就显得平易近人得多:前者比后者具有更多的复杂性。在这种被间接型塑出的叙事模式里,前一个"我"是叙事人,后一个"我"既是叙事人,又必须是前一个"我"的叙事对象;叙事对象和叙事人相杂呈的局面,一下子让《应物兄》在叙事上变得复杂起来。但从美学效果上观察,可以被认作因手段增多,变得丰富了起来,也多层次了起来。对于文学作品而言,复杂和丰富都很重要,但无疑丰富比复杂更尊贵——并不是所有形式的复杂,都必然指向丰富,必然导致丰富或多层面。

如前所述,第一种腹语将"我们的应物兄"分作了两半:其中的一半"我"(以第二人称"你"为形式出现)说与另一半"我"(以第三人称"他"为形式出现)听;一半"我"(他)在观察另一半"我"(你)。因此,第一种腹语的言说模式应当是:"我"问你问题;他向"我"回答"我"问你的那个问题。接下来的推论顺理成章:第一个"我"在说与第二个"我"听的同时,在观察着第二个"我";正在听"我"说的那个"我",则在仔细辨析着正在说的那个"我"。这种叙事模式几乎是在照搬现象学的思维理路(应当注意的是:何为研究柏拉图,但她明示了柏拉图和王阳明的关系;芸娘研究现象学,也明示了现象学和王阳明"致良知"论的关系);或者,它至少受益于现象学的观物方式①。对此,批评家

---

① [德]埃德蒙德·胡塞尔:《现象学观念》,倪梁康译,上海译文出版社1986年版,第48—55页。

王鸿生先生几乎是在第一时间内,抢先给出了极为精彩的分析——

> 《应物兄》需要一个特别的叙述人,这个叙述人就是应物兄。作为叙述人的应物兄之所以显得特别,主要是因为:它既是作品里的一个人物,也是作者化入作品人物的"分身"之一;它既是一个非主人公的主人公,又是一个创造了隐含作者的作者;虽然小说的一切描写、对话、事件,或见或闻,或印象或记忆,或思索或感觉,都严格出自应物兄"在场"的有限视角,但这个叙述人却又具备在有限与无限之间收视返听的能力。既然叙事时空是临界的,叙述人在逻辑上必然也是临界的。一个临界的叙述人,只能是半个"局外人",一脚门内,一脚门外,它必须学会在门槛上生存。此之奇谬,盖因讲述世道人心,只有临界者才能既入乎其内,又出乎其外。于是,仿佛游走在时间与空间、梦境与现实、已知与未知相互接引的界面上,它(他)边讲边看,边听边想,从而获得了一种"究天人,通古今"的超越性的自由①。

第一种腹语型塑的叙事模式中出现的那个应物兄,是否真的是"作者化入作品人物的'分身'之一",此处大可姑置不论;规模庞大的《应物兄》之所叙,是否真的"都严格出自应物兄'在场'的有限视角",此处亦可姑置不论。但"临界的叙事人"这个

---

① 王鸿生:《〈应物兄〉:临界叙述及风及门及物事心事之关系》,《收获·长篇小说专号》2018年冬卷。

提法,确实当得起"精彩睿智"这个四字考语;这个提法,把作为叙事模式的"我对我自己说……"的复杂性,给相当充分地揭示了出来,并且极具动感和画面感,正所谓"一脚门内,一脚门外"。"门内"的脚和"门外"的脚在相互观察,互相对视;"门外"的脚在往门里看,"门内"的脚在往门外看,不像齐美尔(Georg Simmel)思维中的窗户那般狭隘、小气:"从里向外看行,从外向里看不行。"①作为叙事人的"我"和既作为叙事人又作为叙事对象的"我"彼此之间那种既紧张又亲和的关系,也在"临界的叙事人"这个提法里,被十分完好地揭示了出来。

也许,在王鸿生的精彩洞见之上,只需狗尾续貂那般,添加一点点内容,就能将两种腹语型塑的叙事模式之于《应物兄》的意义,给恰到好处地讲述清楚:它为《应物兄》型塑了一种可以被称作心理现实的**内现实**,而且是抒情性的内现实。内现实在此意味着:它既非《尤利西斯》式对纯粹意识的直观呈现,也非《春之声》那般纯粹的内心独白,或冥思,甚至不仅仅是在通常的文学理论中被辨识出来的心理描写,而是被重塑的感叹语气迫于事态的严重,特意发明出来的一种应物方式——对,是发明,不是发现。它以"万物与我同在"的气魄,为天下万物造像于内心;它变小小的四心室,为儒士经生博大、宽广的仁人之心,其重大目的,乃是勉力证明这个残缺的世界,这个阴冷的人间,这个被斯德哥尔摩综合征深度掌控的地球,依然值得同情,依然

---

① [德]G.齐美尔:《桥与门》,周涯鸿等译,上海三联书店1991年版,第6页。

需要悲悯,爱无能也许还有可救药,"知耻者耻也"作为可恨者,也必有其可怜之处。但这归根到底,是被重塑的感叹语气结下的硕果。作为反讽时代的儒士经生,拥有内现实的应物兄虽自带双重反讽主体之身份,却因此依然可以"呼"应于孟子的"呼"呼:"我善养吾浩然之气。"①但即便如此,应物兄的浩然之气必定是打了折扣的浩然之气,是短斤少两的浩然之气。因为同时受恩和受制于被重塑的感叹语气,这种浩然之气只能存乎于应物兄的内心;它只在悄无声息之中,表达对反讽时代、反讽主义者以及世间万物应有的态度,有不满,有自责,有宽容,也有悲悯以至于……艰难中说出来和表达出来的爱。孟子与应物兄刚好相反,一定要把被"善养"于内心的"浩然之气"扬之于外,以构成一种外部的现实。因此,虽"天下方务于合从连衡,以攻伐为贤",孟子也必将不合时宜地,祖述"唐、虞、三代之德"于天下②。但更重要的是,存乎于内现实的浩然之气因其只存乎于内现实,几乎让应物兄没有任何行动的能力,几至于一事无成之境——王鸿生先生从既成的小说文本(而非小说的创世过程)出发,将应物兄一事无成的原因归之于外部的力量,是这种力量让"应物兄被边缘化"③。与小说的其他诸要素同时诞生的内现实意味着,失去行动能力的应物兄面对的情形,有类于拉封丹(Jean de la Fontaine)的寓言:"大山临盆,天为之崩,地为之裂,

---

① 《孟子·公孙丑上》。
② 〔西汉〕司马迁:《史记·孟子荀卿列传》。
③ 王鸿生:《〈应物兄〉:临界叙述及风及门及物事心事之关系》,《收获·长篇小说专号》2018年冬卷。

日月星辰,为之无光。房倒屋坍,烟尘滚滚,天下生灵,死伤无数……最后生下了一只耗子。"①即使是"哦……"型塑的抒情性的"我对我自己说……",也不能幸免于这等不幸而可叹的结局。这是因为"哦……"本来就是无声的,它除了强化叙事模式里的应物兄丧失行动能力这个事实外,顶多对这个事实抱有遗憾和惋惜的态度,一种抒情性的惋惜和遗憾。不用说,这等情形自有其由来:作为反讽主体的李洱基于给定的现实世界,几经"心境的蜕变"之后,终于获取了跟"心境的蜕变"相匹配的语言事件——被重塑的感叹语气。事情在倒逼之下,满可以这样认为:被重塑的感叹语气首先帮助作者李洱创造了叙事人应物兄;在获得作为加油站的李洱慷慨馈赠的燃油后,作为叙事人的应物兄在跟《应物兄》的其他诸多要素同时诞生的情况下,同时目睹(亦即诞生)了等价于生出一只小老鼠的那个滑稽、可叹的结局。

小说开篇的第三自然段,首次出现了"我们的应物兄……"这样的句子;在第三自然段之后,这句话被迅速处理为《应物兄》最常见的句式之一。又是王鸿生先生在《应物兄》发表后的第一时间里,对这个句式的叙事学意义给出了精彩的解析:"'我们的应物兄',小说里反复出现的这一称谓。……然而,这一声音源自于谁?究竟是谁在叫'我们的应物兄'?顺藤摸瓜,我们可以发现,原来作品设置了一种三层嵌入式的叙述视角:叙

---

① 转引自王小波:《王小波文集》第4卷,中国青年出版社1999年版,第111页。

述者隐身在人物背后;隐含作者隐身在叙述人背后;还有一个'谁',却隐身在隐含作者的背后。这个'谁'意味着他者的目光? 还是文德能死前提到的那个奇怪单词 Thirdself(第三自我)? 究竟是一个莫名的'他'在叫,抑或是一个更神秘的'我'在看,其实并不重要,重要的是设置了这一视点外的视点,我们就无法再自恋,再自欺了。"①反复打量之后,必须得承认:在所有可能的解释方案中,王先生提供的不但是至为精彩的方案,同时也很可能是最为合理的方案。但仍然不妨绕开王先生的洞见,另辟蹊径,以便对《应物兄》有多个层面的理解。

遵循赵毅衡暗示的那个叙事学的普适公式,被重塑的感叹语气通过"我们的应物兄……"间接型塑的叙事模式就应当是:**我向你/你们讲述他/他们的故事……**。这里的叙事人"我",就是王先生提到的那个神秘的"谁";作为李洱的小说革命的成果或结果之一,你(或你们)是和《应物兄》内部诸多要素同时诞生的读者;他(或他们)则是应物兄以及环绕应物兄伺机而动的各色人等。借用普通叙事学的术语——全知视角(Omniscient point of view)——去指称这样的叙事模式,应该是恰当的、合身的、合辙的。陈平原也许正确地说过,"说书人腔调的削弱以至逐步消失,是中国小说跨越全知叙事的前提。"②但是,如果有谁准此认为,以鲁迅为起始的中国现代小说从此根绝了全知叙事,

---

① 王鸿生:《〈应物兄〉:临界叙述及风及门及物事心事之关系》,《收获·长篇小说专号》2018年冬卷。
② 陈平原:《中国小说叙述模式的转变》,上海人民出版社1988年版,第71页。

则不免于幼稚有加之讥。全知叙事在所有性质的叙事模式当中,都绝对是必不可少之物,利奥塔尔深知其间的奥秘,深谙个中的要诀①。在《圣经》和逻各斯的稠密地带,它名叫上帝视角;在《圣经》眼中不免等而下之的叙事学那里,它名叫全知视角;而在被重塑的感叹语气这里,它满可以被名之为**圣人视角**,以顶替王鸿生无法给出定名的那个神秘之"谁"。圣人视角并不是说:叙事人是圣人,像载道之文的作者那般,在为圣人代言;而是说:被重塑的感叹语气需要的叙事人,不仅得像圣人那般无所不知,还得分有哪怕一点点圣人应物时的情怀,以免于纯粹的俗人之境,并以此应对万物(实际上主要是应人)。作为一部以反思汉语为潜在主题的庞然大物,《应物兄》对叙事人有如此这般的要求,自在情理之中;被重塑的感叹语气接受了这个任务,也出色地完成了自己的使命。因此,在《应物兄》和被重塑的感叹语气之间,再一次构成了互为母子、互为因果的奇异关系。所谓被重塑的感叹语气,就是程度尽可能深地向汉语内部的本质规定性靠拢;而先秦儒家的表达方式,总是倾向于"汇集众多修身规范,所罗列的规范之间,并无鲜明的递进推衍关系,而是表现为一种平行、综合的结构,形成一种'集义'的格局"②。不用说,汉语自身的本质规定性尽在"'集义'的格局"之中,因为所

---

① 比如利奥塔尔认为,人民不过是那些"使叙事现实化的人,他们的现实化方式不仅是讲述故事,而且也是倾听故事,同时也使自己被叙述讲述,总之在自己的体制中'玩'叙事:既让自己处在受述者和叙述的位置上,也让自己处在叙述者的位置上"([法]利奥塔尔:《后现代状况》,前揭,第47页)。

② 刘宁:《汉语思想的文体形式》,前揭,第6页。

"集"之"义",只有围绕诚,方能成就自身;"'集义'的格局"在其极端处表征的,正是圣人之德,或是圣人之为圣人的那种圣人性。作为一种奇特的添加剂,圣人性只需一点点,就能成就圣人视角。作为汉语内部本质规定性的核心,诚被凸显了出来;凡能诚者,皆为贤人或君子;而能至诚者,唯有圣人。在曾文正公那里,人之为人已经极端到只有一个选择:要么做圣贤,要么为禽兽。

事实已经很明确:圣人视角是李洱发动的小说革命导致的后果之一;甚至可以说:唯有他的小说革命,才有圣人视角的诞生。中国古典小说基本上都是全知视角,《痴婆子传》或许是其间鲜有的例外之作。有足够的理由认为:中国古典小说更有可能与文化小传统接壤,距离文化大传统则比较遥远①。小说因此属于乡野间巷文体,不似"集义"之"格局",打一开始,就属于经学的文体范畴。从文化分层的角度看,数千年来,乡野间巷文体和经学文体一直处于相对应、相对立、始终互渗,却又始终相对独立的关系之中②。因此,中国古典小说虽然百分之百地浸淫于味觉化汉语,虽然全方位认领了味觉化汉语的音声习性,其全知视角反倒不可能成为圣人视角。早在 1907 年,就已经有人在当时所谓的"新小说"和古典小说之间做出区别:"旧小说,文学的也;新小说,以文学的而兼科学的。旧小说,常理的也;新小说,以常理的而兼哲理的。"③何以至此呢? 盖因为汉语慢慢地得到了视觉化。自鲁迅开始,"新小说"身上感染的症候,更是

---

① 敬文东:《从野史的角度看》,《当代作家评论》1997 年第 6 期。
② 敬文东:《牲人盈天下》,前揭,第 9—14 页。
③ 佚名:《读新小说法》,《新世界小说社报》第 7 期,1907 年。

愈演愈烈,限知视角以前所未有之规模,大量出没于愈来愈视觉化的汉语小说。但《倪焕之》《子夜》《家》《骆驼祥子》《寒夜》等众多号称写实的长篇作品,仍然重施故技那般,继续采用了全知视角。它们快乐地受制于视觉化汉语,依靠视觉化汉语的分析能力,条"分"缕"析"地刻画人物、描述风景、型塑情节。求真被认作它们的目的;以观察、反思、汲取现实生活为方式组建故事情节,企图以此获取对时代和社会性质的准确认知,更被认作它们远大的理想①。因此之故,有类于《家》《子夜》《骆驼祥子》等一干作品,早已不知味觉化汉语内部的本质规定性为何物;圣人视角对它们而言,宛若鸡对鸭讲。另外还有诸如《红岩》《红日》

---

① 在茅盾创作《子夜》的年代,中国到底是何种性质的社会,乃知识界极为关注的问题。比如严零峰说:"中国社会经济结构虽是复杂,但资本主义的生产方法和生产关系是居领导(亦即支配)的地位;整个社会的再生产行程要依赖于资本主义生产方式的经济部门之再行程的。中国社会内部主要的统治者是资产阶级,……换言之,中国目前是个资本主义社会。"(严零峰:《中国经济问题研究序言》,高军编:《中国社会性质问题论战(资料选辑)》,人民出版社1984年版,第8页)王学文则辩解说,"所谓十八行省或二十一行省地方,多数乡村间,尤其内地行省的多数乡村间的所谓农村经济的,大体仍是以自给自足为原则,农家自己需要的物质的生活资料由自家生产自家消费。""商业生产无论其在农村与都市,都只是单纯商品的生产,前资本主义生产方式的,尤其是封建的半封建的生产方式的生产。"(王学文:《中国资本主义在中国经济中的地位其发展及其前途》,高军编:《中国社会性质问题论战(资料选辑)》,前揭,第187—188页)至少《子夜》的本意,"就是想利用小说的形象化叙事,来思考中国社会的性质。……《子夜》经过繁复、冗长甚至略显苦涩、干燥、沉闷的叙事,形成的叙事学决议是:中国并没有走向资本主义发展的道路,中国在帝国主义的压迫下,更加殖民地化了。应该说,茅盾的叙事学判断相当准确。"(敬文东:《从铁屋子到天安门》,《上海文学》2004年第8期)

《红旗谱》《创业史》《三里湾》《艳阳天》《铁木前传》一类史诗化全知视角的叙事作品。在不算漫长的中国现代小说史上,也许只有少数作品,自觉或不自觉地采用了圣人视角,但《应物兄》仍然有其特殊性:它是在以反思汉语为潜在主题的前提下,有意识地回返母语的本质规定性,因而既幸运又自觉地获取了这样的视角。显然,这决不是碰巧或下意识的写作行为所致;其间的深思熟虑、战略性转向和文化层面的通盘思考,尤其值得重视。

正因为像圣人那般无所不知,叙事人才有能力对即将与他同时诞生的一切要素,洞若观火、了如指掌。在这里,依然是王鸿生的观察特别值得信任:"其实,在第一章的前10多节里,主要人物及其关系业已托出,但人物性格及其关系的面目、渊源依然是模糊的、即言即止的。小说从来不追着一条线讲述,而是不断地'埋线头',不断地丢下这个线头又岔开去捡起另一个线头。比如,应物兄与其妻子乔姗姗的关系何以会弄到长期分居,'见面吵,不见面在心里吵'的地步,要隔几十节、再隔几十节,才能一层一层见分晓。"①全知性的叙事人之所以敢于如此放肆、如此胆大妄为地"埋线头",并且乐此不疲地边埋边丢,不过是因为他像圣人那般无所不知,无所不晓。小说开篇不久,便出现了一个叫灯儿的人物。在漫长的九十万字里,这个名字只在程济世的谈话中,出现过不多的几次。但与叙事人等小说的其他诸多要素同时诞生的读者打一开始就明白,或早晚会恍然大

---

① 王鸿生:《〈应物兄〉:临界叙述及风及门及物事心事之关系》,《收获·长篇小说专号》2018年冬卷。

悟:灯儿就是小说临近结尾时一闪而过的曲灯老人,一位年迈的老妪,却在同样年迈的程济世心目中,拥有一个少女般的名号,青葱动人。

也正因为分有了圣人情怀,叙事人虽然受制于李洱式反讽语气,须得在求真上下功夫,但更得在求诚上做文章——诚正好是对至诚(亦即圣人)的分有,或至诚不过是诚的最高形式。正是圣人情怀,让一种名为仁德丸子的济州名吃与叙事人一同诞生:

> 应物兄记得很清楚,程先生认为,仁德丸子,天下第一。北京的四喜丸子,别人都说好,他却吃不出个好来。首先名字他就不喜欢。四喜者,一喜金榜题名;二喜成家完婚;三喜做了乘龙快婿;四喜阖家团圆。全是沾沾自喜。儒家、儒学家,何时何地,都不得沾沾自喜。何为沾沾自喜?见贤不思齐,见不贤则讥之,是谓沾沾自喜。五十步笑百步,是谓沾沾自喜。还是仁德丸子好。名字好,味道也好。仁德丸子要放在荷叶上,清香可口。食不厌精,脍不厌细,精细莫过仁德丸子。

仁德丸子是诚的象征,不俗气;它像君子那般,不沾沾自喜。其"名字好,味道也好"的原因,是可口的诚,也是诚的可口和可味特性,更是得到了味觉化汉语的悉心滋养、细心栽培。仁德丸子及其儒者那般的可口、可味特性,正源于圣人视角温柔敦厚的繁殖、生育能力;圣人视角所到之处,仁爱比比皆是,就像"似剪刀"的"二月春风"过处,"细叶"、像"绿丝绦"一样"垂下"的万条柳枝,还有像一整根笔直的碧玉那样的青色柳树,尽皆应声而出。尽管圣人视角躲在"我们的应物兄……"背后,但它型塑的仁爱,仍能温暖被它型塑的反讽时代和反讽主体。而"所谓仁,就是把他人看作是需要关心和帮助的人,同时把自己看作是有担当的人,在以仁所创造的人际关系中把我和他人都塑造成为可以依靠的人。这是一种以仁造人的'美德为本'价值观"①。正因为被圣人视角型塑的反讽主体力图减弱斯德哥尔摩综合征对自己的侵害,减弱 A 与-A 同时存在、同时为真带来的损伤,"我们的应物兄……"必须站在圣人视角的前面,才能显示圣人视角的谦逊、诚实、可靠,但尤其是可信。反讽时代的爱无能(爱之癌)至少可以在圣人视角的注视下,得以某种程度的软化。让-吕克·南茜(Jean-Luc Nancy)有言:"如果说在哲学中除了能指和所指外,从来没有身体,那么,在文学中恰恰相反,除了身体没有别的。"②对于《应物兄》来说,那些名为身体者,都是反讽性的身体;反讽性的身体因圣人视角的存在,被置于味觉化的仁爱之中,而非视觉化的有神论的圣爱当中;反讽性的身体来自对"时中"的破坏,圣人视角因此称得上对"时中"有限度的维护。

在关于仁德丸子的那段引文中有一句话:"应物兄记得很清楚……"这句话暗示的似乎是:这是腹语型塑的叙事模式在

---

① 赵汀阳:《事实是检验价值的标准——汶川救灾与"普世价值"》,《原道》2008 年号,第 81 页。
② [法]让-吕克·南茜:《身体》,汪民安主编:《后身体:文化、权力和政治哲学》,吉林人民出版社 2003 年版,第 93 页。

起作用,也似乎正是王鸿生说的"严格出自应物兄'在场'的有限视角"。但问题的复杂性刚好在于:被重塑的感叹语气通过两种句式,既间接型塑了限知视角,又间接型塑了圣人视角(全知视角)。因此,内含于《应物兄》的叙事,乃全知视角和限知视角的高度混合,"应物兄记得很清楚……"正可以被看作两种视角混合之后的产物。它们既不全是平行关系,也不全是隶属关系。它们在平行中有隶属:限知视角虽然在尽力争取获得跟全知视角相颉颃的地位,但又笼罩在全知视角之下;在隶属中有平行:至少从表面上看,限知视角是从全知视角中剥离出来的部分,但又在尽力争取获得跟全知视角相颉颃的地位。正是这种平行和隶属相混合的叙事方式,在相互配合(而非花腔语气那般相互冲突和牵制)中,既让《应物兄》的字里行间充满了沧桑意味的仁爱、富有内敛的悲悯性,但又因为被重塑的感叹语气并不能完全清除反讽语气,反讽时代故而依旧岿然长存。王鸿生的评论一针见血:"应物兄内心是有大苦恼的人。惟其有大苦恼,才会有大悲悯。"①但这等仁爱、悲悯和苦恼,只能处于心理性的内现实之中,蜷缩在应物兄的左胸膛,并随他的突然离去而离去。应物兄当然不像冯蒙那样,可以被分成一份份的影子,也不是葛任那种徒具连续性的影子,在茫然行走。被作为叙事人的应物兄叙说到的所有主人公,都不会知道,应物兄的左胸膛处还有这个宝物;但这个宝物却被两种叙事方式创造出来的读者

---

① 王鸿生:《〈应物兄〉:临界叙述及风及门及物事心事之关系》,《收获·长篇小说专号》2018年冬卷。

尽收眼底,令他们惆怅、感伤,让他们纷纷感到自己的左胸膛隐隐作痛——

  虽然枝叶芸芸,根却唯一
  穿过我青春的所有说谎的日子,
  我曾摇曳我的叶、我的花于阳光里;
  而今,我可凋谢,化入真理。
      (叶芝:《随时间而来的智慧》,佚名译)

体系性写作

在李洱迄今为止的所有小说作品中，绝大多数都以知识分子甚至知识本身，作为刻写的对象（但不一定是刻写的主题）①。这不免涉及一个重要的写作传统，需要额外申说。事实上，中国现代小说自诞生伊始，知识分子便是其间的主角；围绕知识分子组建起来的叙事框架比比皆是，甚至不乏围绕知识本身组建叙事模式的案例（比如钱锺书的《围城》和《上帝的梦》）。《狂人日记》里那个疯癫患者，那个大病初愈，旋即"赴某地候补矣"的矛盾体，就像女符号学家是李氏牌小说的隐喻那样，既是中国现代小说史上知识分子的反讽性经典形象，也是中国现代小说刻写知识分子的象征和发源地。一百年来，解释狂人之为狂人的

---

① 李洱基本上不涉及知识分子的作品仅有长篇小说《石榴树上结樱桃》，中短篇小说《现场》《斯蒂芬又来了》《国道》等极为少数的几个。

方案和思路可谓多矣①,其中的许多思路和方案都自有其道理,或者自有其不同程度、不同凡响的阐释力。但除此之外,并非没有别的路数可以曲径通幽——这依然需要在此额外申说;如果考虑到"别的路数"和李洱的创作有关,就更加值得额外申说。

　　蒙文通在回顾平生学业时,曾大发感慨。他说,他"在解梁(即河南开封——引者按)时,比辑秦制,凡数万言,始恍然于秦之为秦,然后知法家之说为空言,而秦制其行事也;孔孟之说为空言,而周制其行事也;周、秦之政殊,而儒法之论异。"②在前贤及蒙氏开启的基业上,后学之人对此有着更为清晰的认识:"大凡我国的传统学者都会肯定,周公与孔子的区别在于,前者'有德有位',后者'有德无位'。周秦之变的根本即在于从'德位一致'沦落至'德位分离'。是故三代以上圣人之道行于天地,百姓日用而不知;三代以下圣人之道隐没不彰,学者遂著书立说,载之文字,传于后世。"③在味觉化的汉语思想中,"德"总是乐于同"道"联系在一起;所谓德位一致,指的就是德、道、位相一

---

① 参阅王富仁:《中国鲁迅研究的历史与现状》,《鲁迅研究月刊》1994年第12期;参阅高旭东:《拜伦的〈该隐〉与鲁迅的〈狂人日记〉》,《苏州大学学报》1985年第2期;参阅李怡:《作为文学的〈狂人日记〉——纪念〈狂人日记〉诞生一百周年》,《中国现代文学研究丛刊》2018年第7期。

② 蒙默编:《蒙文通学记》,生活·读书·新知三联书店2006年版,第4页。

③ 傅正:《古今之变——蜀学今文学与近代革命》,华东师范大学出版社2018年版,第7—8页。

致——一种中国版的三位一体,世俗中有超越,超越中有世俗。和古老的汉语前所未有地遭逢了视觉化一道,中国现代知识分子也遭逢了数千年未有之大变局;处于这种状况中的知识分子,正可谓存乎于第二次周秦之变的尴尬境地。从思想史的角度观察,古今之变不仅类同于周秦之变,甚至是周秦之变在现代性境遇中的变相延续。较之于第一次周秦之变,第二次周秦之变(亦即古今之变)的核心在于:中国现代知识分子为适应视觉化汉语的要求,或吁请,逐渐滑向愈分愈细、愈细却还愈分的专业化,科层化的程度越来越高,形而下的纯粹知识取代了形而上的至高之道。因此,他们不仅德位分离,而且德与位不必有基因层面上的任何关系;他们即使有德性方面的追求,或要求,也仅仅——或者更多——关乎职业道德,顶多跟形而下的纯粹知识伦理有染,自称以求真为其第一要务。这使得视觉化汉语境域中的知识分子更倾向于关注、关心和在意自己的专业领域,视知识为不带私人情感的产品;他们像弗洛姆认定的那样,视"道"为无物,更倾心于"完美的物,以及如何制造此物的知识"①。无论在基督教的西方,还是在古典时期的中国,思想的"道成肉身"(the Word was made flesh)②原本都是有德无位者的天职;作为作者,作为现实生活中的给定之人,李洱不难获知:汉语被深度视觉化之后,却让"肉身"与"道"两相分离,隔河而望,

---

① [美]弗洛姆:《心理分析与禅佛教》,林木大拙、弗洛姆等:《禅与心理分析》,前揭,第120页。
② 《圣经·约翰福音》1∶14。

彼此间,既不知对方为何,也不知对方何为。因此,现实中给定的中国现代知识分子要么像笃定语气型塑的费边,在言不及义地分析一切可见甚或不可见之物,倾向于自说自话,如果有交流,也仅止于纯粹知识的层面,与"道"毫无关系;或者像被重塑的感叹语气型塑的华学明,把以诚为伦理的汉语和以真为伦理的汉语隔绝开来。无论是狂人那般发疯的华学明,还是方鸿渐那般沦陷于语义空转、丧失行动能力的费边,都和第一次周秦之变后中国士人纷纷"著书立说,载之文字,传于后世"大不相同;他们早已丧失了"为天地立心,为生民立命,为往圣继绝学,为万世开太平"的德性能力,但视觉化汉语有意营造的普遍氛围无疑更早丧失了培养德性"能力"的那种基本"能力"。因此,在中国现代小说史上,与德、道、位相隔绝的知识分子从一开始就不被信任、不堪被委以重任,似乎就是理所当然的事情。狂人发狂的病理,亦即其疯癫之发生、发展的过程和原理,正导源于此——他不见用于现实社会;他愈后旋即走向自身意图之反面的病理,也委实导源于此——他太想见用于现实社会。如果考虑到中国现代小说的故事情节一向被认为来源于现实生活,鲁迅笔下那个德、道、位互不相干的不幸者如果不发狂,实在是万万不可能的事情,更是说不过去的事情。

在中国古典小说中,鲜有知识分子出没,顶多不过是吴用一类不入流的读书人,一种需要加引号用以标识的知识者,跟高高在上的士大夫阶层距离相当遥远。这和中国传统小说出源于稗官、野史,很可能有极大的关系①;而唯有"史统散",才可能有"小说兴"②。狂赞贾宝玉"天下无能第一,古今不肖无双"的《红楼梦》、以画荷的王冕衬托知识群丑的《儒林外史》,正可谓反知识分子的经典作品;那专述分合、合分的《三国演义》呢,则完全有资格称得上罕有的例外。如果反董仲舒之意而用之,显然可以说:作为乡野闾巷文体,《三国演义》可以称之为"居庶人之位,而为贤人之行哉"③,不仅极具僭越的意味,还格外当得起"狗拿耗子多管闲事"的考语——"吹皱一池春水,"究竟"干卿底事"呢④?作为远离经学范畴的乡野闾巷文体,深陷于味觉化汉语的古典小说没有能力——但更主要是没有兴趣——刻写知识分子;它更愿意依照乡野闾巷人士的脾性,成为一种认识论层面上的不法之徒,热衷于瓦解官方或颠覆上层的文化观念⑤。作为平行于现代学术文体——而非经学文体——的中国现代小说则从一开始,就对知识分子抱有极大的兴趣。这是因为从事这个行当的人,更乐于将自己视为知识精英,自以为负有启蒙大众的义务。但十分吊诡的是,这伙人基于自己在现实生活中的创伤性记忆,反而对那些与德、道无关,仅跟各种改造中国社会

---

① 《汉书·艺文志》有言:"小说家流,盖出于稗官,街谈巷语,道听途说之所造也。"
② 〔明〕冯梦龙:《〈古今小说〉序》。
③ 董仲舒的原话是:"岂可以居贤人之位,而为庶人之行哉?"(《汉书·董仲舒传》引董仲舒语)
④ 《南唐书·冯延巳传》。
⑤ [美]凯特林娜·克拉克、迈克尔·霍奎斯特:《米哈伊尔·巴赫金》,前揭,第331页。

的西方思潮有染的知识分子①,持绝对不信任的态度,几无商量之余地;知识分子在中国现代小说家笔下以负面的形象出现,似乎自有其道理②——他们的确来源于生活,但是否高于生活,却无法在此得到认定。鲁迅笔下的高老夫子、涓生、魏连殳自不必说,《子夜》里作为清客游走于豪门的教授和作家、钱锺书笔下失去行动能力的知识分子群体、《倪焕之》里走向自身意图之反面的教育改革者、《青春之歌》中为获取行动能力被革命话语和崇高语气拯救的女大学生、伤痕小说中含泪叫屈的被伤害者、《欲望的旗帜》里面目模糊的哲学家、《单位》里灰头土脸的知识分子小职员、《风雅颂》里卑鄙无耻的大学校长和被大学校长戴了绿帽子的诗经学教授……多多少少,都分有了狂人的基本面貌——他们不见用于社会;更多分有了"赴某地候补矣"的愈后狂人公开表露出来的精髓③——他们特别想见用于社会。

至晚从成名作《导师死了》开始,李洱也自觉加入了鲁迅开创的刻写德位无关者——而非德位分离者——的中国现代小说传统。和鲁迅笔下德、道、位三位"不"一体的知识分子完全相同,李洱作为叙事人的忠实誊抄者,或转录者,其笔下的知识分

---

① 在现代中国,传统的形上之"道"被各种形下的西方现代社会思潮所取代;现代中国一度成为各种西方社会思潮的试验田,各种西方社会思潮在中国相互征战,最后统一于中国版的马克思主义(参阅李泽厚:《中国现代思想史论》,前揭,第209—264页)。

② 据笔者的不全面观察,对这个问题的深刻研究,至今仍首推赵园先生出版于三十年前的大著《艰难的选择》(上海文艺出版社1986年版)。如观察有误,笔者担负"无知"之指控。

③ 参阅汪应果:《艰巨的啮合》,学苑出版社1998年版,第158—188页。

子也不用分说地,纷纷加入了三位"不"一体者组成的庞大阵营。但这归根到底和视觉化汉语中内含的反讽特性,这个骄横、不法的养子有关,虽不免令人惊讶,到底不足为奇。对于李洱来说,很有意思也特别值得注意的反倒是:在他的许多小说作品中,出现了不少姓名相同的知识分子主人公。比如,一个名唤孙良者,就既出没于、活跃于《喑哑的声音》《缝隙》,也聚啸于、饶舌于《悬浮》和《光与影》,就像王二这个名号,寄存于王小波的几乎所有小说作品。在王小波的小说中,主人公王二跟那个荒诞、极端的年头深度有染,既是这个年头的受害者,也是这个年头具有黑色幽默意味的反抗者。只要这个年头存活一天,王二在不同的作品里即使可以改叫别的更为动听、更为响亮和悦耳的名号,但本质上还得叫王二,只可能是王二,因为这个名号专为那等年头而生、而设①。那等年头和这个名号互为标签,并且相互指涉,两者间,有一种深刻的互探关系——克里普克(Saul Aaron Kripke)深知其间的奥秘②。从叙事学的角度一路看过去,众多的孙良更有可能意味着:我在向你(你们)讲述孙良(们)的故事时,因为笃定语气本身具有极强的稳定性和一致性,所以,无论孙良在李洱的众多小说作品中如何极尽穿梭、潜伏、表演之能事,本质上还是孙良,就像王二不论有多少别的名号,本质上都只能是王二。但即便如此,两者间依然有着根本性的差异:孙良出源于笃定语气,不是预先给定的人物;王二出源

---

① 房伟:《王小波论》,作家出版社2018年版,第78—120页。
② [美]索尔·克里普克:《命名与必然性》,梅文译,上海译文出版社2001年版,第30—66页。

于王小波对时代的深刻认证,有可能先于小说而存在。前者导源于笃定语气,但和笃定语气一同诞生;后者则催生,甚或决定了王小波所有作品的黑色幽默语气。和魏连殳、吕纬甫、方鸿渐、林道静、倪焕之等被认为来自现实生活的角色完全不同,孙良打一开始,就不来自现实世界,也不是"嘴在浙江,脸在北京,衣服在山西":他从来就不是"一个拼凑起来的脚色"①,而是自成整体,并且只能是整体。与李洱暗自发动的小说革命相呼应,作为反讽主义者,孙良和笃定语气、叙事人、反讽时代以及叙事行为本身一同诞生。因此,孙良既像鲁迅等人虚构的知识分子一样,又跟现实世界上给定的知识人完全相同,也是一个不折不扣的三位"不"一体者。但在此基础上,孙良还更进一步:他仅仅是个"聚啸书房"的"口力劳动者",夸夸其谈,却毫无实质内容,连知识生产者都称不上;他甚至对弗洛姆所说的"如何制造此物的知识"都没有分毫兴趣。

李洱对此也有自供状:孙良等名号出没于众多不同的小说作品,只能说明在反讽时代,包括反讽主义者在内的一切物、事、情、人,都具有高度的趋同性②。此处可以抛开李洱的自供状不论,虽然它确实很有说服力和洞察力;更深的含义也许在这里:孙良的这等特点,或这等特点的孙良,正和李洱式笃定语气拥有的叙事能力有极大的关系。仔细辨析很容易获知,几部作品中那几个看似不同的孙良,在精神气质上仅有很小的差异;更多的

---

① 鲁迅:《鲁迅全集》第4卷,前揭,1981年版,第513页。
② 李洱:《问答录》,前揭,第243页。

区别,仅仅存乎于围绕不同的孙良组建起来的不同事情;而同一个人在不同的事境中拥有相差不远的脾气,所谓万变不离其宗,所谓江山易改本性难移,既是很容易理解的事情,也是很正常的事情。但无论怎样观察,这都是一个令人吃惊的小说现象——人物性格的趋同,乃是小说写作的头号大忌,虽然它肯定不是唯一的大忌。同样很容易获知:这等艺高人大胆导致的小说现象,只可能出自李洱式笃定语气自身的稳定性;该稳定性像罗兰·巴尔特指斥的权力那样,乃"是一种支配性的力比多(libido)"①。这就像身为女人,就一定具有女人自身的稳定性②;唯有这种稳定性,才能一锤定音地决定某个两脚裸猿肯定是女人,是地地道道的"蹲(着)(撒)尿动物"③。米兰·昆德拉的主人公托马斯四处猎艳,是因为他着迷于"那个使每个女人做爱时异于别的女人的百万分之一部分"。这个"百万分之一部分"被

---

① [法]罗兰·巴特:《符号学原理》,李幼蒸译,生活·读书·新知三联书店1988年版,第3页。
② 余华很有趣地写道:"我在城里闹腾得实在有些过分,家珍心里当然有一团乱麻,乱糟糟的不能安分。有一天我从城里回到家中,刚刚坐下,家珍就笑盈盈地端出四样菜,摆在我面前,又给我斟满了酒,自己在我身旁坐下来侍候我吃喝。她笑盈盈的样子让我觉得奇怪,不知道她遇上了什么好事,我左思右想也想不出这天是什么日子。我问她,她不说,就是笑盈盈地看着我。

"那四样菜都是蔬菜,家珍做得各不相同,可吃到下面都是一块差不多大小的猪肉。起先我没怎么在意,吃到最后一碗菜,底下又是一块猪肉。我一愣,随后我就嘿嘿笑了起来。

"我明白了家珍的意思,她是在开导我:女人看上去各不相同,到下面都是一样的。"(余华:《活着》,作家出版社2007年版,第93页)
③ 参阅敬文东:《占梦术的秘密》,《西部》2012年第8期。

托马斯自觉地视作他个人的乌托邦,是他"要征服世界的决心"①。也许,李洱式笃定语气的雄心和大志,正体现在这里:它型塑众多并且彼此间只有"百万分之一部分"之差异的孙良,是要替李洱完成他的小说乌托邦。所谓小说乌托邦,就是要让笃定语气像哈气创世那般,创生无数个差异极小的小说人物,组建起面貌高度雷同的反讽主义者同盟;这个同盟中的每个个体,都将以其"百万分之一部分"之差异,隐射越来越整齐划一的反讽时代,隐射古今之变(亦即第二次周秦之变)导致的三位"不"一体者(亦即德位无关而非德位不一致),就像岳敏君以高度雷同的傻笑人嘲讽了岳氏寄存的时空,嘲讽了一个数千年来被认为喜欢傻笑的民族。笃定语气以其女人般自带的稳定性(主要是指《二马路上的天使》所说的那个"小洞洞"),不仅创世一样创生了众多同名同姓的孙良,还让被它型塑的费边、费定、费鸣、冯蒙、杜莉、女符号学家,以及著名学者吴之刚和侯厚毅……在骨子里,都等同于孙良。由此,笃定语气刻意为李洱制造出了系列作品;这个系列作品不仅以吉尔·德勒兹之见"是共时性的"②,还把李洱的小说作品塑造为一个整体,形成了一个体系。

有充分的理由认为,《1919 年的魔术师》中身在北平的大学教师葛任,就是《花腔》中因爱之辩证法死于大荒山的葛任,那位知识分子革命家,那条行走的影子;《应物兄》里的济州大学

---

① [捷克]米兰·昆德拉:《生命中不能承受之轻》,韩少功等译,作家出版社 1989 年版,第 210 页。
② [法]吉尔·德勒兹:《弗兰西斯·培根:感觉的逻辑》,董强译,广西师范大学出版社 2007 年版,第 45 页。

校长葛道洪,则由叙事人和被重塑的感叹语气当作葛任的外孙,被型塑了出来。《花腔》里出现过的"巴士底狱病毒",一种热衷于传染狂热、暴力,有能力导致超级瘟疫的超级病毒,也出现在《应物兄》之中——

  邓林说:"老师们肯定知道葛任先生。葛任先生的女儿,准确地说是养女,名叫蚕豆。葛任先生写过一首诗《蚕豆花》,就是献给女儿的。葛任先生的岳父名叫胡安,他在法国的时候,曾在巴士底狱门口捡了一条狗,后来把它带回了中国。这条狗就叫巴士底。他的后代也叫巴士底。巴士底身上带有一种病毒,就叫巴士底病毒,染上这种病毒,人就会发烧,脸颊绯红。蚕豆就传染过种病毒,差点死掉。传染了蚕豆的那条巴士底,后来被人煮了吃了,他的腿骨成了蚕豆的玩具,腿骨细小,光溜,就像一杆烟枪。如果蚕豆当时死了,葛任可能就不会写蚕豆花了。正因为写了蚕豆花,他后来在逃亡途中才暴露了自己的身份,被日本人杀害了。而葛任之死,实在是国际工运史上的一个重要事件。"
  "你是说,巴士底病毒是从巴士底传出来的?"
  "世界卫生组织倾向于这么认为。他们认为,这种病毒应该是从人犯身上传给狗的。它的英文名字叫 Bastille Virus,比较奇怪的是,这种病毒直到二十世纪七十年代末才在巴黎出现。但据《世界卫生年底报告》显示,近年在非洲、俄罗斯以及海湾的部分阿拉伯国家,Bastille Virus 存在蔓延趋势。"

互文性(Intertextuality)概念的发明者克里斯蒂娃(Julia Kristeva)认为,所谓互文性,就是文本之间的对话,以至于最终形成了对话的稠密地带①。比如,因为葛任,也因为巴士底病毒,在《1919年的魔术师》《花腔》和《应物兄》之间,便形成了极为明显的互文关系。隐射则可以被视作事情之间的对话,不妨称作互事性(Interthinguality)。比如,巴士底病毒的传播过程,尤其是这个传播过程与现实中某些真实的瘟疫之间,构成了极为明显的互事关系。小说中的巴士底病毒被笃定语气认为"近年在非洲、俄罗斯以及海湾的部分阿拉伯国家"蔓延;而这些地点、这种蔓延,到底有没有隐射,或者到底隐射了何种不凡的现实,凡有现实感的读者不仅可以"意会",还能够"言传"。作为叙事技巧或叙事手段,互事性与互文性相互交织、齐头并进,增加和提升了小说的表现力度,至少为李洱渴望的小说复杂性,主要是叙事上的复杂性,提供了技术上的保障;但更重要的是,互事性与互文性不仅让李氏牌小说获取了小说谱系上的体系感,也丰富了获取这种体系感的手段。体系感的获得,归根结底和李洱式反讽语气的变迁史有关。《1919年的魔术师》《花腔》和《应物兄》,分别为笃定语气、花腔语气和被重塑的感叹语气所型塑,涉及李洱迄今为止的全部语气财产。是语气在变迁过程中的自成体系,但更是心性层面上自然而然的心境蜕变,以及味觉化汉语强调和倡导的修身、修行,让李洱和绝大多数同时代的

---

① [法]朱莉娅·克里斯蒂娃:《主体·互文·精神分析》,祝克懿等译,复旦大学出版社2016年版,第11页。

中国作家迥然有别，成为一个体系性的作家，这个作家从一开始就在实施体系性的写作。

作为一个不乏戏谑性的概念，"口力劳动者"是理解李氏牌小说主人公的上佳工具。从构词法（word-formation）的角度看，这个概念与体力劳动者、脑力劳动者等，同属一个家族。无论从字面上观察，还是从实质上追索，体力劳动者都需要肉体的极大投入，他（她）跟汗水、运动系统的爆发力、内分泌的韧性，以及血液的含氧量联系在一起；脑力劳动者则需要殚精竭虑、呕心沥血，尤其需要脑细胞的杀身成仁、英勇就义，更重要的是前赴后继。总之，两者必以诚实、勤恳和吃苦耐劳为基础，杜绝任何花里胡哨的东西，视轻薄、轻浮为绝对的禁忌。口力劳动者只需要舌头处于亢奋状态，或只需要处于亢奋状态的那根舌头，无须像应物兄那样，为管制和直至驯服它而处心积虑。在李洱自成体系的作品谱系中，只有极少数的知识分子主人公幸免于三位"不"一体的行列，幸免于口力劳动者的光荣称号。费边、孙良一类不够档次的口力劳动者自不必说，甚至像吴之刚、侯厚毅一类很有派头的学者，也可以弃之不顾。在此，葛任的外孙、济州大学校长、著名学者葛道宏，需要得到特别的关照。黄平的观察值得信任："作为'个人'象征的葛任在《花腔》里写自传，但其自传《行走的影子》一直处于延宕之中；葛道宏在小说中倒是出版了厚厚一卷自传，但空无一字，这种自传对应的'个人'只是一个空白的形式。……《花腔》里的个人，一路发展到《应物兄》这里，已经非常不堪。"① 黄平从互文性的角度，暗示了李氏牌小说

---

① 黄平：《〈应物兄〉：像是怀旧，又像是召唤》，《文艺报》2019年2月15日。

在谱系上拥有的体系性;又特意从互事性的角度,暗示了从葛任到葛道宏的转渡,实质上乃是从马列经典的翻译家到口力劳动者的陈仓暗度,是从知识分子革命家到知识政客的裂变。更为有力的证据在这里:葛道宏以研究福山(Francis Fukuyama)成为著名学者,又因著名学者的身份官至大学校长,却认为福山的著作全是废话。面对废话,这个人却煞有其事地写有很多研究废话的著作。以《应物兄》和应物兄之见(而非本文作者之见),研究废话的著作除了是废话外,又该是、又能是什么呢? 跟女符号学家可以出任李氏牌小说的隐喻一样,获取三位"不"一体之身份的葛道宏,归根到底和孙良是一路人;跟孙良被笃定语气所型塑迥然有别,葛道宏出自被重塑的感叹语气,但更准确地说,出自被重塑的感叹语气中无法被抹尽的李洱式反讽语气。作为一部以反思语言(汉语)为潜在主题的巨著,《应物兄》使用的,依然是视觉化汉语;因此,李洱式反讽语气只可能与被重塑的感叹语气和平共处,顶多处于有类于黄金分割一般的最佳比例,却不可能被消除。因此,反讽性的事例在《应物兄》那里比比皆是。王鸿生对此有过择要性的罗列——

> 应物兄舌尖上滚动的话不是口中说出来的话;乔木让弟子管住嘴巴自己却一句也不肯少说;程济世最担心"不孝有三,无后为大",偏偏儿子因吸毒而生了个三条腿的怪胎;副省长栾庭玉夫妇精囊里有精子、卵巢里有卵子,就是无法孕育出一个健康的小孩;栾副省长的秘书邓林,一边强调干群关系的重要性一边找着老百姓的碴子;京剧大师兰菊梅卖朋友是真的,哭朋友也是真的;神偷儿唐风居然

"偷"成了易经大师；大院子弟雷山巴享用着一对姊妹花却不耽误朝圣井冈山。还有,时间得了病却让空间受罪；中式山水画下面装一个西式壁炉；崇尚鲁迅精神的人忽然成了基督徒；虚伪一时是小人,虚伪一世倒成了君子；西学进不去,中学回不来；在古典文献里游泳的不是鱼而是鱼雷；洋人看得起搞中学的汉人却看不起搞西学的汉人；有经天纬地之志,继往圣绝学之愿,却阴差阳错,一脚踏空；等等。诸如此类的窘迫和反差,林林种种,遍地可捡,渗入小说的肌理,塞满生活的夹缝。在这里,如同几乎没有完全"正确的一边",也没有完全"错误的一边"①。

有抹不尽的李洱式反讽语气存在,葛道宏就既不会全站在"正确的一边",也不会全站在"错误的一边"：A 依然等于 -A。有被重塑的感叹语气存在,口力劳动者葛道宏就不会受到单纯的谴责或批评,被同情的成分处于恰到好处之境。和葛道宏及其废话一同出现的,是反讽时代的儒学以及承载儒学的程济世和应物兄。有了被重塑的感叹语气和李洱式反讽语气的合理搭配,《应物兄》就既不全站在口力劳动者和废话一边,也不全站在儒学及其承担者一边。一个被隐藏起来的脉络到此呼之欲出：从知识分子革命者(亦即葛任,型塑于花腔语气)到口力劳动者(亦即葛道宏,型塑于被感叹语气控制的李洱式反讽语气),再到求诚、求实的儒学和儒家(亦即应物兄和程济世,型塑

---

① 王鸿生：《〈应物兄〉：临界叙述及风及门及物事心事之关系》,《收获·长篇小说专号》2018 年冬卷。

于被李洱式反讽语气反制的感叹语气),李洱把他的体系性写作展现得淋漓尽致。

李洱对自己的体系性写也作多有反思。他坦陈道:"我的小说也是相互关联的,也有某种连贯性。没有《饶舌的哑巴》,就没有《午后的诗学》;没有《午后的诗学》,就没有《花腔》。……我原来计划,这辈子只写三部长篇,一部关于历史的,一部关于现实的,还有一部关于未来的。《花腔》是计划中的第一部,《石榴树上结樱桃》是在准备第二部长篇时,临时插进去的。……计划中的这三部长篇,其实贯穿着我的一个想法:历史既是现实,也是未来。这句话倒过来说也行:未来既是历史,也是现实。当然还有第三种说法:现实既是历史,也是未来。"[①]在说这些话的时候,李洱可能更关心其作品内部的线索。但他接下来说的话可能更有深意:"《花腔》的主人公葛任,不妨看成是生活在二十世纪革命年代的贾宝玉。事实上,为了提醒读者注意到这一点,我苦心孤诣,设置葛任生于青埂峰,死于大荒山。……我的意思是说,葛任,包括瞿秋白,也都可以看成贾宝玉成长之后的一种可能的形象。事实上,我正在写作的一部长篇小说也跟这个主题有某种关系,只是它更为复杂。"[②]"我正在写作的一部长篇小说"指的正是《应物兄》。排开其他方面的深意,这段话至少意味着:体系性写作不仅来自李洱自身的作品系列,也来自和传统的联系。后者的意义尤其重大,但也许并非

---

① 李洱:《问答录》,前揭,第 100 页、第 244 页。
② 李洱:《问答录》,前揭,第 485—486 页。

李洱暗自认为的那样,其重大来自贾宝玉自身暗示的种种因素,而是来自贾宝玉的汉语变迁之旅。从贾宝玉的"天下无能第一,古今不肖无双",到葛任的辛苦忧患,再到葛道宏的三位"不"一体,直至程济世和应物兄的复兴味觉化汉语,贾宝玉的汉语变迁之旅终于走到了尽头。而有了《应物兄》,李洱可以满意地宣布:贾宝玉的汉语变迁之旅堪称功德圆满;从此以后,贾宝玉可以退出他的写作视线。

在《应物兄》的讨论会上,金宇澄提及了发生于2014年的一件往事。那年,他与李洱在巴黎书展相遇,李洱给了他一句忠告:"写了《繁花》以后,一个字也不要再写了。"金宇澄对此大有感慨:"我后来想想他说这话和当时在写《应物兄》有关,《应物兄》有很大的野心。"[1]对汉语的反思功德圆满之后,在回答了贾宝玉长大后怎么办这个心心念念的问题以后,李洱是不是也会一个字都不再写了呢,就像他力劝金宇澄那样?或者,他是否有必要抛弃此前的写作惯例、所仰仗的语气,重新开始寻觅新的写作范式?要知道,自巴什拉、奎因、福柯以降,思想界和知识界普遍相信,唯有断裂才是历史的真相;唯有新的范式取代从前的范式,才可能有质的提升,历史如此,科学如此,小说创作亦复如是。

---

[1] 参阅徐翌晟:《〈应物兄〉写了十三年》,《新民晚报》2018年12月25日。

后 记

　　李洱是我十分信任的作家,是我眼中没有败笔的写作者。以我一孔之见,他也许是当今中国一经落笔,必成经典的小说家,相当罕见。《应物兄》是一部立足汉语思想传统、从内外两个方向拷问汉语,而饱具深仁厚爱的作品,提升了现代汉语文学的品质,更新了现代汉语在小说创作中的面貌,让人震惊和羡慕。

　　十几年前,当他开始构思《应物兄》时(当然,那时候谁也不知道这部小说姓甚名谁,是何模样),我便对他开玩笑说,我要为你写一部书,名叫《李洱诗学问题》。作为一个博学的小说家,李洱当然知道,这个题目模仿——或者干脆说剽窃——了米哈伊尔·巴赫金。巴氏有一部伟大论著,名为《陀思妥耶夫斯基诗学问题》。在潜意识中,我也许有把李洱当作陀思妥耶夫斯基的念头,却从不敢以米哈伊尔·巴赫金自许。巴赫金是我的偶像;我对待他,就像信徒对待他们心目中的神。

我自认为是个守信的人,或者,我希望自己是个守信的人。李洱或许也希望我是个守信的人。2018年6月,当我听说他写了十三年(加上酝酿的时间远远超过了十三年)的作品终于要出版时,我知道,写作《李洱诗学问题》的机缘到了。从2018年7月起,我放下已经写到中途的那部小书,花了两个月时间,将李洱除了《应物兄》之外的所有作品,再次逐字逐句地阅读了一遍,以便为这本小书(其实只能算一篇长文)做准备。从2018年11月1日开始到今天,终于写完了这本小册子。

能够兑现自己的诺言,总算一件值得高兴的事情吧。

我在《李洱诗学问题》中,引用了李洱有关其作品的许多言论。作为一个文学批评者,我这样做,确实是很犯忌的事情。作家的话决不能轻易信任;批评者能不征引他们的言论最好不征引,以免误会和误导。我在此之前所做的批评工作中,就很少征引作家、诗人关于其作品的言论。但李洱似乎可以例外。李洱从创作伊始,就是一个沉思型的作家。只要熟读他的作品,尤其是以作品编年的方式熟读其作品,会强烈地感觉到,李洱像西方古典哲学家创建哲学体系一般,在创建小说体系;李洱的所有作品都互相牵连,都有自己的来路和出处。基于这样的印象,我在逻辑和理性的层面大致可以说服自己去相信:李洱对自己作品的解读和理解值得信任。

写这部小书有两件事值得纪念。

1993年,我认识了我太太。那年秋天,她从三湘故地来到泉城济南读硕士。我早她一年,我们共同就读于那所大学、那个系。现在看来,好像我提前在那里等她。几个月后的1994年元旦节,她把她极要好的大学闺蜜写给她的明信片拿给我看。她告诉我,读了明信片上的那句话,让她想起了几千公里外的故乡,有了哭的念头。那句话是:"握一把苍凉献给你,在这不见红叶的秋天,趁着霜还没降,你也许还能觉出一点我们手握的余温吧。"说起来很惭愧,我竟然不知道这是台湾作家司马中原的文字,甚至没听说过这个人。2018年12月下旬,当我引述《应物兄》里关于黄河的那个片段,直至引用到"应物兄突然想哭"那句话时,我想起了将近二十五年前那位瘦弱、想家,却说想哭的姑娘,因而想起了司马中原的那段话:

> 恋爱不是一种快乐,青春也不是,如果你了解一个人穿经怎样的时空老去的,你就能仔细品味出某种特异的感觉,在不同时空的中国,你所恐惧的地狱曾经是我别无选择的天堂。不必在字面上去认识青春和恋爱,区分乡思和相思了。我在稿纸上长夜行军的时刻,我多疾的老妻是我携带的背囊,我唱着一首战歌,青春,中国的青春,但在感觉中,历史的长廊黑黝黝的,中国恋爱着你,连中国也没有快乐过。

> 忧患的意识就是这样生根的……

这段话和突然想哭的应物兄很般配,和李洱笔下的黄河很般配,和我想论述的问题很般配,也和我时隔二十五年后突然想起它很般配,因而很般配、很自然地征引了它。顺便说一句,明信片上的那句话,是这段文字所在的文章中的最后一句话。那篇文章的题目,叫《握一把苍凉》。

2019年2月19日是己亥年的元宵节。这天上午,当我写完初稿的最后一个字时,才突然意识到,这是自我误打误撞进入写作这个行当以来,在父母身边完稿的第一部书稿,禁不住感慨万千。父母老矣!近些年来,每逢寒暑假,我必回老家,陪他们聊天,陪他们打麻将,为他们做饭,力所能及地为他们做点事情,聊补亏欠过多的菽水之欢。书稿第一次碰巧完结于此,有理由看作上天对我的恩赐。

在本书写作的过程中,我的学生崔耕、张梦瑶、张皓涵、万冲等,为我查阅了很多资料,帮我代购买了不少书籍,在此一并致谢。

2019年2月19日,广元南河